漂砂の塔　上

大沢在昌

集英社文庫

漂砂の塔　上

1

交渉は大詰だった。銀座六丁目の雑居ビルの地下にある中国料理店は、男たちの熱気と体臭がむっとするほどこもっていた。ついさっきまでは四川《しせん》料理の匂いで目がひりひりするほどだったのに、今はまるでちがっている。

人種に関係なく、誰もが汗をかいていた。もし汗をかいていない者がいるとしたら、私の隣のボリスくらいのものだろう。あとはボリスの向かいにすわる杜《ドウ》か。日本での東北グループの凋落《ちょうらく》に乗じるかたちで勢力を伸ばした四川省出身の男だ。事前の調査によれば四川出身というのは自称で、実際は南の雲南《うんなん》省出身らしい。二十代の初めに省都昆明《こんめい》で警官を殺し、ミャンマーに逃亡した。その後タイを経由して中国に舞い戻り、レアメタル採掘でひと山あてる。が、共同で所有していた鉱山が環境汚染の原因となったことを追及され、拠点を重慶《じゅうけい》に移した。

重慶ではホテルやレストラン、ナイトクラブを経営し、日本にもホテルとレストランをもっている。

「こいつらにいえ。カザフやキルギスの女は駄目だ。モルドバかルーマニア、本物の金髪を用意しろ、と」

杜が通訳の侯《ホウ》に中国語でささやいた。侯は向かいにすわる私に日本語でいった。

「白人、金髪、絶対です」

私はボリスを見た。

「中央アジアの女は駄目だといってる。本物の金髪に限るらしい」

ロシア語でいった。

「歳《とし》についてはは何といってる」

ボリスが訊《たず》ねた。母親はウラジオストクで水兵を相手にする商売女だったが、父親はロシア海軍の提督だというのが自慢だ。ウラジオストクの小さな組織がユージノサハリンスクに進出したときが、ボリス・コズロフの人生最初の勝負だった。それまでユージノサハリンスクの商売を牛耳っていた朝鮮族系の老ボスのもとを訪れ、拳銃を口につっこんで引退を約束させた。

ユージノサハリンスクからウラジオストクに戻り、さらにハバロフスクまで勢力を広げたのは、日本向けの海産物と女の輸出が当たったからだ。

「何もいってない」

私が答えると、ボリスはにやりと笑った。黒髪でずんぐりとした体型は、ロシア人というよりチェチェン人に見える。頬にある深い傷跡は、拳銃をつきつけて引退させた老ボスの甥《おい》に市場で襲われたときのものだ。ボリスは顔を切られながらもナイフを奪い、相手の右手の指をすべて落とした。

「かわいい奴《やつ》らだぜ。ひとり二万USドルだ」

「ひとり二万USドルです」

私は日本語で侯にいった。侯の通訳を聞いて、

「元《げん》だ、元！」

と、杜が叫んだ。

「元以外じゃ支払いはない」

「こいつらは元以外で払う気はないようだ」

侯の言葉を通訳するフリをして、私はボリスに告げた。ボリスは目を大きく開き、愛《あい》敬《きょう》たっぷりの笑みを浮かべた。

「馬鹿にしやがって。手前《てめえ》らのきたねえ元を、俺の懐《ふところ》ろで洗う気だな。パブロ」

ボリスのうしろにすわるパブロが唸《うな》り声をたてた。

「殺しますか。呼べばすぐくるのが、上に四人います」

ボリスの笑みにつられたように杜も笑いを浮かべた。

「奥にいるか」

背後にすわる烈《リエ》に小声で訊《き》いた。

「厨房《ちゅうぼう》に二人います。すぐに殺《や》れます」

烈が答える。

背中にどっと汗がふきだした。

「一万をUS、一万を人民元でどうです？」

私はロシア語でボリスに訊ねた。ボリスは首を縦にふり、私の肩をもんだ。

「ユーリ、お前は天才だ」

私は同じことを日本語でいった。侯の通訳を聞いた杜は思案顔になった。

「日本人の女を四人つけてやる。金髪が十人、日本人四人だ。日本人は一万USだけでいい」

ボリスがいい、通訳を聞いた杜は大きく破顔した。

「話を整理しましょう。白人女十人と日本人女四人。十四万USドルと十万USドル相当の人民元」

私の言葉を侯が通訳し、杜は頷《うなず》いた。立ちあがり、ボリスに右手をさしだす。

「取引成立です」

ボリスが握り返す。

「ボス」

耳にイヤフォンをとめていたパブロが声をかけた。手にした携帯の画面をボリスに見せる。

不意に吐きけがこみあげた。悪い兆候だ。が、ボリスは私にいった。

「ユーリ、お前のおかげでいい取引ができた。本当にお前は天才だ」

立ちあがった私を抱きしめる。ジャケットの革の匂いが鼻をついた。

「いかなけりゃならない」

私の耳もとでボリスはいった。

「どこへ？」

「イケブクロだ。うちの女がひとり、クスリでぶっとんで客を刺した。日本人のヤクザだ」

「本当か？」

体を離し、訊ねた私にボリスは深刻な表情を見せた。

「ヤクザは怒ってる。たいした怪我《けが》じゃないが、ボスの俺が〝ワビ〟をしなけりゃ店を潰すそうだ」

「殺すのか、そのヤクザを」

「場合によっては。パブロも連れていくから、あとはお前に任せる。どうせ金は、女たちとひきかえだ」

「期限は？」

「二ヵ月。女は三回に分けて連れていく。俺が信用できる上海《シャンハイ》の旅行会社を使う」

早口でボリスは答えた。

「伝えておく」

ボリスは人さし指で私をさした。

「ユーリ、お前は最高だ。お前みたいな天才は見たことがない」

「よせよ、ボリス。言葉が話せる以外、俺にはとりえなんてない」

「謙遜するな」

ボリスは片目をつぶり、私の右手を握った。不自然なほど力のこもった握手だった。

「じゃあな。友だちによろしく」

友だち？　と訊き返す間もなく、ボリスは店をでていった。

あっけにとられている杜やその手下に、私は大急ぎで告げた。

「ボスは急用ができました。あとの話は、私が進めます」

侯が訳すのを聞いて、杜は首を傾《かし》げた。

「こいつはただの通訳じゃないか。奴は俺をなめてるのか」

背筋が冷たくなった。杜の言葉がわからないフリをしていった。

「女は二ヵ月以内に手配しますが、人数が多いので、三回に分けて中国に連れていきます」

「渡航の方法は？」

「ボスが取引している旅行会社が上海にあるので、そこを使います」

「旅行会社の名を教えてくれ」

「それは――」

私は黙った。そこまでは聞いていない。知るわけがない。通訳としてボリスに私が雇われてから、まだ四ヵ月しかたっていない。ロシア語と中国語がわかる人間をボリスが捜しているという情報を得たのは半年前のことだ。

「なんだ。教えられないのか。こっちだってビジネスパートナーのことは調べておきたい。以前とちがって公安も、なかなか鼻薬がききにくくなってるんだ」

杜がいった。侯が日本語に訳すまで私は杜を見つめていた。

不意に店の扉が開いた。ボリスがでていったあと、鍵をかけていなかった。泡をくったように烈が腰を浮かした。

地味なスーツにネクタイをしめた、サラリーマン風の男二人がいた。

「すみません！　貸し切りです」

侯が叫んだ。

「貸し切りだって」

「貸し切りなの？」

いいあいながらも店の中に入りこんでくる。

「何時まで貸し切り？」

先頭にいた眼鏡《めがね》の男が訊ねた。もうひとりは扉を手でおさえている。

「今日はずっと。お客さん、入れません」

どどどっという足音が階段から聞こえた。

「そのまま動かないで！」

眼鏡の男がバッジを掲げた。

「警察です。入管難民法違反の疑いでこの店を捜索します」

「警察！」

侯が杜をふりかえった。

「厨房に二人！　武器をもったのがいる」

私は叫んだ。

「突入！」

抗弾ベストにヘルメットをつけ、MP5をかまえた集団が店内になだれこんだ。銃器対策部隊選抜チームであるERTだ。グラスが割れ、テーブルが倒れた。パン！　という銃声が一発だけ聞こえて、

「制圧！」

「制圧」

という言葉が口々にくり返された。杜と侯、烈は一瞬で床におさえこまれた。

「どういうことだよ！」

私は大声をだした。今日、急襲があるとは聞いていなかった。そもそもターゲットは、杜ではなくボリスなのだ。そのボリスがいないのにガサをかけても意味がない。第一、女や金なしでは、組織犯罪処罰法の「共謀罪」くらいしか問えない。杜もボリスも、あっというまにシャバにでてくるだろう。

厨房で逮捕された二名と杜、侯、烈の五人が連行されるのを、私は黙って見送った。杜はなぜ自分が逮捕されなければならないのか理解できず、侯に食ってかかっている。私の正体に気づいたのは侯だけのようだが、いずれ伝わるだろう。

「こういうやりかたは勘弁してくれ。俺が狙われる」

木内《きうち》に私はいった。最初にバッジを掲げた眼鏡の男だ。

「文句は課長にいってください。きのうからラインに返事がないっていらついてました。急用があるみたいです」

「ラインなんか見てるわけないだろう。偽装用の携帯しかもってないのだから」

万一、日本語のわかるボリスの手下にのぞき見られたときのことを考え、自分の携帯は家におきっぱなしだ。

「課長に連絡を願います。この作戦は、石上《いしがみ》さんを回収するために緊急発動されたんです」

私は息を吐き、中国料理店をでた。午後六時を回り、表は暗くなりかけていた。並木《なみき》通りにはまだそれほど人がいない。

ジャケットから偽装用の携帯をとりだし、手が震えていることに気づいた。課長の稲《いな》葉《ば》の携帯番号は暗記している。

「もしもし」

「無事だったようだな」

私が名乗る前に稲葉はいった。声がやけに不機嫌なのは、こちらの抗議は一切うけつけないという意思表示のようだ。

「無事も何も、どうして今日なんです」

歩いていた足を止めていった。目の前は、ルイ・ヴィトンのブティックだった。扉の内側に立つ男と目が合い、私は背を向けた。

ボリスはここで買ったスニーカーを自慢していた。私がはいているのは御徒町《おかちまち》のディスカウントストアで買った安物だ。

「急ぎで話をしたかった」

「私とですか」

「他に誰がいる？　ロシア語ができなけりゃボリスとは話せない」

「ボリスは逃げましたよ」

私は並木通りを渡りながらいった。

「木内たちが踏みこんでくる直前、パブロにメールがきたんです。情報が洩《も》れたのかもしれない。杜たちにも俺の正体はバレました」

「君の潜入を、組対一課に伝えざるをえなかった。ボリスは池袋の港栄会《こうえいかい》とつきあいがある。一課が港栄会をやる予定で準備を進めていた。もし港栄会がやられたら、ボリスは飛んだろう。だから待ってもらった」

「一課が洩らしたと?」

「大きな声じゃいえんが、池袋署だな。池袋の組対と一課の共同捜査だったんだ」

思わず目を閉じた。さけられないこととはいえ、所轄のマル暴係とマルBの結託で命を狙われてはたまらない。池袋署から、私のいる本庁組対二課がボリス・コズロフを内偵しているという情報が港栄会に伝わったのだ。池袋署は、港栄会に恩を売るくらいのつもりだったのだろう。準備を進めてきた捜査をあと回しにさせられて、頭にきた刑事がやったのかもしれない。

「しばらく現場にはでません。ボリスもたぶん俺の正体に気づきました」

「その件で話がある。今からあがれるか」

昨夜はほとんど寝ていないし、辛すぎた四川料理がもたれて具合も悪かった。が、課長の稲葉が「あがれるか」というのは、「今すぐこい」と同義語だ。

私は息を吐いた。

「明日は休みをもらいますよ」

「かまわん」

「向かいます」

2

警視庁組織犯罪対策第二課の課長、稲葉は六階の会議室で私を待っていた。甘めのコーヒーを飲めば、腹のもたれが消えるかと思ったが、まちがいだった。むかつきはよけいひどくなり、食いものが原因ではないと気づいた。

「吐くのなら、さきに吐いてこい」

私の顔を見るなり、稲葉はいった。

「そういう顔ですか」

そっけなく稲葉は頷いた。歳は私のひと回り上の四十九、準キャリアの警視正だ。結婚しているが子供はいない。ゲイだという噂《うわさ》があるが、たぶんちがう。

私はトイレに立ち、指を口につっこんで吐いた。四川料理の辛みが再び喉を焼く。だが胃の中が空になると、少しすっきりした。

顔を洗い、涙目をぬぐった。今度はブラックコーヒーを買って会議室に戻った。

「だいぶよくなりました」

「前のときも吐いたな」

稲葉は手にした書類に目を落としながらいった。

「そうでしたっけ」

「グルジア人グループをやったときだ。何とかシビリだったか、ナイフをふり回した奴だ。検挙のあとクラブのトイレで吐いていた」

「向いてないんですよ。いつ正体がバレるかと思うと、生きた心地がしない」

「生きた心地がしない、か」

稲葉はふん、と笑った。

「笑うことはないでしょう」

「生きた心地がしないなんていい回しを、映画やドラマ以外で初めて聞いた」

私は稲葉をにらみつけた。

「じゃやってみてください」

「君みたいに何ヵ国語も喋《しゃべ》れたら、喜んでやってる。中国語はがんばってみたが、五年やって君の足もとにも及ばない。ロシア語にいたってはいわずもがなだ」

「お祖母《ばあ》ちゃんに感謝したのは、この顔で女の子にもてた十代まででした」

両親が離婚したあと、私は青森の祖母のもとで六年暮らした。

イリーナ・シェフチェンコ・イシガミが祖母の名だ。家ではロシア語しか話さない祖母のおかげでロシア語を覚え、大学で中国語を学んだ。

「国際犯罪捜査官といやあカッコいいですがね。いつ殺されるかわからない」

ただ語学が得意だというだけでは、通訳にしかなれない。捜査共助課にいた私を潜入捜査に使おうと思いついたのが稲葉だった。

おもしろそうだと思ったのが、まちがいの始まりだ。

「しばらく東京を離れられる仕事がある。マフィアとはかかわらない」

「ロシアも中国も？」

稲葉は頷いた。

「信用できません。そんな仕事が組対にありますか」

「組対じゃない。お前さんだけに、だ」

「意味がわかりません」

「北方領土」

稲葉は短くいった。私は首をふった。

「公安《ハム》にいなかったのは知ってるでしょう」

「ひっぱられたが断わった。今でもたまに欲しいといわれる」

「この顔は向きません」

確かに若い頃は女の子にもてたが、四分の一のスラブ人の血が濃くですぎている。ハーフどころか白人にまちがえられることすらある。公安で働くには目立つ顔だ。目立つのを逆手にとれ、といったのが稲葉だ。「外人顔のお巡《まわ》りはいない、とマフィアは思っている」

今は思っていない。少なくとも杜志英とボリス・コズロフは思っていない。

「歯舞《はぼまい》群島の中に、春勇留《はるゆり》島という島がある。納沙布《のさっぷ》岬から東北東に四十キロの海上だ。

ロシア名はオロボ島」

「人が住んでいるんですか」

「四年前までは無人島だ。大正末期から昭和の初めにかけてはコンブ漁が盛んで、多いときには百人近い人口があったらしい。が、じょじょに減少し、ソ連軍が占領した昭和二十年はほぼ無人だった」

「今も？」

「約三百四十人が住んでいる。ロシア人が百人、中国人が百三十人、日本人が百十人。『オロテック』という合弁会社の関係者ばかりだ」

「何の会社なんです？」

「レアアースだ。資料によると、オロボ島の南海底に、錫《すず》やチタン、モナザイトといった金属や鉱物の漂砂鉱床がある」

「ヒョウサコウショウ？」

「比較的浅い海底にある、特定の鉱物が集まった地域だ。比重の大きい鉱物が、潮や海流などで分離されて濃縮されたものらしい」

「昔、水の入った椀《わん》に砂を入れて砂鉄をとったのを思いだしました」

「おそらくそれの大規模なものを何万年もかけて自然が作ったのだろう」

「何ていいましたっけ？　錫とチタン――」

「モナザイトだ。このモナザイトが非常に有用で、ネオジムというレアアースを含んでいる。ネオジムは、小型磁石の材料として、ハイブリッドカーやコンピュータのハードディスクに欠かせない物質らしい」

「レアアースってのは中国でほとんど生産されているのだと思っていました」

「生産されたレアアースの九十パーセント以上が中国産だ。鉱山じたいは、アメリカやオーストラリア、ベトナムなどにもあるらしいが、価格競争で中国産が市場を独占した。それを政治的に利用しようとして、国際的に反発をくらったのが二〇一二年だ」

十年前だ。

「今は？」

「落ちついている。だがまたいつ輸出禁止などの外交カードに使われるかわからない。そこで日本も独自にレアアースを生産する方向を模索してきた。ただ地質上の特性で、日本にはレアアース鉱床はあまりないといわれていた」

「それが北方領土の海底で見つかった」

「現在はロシアが実効支配している島のすぐそばの海底だ。ロシア一国で生産しようとしたらしいが、製錬技術ではロシアは遅れている。最も進んだ技術をもっているのが中国だ。世界のレアアース生産量の大半を占める中国が、ノウハウを蓄積している」

「ロシアは実効支配の強みを主張し、中国には技術がある。日本人は何の権利で加わっているんです？」

「ここから先は、俺の付焼《つけや》き刃《ば》じゃおっつかん。関係者を呼ぶから話を聞いてくれ」

稲葉は内線電話に手をのばした。

「待ってください。そこにいけって話なんですか」

稲葉は私をふりむき、わずかに間《ま》をおいて、

「そうだ」

と答えた。

私は何といってよいかわからず黙った。警視庁の管轄区域ではなく、そもそも日本ですらない。政府は、日本固有の領土と主張しているが、かりにそうだとしても北海道警察の縄張りだ。

「お連れしてくれ」

受話器をおろし、稲葉は私を見た。

「その島にいる間、君は警視庁警察官としての職務権限を失う」

「はあ？」

会議室のドアがノックされた。

「どうぞ」

眼鏡をかけた、四十四、五の男がドアを開いた。首から入館証をさげている。

「お待たせしました。どうぞおかけください」

ノータイでスーツを着け、運動をやっているような体つきだ。男は私を見つめた。

「こちらが石上です。ロシア語と中国語が堪能《たんのう》です」

「あ、日本の方なんですね。一瞬、どこの国の方だろうと。失礼しました。私、ヨウワ化学工業の安田《やすだ》と申します」

名刺を手渡された。

「申しわけありません。さっき現場から戻ったばかりで、名刺をもっておりません」

うけとった私は頭を下げた。

「ヨウワ化学工業株式会社　電源開発部　開発四課チーフ　安田広喜」

と名刺にはあった。会社は芝公園だ。

「安田さんは半月前まで、オロテックに出向しておられた。北方領土の合弁会社に、どうして日本企業が加わったのか、石上くんに話してやってください」

私は安田を見返した。

「ロシアは地の利、中国は技術、日本は何でくいこんだのです?」

「それでしたら、まずレアアースについてお話をさせてください。もし石上さんが詳しいのなら、しませんが……」

安田は迷ったようにいった。私は首をふった。

「まるで詳しくありません。たった今、課長から、車やコンピュータに必要なネオジムというのがある、というのを聞いただけで」

「そうですか。ではなるべく簡単に説明をいたします。レアアースというのは、十七種類の元素の総称です。元素周期表、『水兵リーベ、僕の船』と覚えた表、あれの二一番スカンジウム、三九番イットリウム、そして五七番から七一番までの十五元素をあわせたものです。レアメタル四十七元素のうちの、電子配列が似たものをレアアースと呼び、超伝導性や強磁性、半導体、触媒特性などが産業的に利用されています。このうち、特に現在有用とされているのが、ネオジムやサマリウムなどの永久磁石の材料となるレアアースです。レアアースは、レアアース鉱物に含まれており、その代表的なものが、モナザイト、バストネサイト、イオン吸着鉱などです。もともとは地下深くのマグマに含まれていたレアアースが地表近くに上昇し、他の元素と化合してできたのです。このレアアース鉱物には、トリウムという放射性元素が含まれている確率が高く、モナザイトなどは六から十パーセントも含んでいます」

「つまりレアアースをとると放射性元素もくっついてくる？」

「すべてのレアアース鉱物ではありませんが、モナザイトやゼノタイムなどは含有量が高い。鉱石内で、レアアースとトリウムが共存しているのです。チタンなどとも共存するケースの多い元素です。選鉱の段階で、これらの元素は分離されますが、放射性元素であるトリウムは、ただ保管しておくというわけにはいきません。野積みなどすれば、環境汚染をひき起こしますから」

杜の資料を思いだした。杜と仲間が所有する鉱山からたれ流しになった放射性物質で、近隣の住民に癌《がん》患者が多発した。その責任を逃れるため、杜は重慶に逃げたのだ。

「このトリウムを有効に利用する方法があります。原子力発電です。トリウムを使った原子力発電は、施設を小規模にできるという利点があります。なぜなら、ウランを核分裂させて発熱させるシステムと異なり、プルトニウムがほとんど発生せず、比較的低発熱で運転することが可能だからです。ところがプルトニウムが発生しないため、核兵器への転用が不可能だという理由でこれまで多くは建設されませんでした」

「つまり原子力発電は、核兵器開発のためでもあったということですか」

「日本以外の国では」

安田は頷いた。

「さらにトリウム発電所は、溶融塩炉という構造上、発電量に比べどうしても施設が高層化する傾向があり、インドやドイツ、アメリカにあるものの原子力発電の主流とはなっていませんでした。建物はかさばるのに、発電量が少なく、プルトニウムも作れないでは魅力に欠ける。しかし五年前、ヨウワ化学工業は、高層化しない溶融塩炉で発電するシステムを開発しました。発電量は二十メガワットですが、副産物のトリウムを燃料にしてレアアースの選鉱、分離、精製に必要な電力をまかなうことができます」

「それがオロテックに加わった理由ですか」

安田は再び頷いた。

「ヨウワ化学工業が参加したことで、トリウムの保管と電力供給のふたつの課題をオロテックはクリアしました。ヨウワの発電所がなければ、離島であるオロボ島では、採掘から選鉱、分離、精製にいたる工程のエネルギーを確保できず、海底から掘りだした鉱物を選鉱しないまま、ロシア本土なり北海道に運ぶ他なかったわけです。そうなれば運搬費用が高くつきますし、環境汚染の問題もでてくる」

「加えざるをえなかったわけですね」

「ただ政治的な問題がありました。日本政府の主張は、あくまでもオロボ島、春勇留島は、日本の領土です。実効支配されているとはいえ、ロシア領だとは認められない。合弁に日本企業が加わることに関して、政治的な意味を一切もたせないという条件が経産省からつけられました。つまりオロテックへの参加とレアアースの生産は認めるが、それがロシア領産だとは認めない。あくまでも民間の経済行為にとどめ、対中外交でレアアースをカードに使われない保険のひとつとする」

「でも中国も合弁に参加しているのですよね」

「広東省《カントン》に本社のある電白希土《でんぱくきど》集団という企業が入っています。六大グループと呼ばれる中国のレアアース集団のひとつです。ただ技術提供という条件ですから、生産されたレアアースに関しては、日本、ロシアと同等の権利しかもちません」

　黙っていると、稲葉がいった。

「少し理解できたか」

「一種の三すくみですかね。領土を主張するロシア、生産技術の中国、エネルギー供給の日本」

「おっしゃる通りです。島内の住民はほぼオロテックの社員で、このうちロシア人は島南部の海底にある漂砂鉱床からの採掘と運搬、居住施設の運営などの作業にあたり、中国人が選鉱、分離、精製、日本人が発電というすみ分けができています。人数も、百、百三十、百十と、ほぼ同じくらいです」

「公務員はいますか」

「ロシア国境警備隊の人間が数名常駐していて、私がいた当時は、グラチョフという少尉が指揮をとっていました。三十そこその若い将校です。オロボ島がロシア領だと、我々日本人や中国人に思いださせるためだけにいるようなもので、仕事など何もありませんでした」

「社員はずっと島に缶詰ですか」

「我が社は六ヵ月交代でローテーションを組んでいますが、ロシア人や中国人には一年、あるいはそれ以上の任期できている者もいます。三日以上の休暇がとれれば、だいたいユージノサハリンスクや根室《ねむろ》に向かいます。船だとユージノサハリンスクまで二十四時間、根室まで二時間です。緊急の場合や要人の移動にはヘリを使い、ユージノサハリンスクまで二時間、根室には十五分ほどで到着します。島にはロシア人ドクターのいる診療所がありますが手術などの設備はないので、根室に患者を空輸していました。食料品は北海道とサハリンの両方から運ばれます」

「気候はどうなんです？」

「六月から九月までは、過しやすいといえます。残りの八ヵ月は冬です。特に十一月から四月は雪と氷の世界です。海に囲まれているので最低気温がマイナス何十度にもなるのはまれですが、一月二月は、平均気温でマイナス四度五度といった気候です。夏は霧がよくでます。あとは風が強い。ひどくなるとヘリも飛べません。夏場は釣りなどをする人間もいますが、冬は外にほとんどでなくなる。娯楽というと、ビリヤードや麻雀《マージャン》、ダーツ。あとは映画を部屋で観《み》るか、酒を飲むくらいです」

「酒場はあるのですか」

「港の近くにロシア人の経営する酒場が何軒かあります」

稲葉がテーブルに書類を広げた。地図だった。

「ご覧の通り、オロボ島は英語のHを歪《いび》つにしたような形をしています。東西、南北はそれぞれ約五キロで、Hの上側のくぼみが天然の良港になっていて、小型の船舶は接岸できます。大型船の場合は沖に停泊して艀《はしけ》でいききすることになる。このくぼみの部分を囲むように西側が中国人区、中央にロシア人区、東側に日本人区という具合で集合住宅が設置されており、酒場や食堂などはロシア人区に集中しています。分離や精製をおこなうプラントはHの左のたて棒に、発電所は右のたて棒の下半分に建設されています。また下のくぼみ部分に選鉱場とつながったパイプラインが海に向かってつきでており、南部の海上プラットホームから運んでくる鉱物を流しこんでいます。これらの輸送作業はほぼロシア人社員の仕事で、ヘリや船を動かしているのもロシア人です」

地図を指さして安田は説明した。

「プラントは二十四時間稼動しており、従業員は三交代で勤務しています。海上プラットホームは全部で三基あり、お盆が浮いたような形で、その中心からストローのような管を海底におろし、鉱石を吸いあげています。鉱石といっても実際は泥状で、それを選鉱し、分離、精製するのがプラントの作業になります」

「先ほど大型船は接岸できないといわれましたが、パイプラインにはどうやって船をつけるのです？」

興味を惹《ひ》かれ、私は訊ねた。

「島の南部のほうが水深があるので運搬船を近づけることが可能なのです。ただ地形的には切りたった崖で、パイプラインを垂直におろして、運搬船のタンクにつっこむことはできても、人や物が上陸するのは北部の港からでないと不可能なんです」

「ひとつうかがってよろしいですか」

稲葉がいった。

「どうぞ」

「その北部の港ですが、大型船の接岸ができないのなら、生産されたレアアースはどう運びだすのですか」

「精製されたレアアースは砂状で、ことにネオジムなどは年間の生産量で千トンくらいです。艀でピストン輸送しても充分間に合う量です」

「それで採算がとれるのですか」

「ネオジムのトンあたりの輸入価格は、過去十年で安値のときで五万USドル前後、最も高かった二〇一二年は十六万USドルです。千トンなら五千万ドルから一億六千万ドルということになります。さらに精製されるレアアース鉱石にはネオジムより価格の高いジスプロシウムなども含まれますし、他にもランタンやセリウムといったレアアースも採取されますから、原子力発電所の建設費用を含めても、採算がとれないということはないと思います」

「なるほど。こっそりもちだすような輩《やから》はいないのですか？」

訊いた私を、稲葉は咎《とが》めるような目で見た。

「すみません。ふだんつきあっているのが密輸とか密売を商売にしている連中なんで、つい下品なことを考えてしまうんです」

「世界中で生産されているレアアースをすべてあわせても十万トン強です。価値はあっても市場は決して大きくありません。盗んでも売る場所がない。盗品だとすぐバレてしまうでしょう」

「金《きん》やダイヤとはそこがちがいますね。誰にでも価値があるわけではないし、麻薬のように非合法な市場が最初からあるのでもない」

稲葉がいった。

「ええ。もしかすると、中国国内などには、盗んだレアアースを買いとるような商社があるかもしれませんが」

私は頷いた。稲葉を見る。稲葉は一瞬私を見返し、安田に目を向けた。

「まだ石上くんには話していません」

安田は大きく息を吸いこんだ。上着から携帯をとりだす。

「実は、二日前に私の後任で発電部門の責任者である中本《なかもと》くんから連絡がきて、当社から出向している人間が変死した、と。国境警備隊が処理にあたっているが、社員に動揺と不安が広がっている。何かいい方法はないかと相談をされました」

「変死、ですか」

安田は携帯をいじった。画面に写真が浮かんだ。

水色のジャンパーを着た男の上半身が写っている。両目がなく、かわりに赤い穴があいていた。背景は、岩山のような屋外だ。

「西口《にしぐち》という社員でした。死因の調査も含め、遺体を根室に搬送するようにいったのですが、国境警備隊が許可をださないようなのです。オロボ島に警察署はありませんし、対処する機関となると確かに国境警備隊なのですが、警備隊といっても実際は軍隊です。死因を調べることなんてできません。ご覧の通り、西口が事故や自殺でこうなったとは、とても思えません。正直、誰かに殺されたとしか考えられない」

私は稲葉を見た。無茶だ。捜査一課にいたことはないし、鑑識の経験もない。

「日本から警官をさし向けることはできない。ロシアが実効支配している土地に、日本人の警官が乗りこんで捜査をすれば国際問題になる。そのことは安田さんに申しあげた」

　稲葉はいった。

「承知しております。といって、このまま放置してもおけません。万一また誰かが殺されるようなことになったら、オロテックからの引きあげを考えざるをえなくなる。ですから何らかの形で抑止というか、社員を安心させるためにも、調査にあたる人間をさし向けていただきたいと考えているのです」

　私は息を吸いこんだ。

「それはかたち上、ヨウワ化学の社員としてこの島にいく、ということですか」

「はい。ですがうちの人間には刑事さんだということを話します。それだけでかなり安心すると思うのです」

「実際に犯人がつかまらなくても？」

　私は安田に訊ねた。

「いや……。それは、できれば犯人をつかまえていただければ助かります。しかし三百四十人いる社員全員に訊きこみとかは大変でしょうし……」

「国境警備隊はそうした調査をしていないのですか」

「遺体を監視下におく以外は今のところ何もするようすはないそうです」

「最寄りの警察はどこです？」

　私は稲葉を見た。

「距離的には根室警察署だが、政治的にはサハリン州のユージノサハリンスク警察だ。ただ被害者は日本人だし、国境警備隊が管理している島に、二十四時間かけて警官を送るかどうか」

「オロテックの微妙な立場もあります。ロシアが実効支配する地域でプラントを稼動させていますが、日本の主張もわかっているわけで、さらにそこに多くの中国人もいます。警官を送ることには慎重にならざるをえないと思うのです。国境警備隊が調査らしい調査をおこなわないのも、あるいはそれが理由かもしれません」

安田はいった。

「といって放置していて、第二第三の犠牲者がでないとも限らない。石上くんは知っていると思うが、殺人事件はほとんどの場合、加害者と被害者のあいだに密接な関係がある。友人や家族、恋人といった人間関係の中で発生するのが大半だ。つまりヨウワ化学工業の社員の中に犯人がいる確率が高い。石上くんがいって捜査にあたれば、あるいは簡単に犯人をつきとめられるかもしれないし、そうでなくても次の犯行を犯人がためらう理由にはなる、ということだ」

「その中本さんという方には、犯人の見当はついていないのですか。殺して両目を抉《えぐ》るというのは、かなり恨みのある人間がやることだと思いますが」

私はいった。

安田は首をふった。

「それが西口は、オロテックに出向してまだひと月足らずで、そんなに親しい人間もいなかったようです」

「死体はどこで見つかったのですか。画像によると屋外のようですが」

私は訊ねた。

「日本人区から少し離れた、島の東側の海岸で、三月十日に発見されました。砂浜もあることから、散歩する人間がいます。死体を見つけたのも、散歩をしていた中国人だということです」

「発電所も当然、二十四時間、操業しているのですよね」

稲葉の言葉に安田は頷いた。

「三交代制で、常時三十人が施設内におります」

「犯人をつかまえるといっても、その島で私に逮捕権はありませんよ。国境警備隊にひき渡すのですか」

私は稲葉を見た。

「それに関しては、犯人が判明した段階で、検察や法務省と相談、ということになるだろう。重要なのは、オロテックに出向しているヨウワ化学の社員に安心感を与えられるかどうかだ。君がいるあいだ第二の事件が起きないだけでも効果がある」

稲葉は私を見返した。

「いるあいだって、どれくらいの話です？」

「とりあえず三ヵ月でどうだ」

私は目をむいた。

「失礼」

私の顔を見た稲葉は安田に告げて、会議室の外へと私を誘った。

「無理です。鑑識にいた経験もなければ、殺人事件の捜査だってしたことがない。何の役にも立ちませんよ」

廊下にでると小声で私はいった。稲葉は私のことは見ず、ブラインドのおりた窓に目を向けている。

「捜一の経験者を送って、通訳をつけたほうが絶対に結果がでます」

「通訳を介して、ロシア人や中国人に訊きこみをおこなうのか。自分が警官だと宣伝するようなものだ。そんなことになれば、ロシア側も警官を送ってくるだろう」

「それでいいじゃないですか。政治的にはユージノサハリンスク警察の管轄なのでしょう?」

「だがもともとは日本固有の領土だ」

私は天を仰いだ。

「それなら自衛隊といっしょに上陸しますか。第二次日露戦争の勃発ですね」

「真面目《まじめ》な話をしているんだ。この事案については、外務省や内閣官房も重大な関心を寄せている」

「じゃあそっちに任せましょう」

「現役警察官がいくことが重要なんだ。オロテックに出向している日本人に安心感をもたらすことが第一。刑事がいると伝われば、空気がかわる」

「いじめかもしれないというのに？」

私はいった。

「いじめ？」

「三ヵ国の技術者が小さな島に押しこめられているんです。精神的に不安定になる奴がいて不思議はない。だいたいそういうところでは新人がいじめの対象になります」

「目をくり抜くのがいじめか？」

「自殺したんです。それを動物がつついたか、いじめを隠そうと考えた誰かがやった」

「よく考えているじゃないか。それくらいの勘が発揮できれば、犯人をつかまえられる」

「つかまえてどうするんです？　日本に連れ帰って裁判にかけるのですか」

「日本人なら可能だ。釧路《くしろ》地裁の根室支部がある」

「私の権限は？　何もありません」

「根室警察署にフォローさせる。かたち上、自首でもかまわないし、民間人の君が逮捕したことにしてもいい」

「私人逮捕は現行犯、準現行犯に限られます」

私がいうと、稲葉は私の顔を見直した。

「いくのが嫌らしいな」

「一年の三分の二が雪と氷の世界の島に、警視庁警察官の身分なく三ヵ月間おかれ、やったこともない殺人事件の捜査にひとりであたるんですよ。わくわくして、また吐きそうです」

「そういう減らず口を叩《たた》けるところを買っているんだがな」

「今日のところは見逃してください」

「内閣官房に、適任者がいると部長が太鼓判を押したらしい。ロシア語と中国語に堪能で、潜入捜査のベテランだ、と。組対の部長が官房長官にお目通り願えることなんてめったにない、外務省の鼻も明せるってんで、張りきったみたいだ。君が断われば、部長のメンツはまる潰れだ。それはそれで喜ぶ人間はいるだろうが、君の骨を拾ってまではくれんぞ」

「脅迫ですか」

「もうひとつ香ばしい情報がある。ボリス・コズロフが飛んだ。港栄会の知り合いに、『スーカを殺せ』といいおいて」

スーカとはメス犬、つまりビッチのことだが、警察の犬という意味もある。

「港栄会に刑事をつけ狙う度胸があるとは思えないが、コズロフの手下には無茶をする奴がいるかもしれん」

「この場で吐きます」

「三ヵ月の転地療法だ。気分もよくなる」

私は大きく息を吐いた。

「内閣官房の機密費から特別手当もでる。うまくすれば国家安全保障局にひっぱってもらえるかもしれん。悪くても、内調の目はある」

「よくそう簡単に、嘘《うそ》をつけますね」

私は稲葉を見た。

「今日あるを見越して、君をひっぱったのさ」

すました顔で稲葉は答えた。

「考えさせてください」

「三日やる。水曜には現地に飛んでもらいたい」

「三ヵ月いなくなるのに、三日しか準備をさせてもらえないのですか」

「準備なんてものは、限られた時間の中でおこなうもんだ。そうだろう」

稲葉は、私を会議室の扉へと押しやった。

3

羽田発の便が根室中標津《なかしべつ》空港に着陸したのは午後二時少し前だった。飛行機を降りると、「石上様」というボードを掲げた男が立っていた。「ヨウワ化学」と縫いとりの入ったジャンパーを着けている。眼鏡をかけ、色が黒い。

「石上です」

荷物は機内にもちこんだリュックだけだ。防寒着や生活に必要な雑貨類はすべてヨウワ化学が用意してくれることになっていた。捜査で必要なものが生じたらすぐに送る、と稲葉も約束した。が、何が必要になるかすら、私には想像がつかない。

「ご苦労さまです。坂本《さかもと》です」

ボードをおろした男はいって、名刺をさしだした。三十代の半ばだろう。

「ヨウワ化学工業株式会社　電源開発部　根室サポートセンター　坂本克男」とある。

「サポートセンターというのは？」

「オロテックに出向する社員の支援や機材運搬のために、ヨウワが根室市に作った施設です。ヘリポートも併設していまして、島からの便が着きます」

こぢんまりした中標津空港の建物をでるとすぐ前が駐車場だった。ヨウワ化学と小さくドアに入った黒い４ＷＤに坂本は歩みよった。駐車場の隅には雪が積まれているが、それほどの高さではなく、寒さも思ったほどではない。

「もっと寒いと思っていました」

助手席に乗りこんだ私はいった。

「今年はあたたかいんです。雪もそんなに多くありません。島のほうも同じみたいで、センターに入ってくる映像でも雪はそれほど積もってないですね」

　4WDのエンジンが始動すると、車外温度はマイナス二度と表示された。

「今日は風がないのも、あたたかく感じる理由でしょう。去年の今頃は、雪が積もってるし風も強くて、地吹雪《じふぶき》でたいへんでした」

　ひとつくらいは運がよいと思えることがあるものだ。「共謀罪」で逮捕状のでたボリス・コズロフの足どりはまるでつかめず、日本にはもういないだろうと私は考えていた。半年後か一年後か、ほとぼりがさめた頃、偽のパスポートで戻ってくる。そのときまだ私のことを覚えていたら、命を狙われるかもしれない。

　願わくは、それまでに誰かに殺されるかつかまるか、あるいは恨みを忘れるくらい儲《もう》けていてもらいたい。

「センターまでおよそ八十キロほど走ります。二時間近くかかるので、もしおやすみになりたければ楽になさってください」

「大丈夫です」

　根室市は北海道の東端につきでた根室半島にある。半島の突端が納沙布岬だ。納沙布岬からは、天気がよければオロボ島も見える、と運転しながら坂本は話した。

「春勇留島とは呼ばないのですね」

　私がいうと、坂本は当惑したように首をふった。

「他の島は皆、色丹《しこたん》とか国後《くなしり》と呼ぶのに、オロテックがあるからか、ついオロボと呼んでしまうんです。まずいですかね」

「春勇留とオロボだったら、確かにオロボのほうが呼びやすい」

「オロボってのは、錫という意味らしいです。どうやら昔、ロシア人が錫を採掘していたことがあったらしく、それでついた名のようです」

空港をでて少しすると交差点があり、4WDは直進した。ただまっすぐに道がのびている。車はほとんど走っていない。坂本はスピードをあげた。

「坂本さんも島にいらしたことがあるのですか」

「赴任したことはありませんが、二、三日の短期滞在なら、何度もあります。正直、何もないところです。根室も田舎《いなか》ですが、オロボに比べれば充分都会ですね。まあうちの人間は、帰ろうと思えば、船で二時間、ヘリで十五分ですからね。そんなに遠くにいると感じることはありません。むしろロシア人や中国人のほうが遠くにきたと思っているのじゃないですか」

「ホームシックになる人間はいませんか」

「いや、いますよ。だいたい酒を飲んで騒いでいるのがそういうので。酒は皆飲みますね。人種に関係なく」

「酒場があるそうですね」

「ロシア区画にあります。変な話、女もいますから」

「女？　つまり——」

坂本は小さく頷いた。

「どこから連れてくるんです？」

「さあ、どこからですかね。女は平均二、三ヵ月でかわるそうです。白人やら東洋系やら、いろんなのがいます。たぶん、よそにいるより商売になるんでしょう。三百何十人からの男がいて、特に冬は夜なんてやることがないですからね」

「酒場でトラブルは起きないのですか」

「ありますよ、もちろん。互いに簡単な会話しかできないし、冬なんか吹雪《ふぶ》くとずっと閉じこめられてイラついてますから。殴り合いとかもたまにあるって聞きます」

「どうするんです？　国境警備隊を呼ぶ？」

「まさか。用心棒みたいなのがいて、その場をおさめてます。なんせロシア人は船乗りとか作業員ですから、体もでかくてごついんです。並みの日本人や中国人じゃ太刀《たち》打《う》ちできません。酒も馬鹿みたいに飲みますし」

「作業員というのは、製錬所で働いているのですか」

「いや、分離や精製といった、プ、ラ、ン、トと呼ばれている区画は中国人だけで、外国人は入れませんね。奴ら産業スパイを警戒しているんです。プ、ラ、ン、トの入口には、中国人の警備員もいますし。ロシア人は主に海上プラットホームや港、船とかで働いています。レストランや売店もロシア人がやってます」

「通貨は？」

「何でも使えますが、円で払っても釣りはルーブルになります。ルーブルが自然にたまるんで、飲み食いはルーブルで払うようになりますね」

「パスポートとかは必要ないのですか」

「必要ですが、入国審査とかはなく、オロテックの管理事務所でコピーをとられるだけです。管理事務所はロシア区画の中心、港の正面にあります。島の地図は？」

「いただきました」

安田が携帯に送ってくれていた。

「まあ、五キロ四方で、しかも立入禁止区域もありますから、すぐひと回りできますよ。立入禁止区域は、分離、精製をおこなうプラントとうちの発電所くらいですが」

「坂本さんがいらしているときに、何か大きいトラブルが生じたことはありますか」

私が訊ねると、

「いや……」

坂本は首を傾げた。

「基本、オロテックの給料はいいんです。だから日本人はもちろんのこと、ロシア人や中国人もトラブルを起こしてクビになるようなことは避けます。ロシア人で飲食店や売店で働いているのは社員ではありませんが、よそよりは稼げるわけで、オロテックともめて商売ができなくなるのは困るでしょうね」

「日本人や中国人で商売をしている者はいないのですか」

「いません」

坂本は首をふった。

「オロボ島で、レアアース関連以外の仕事をできるのはロシア人だけです。そもそもオロテックの許可を得られない人間は上陸できません」

「日本食や中国料理が食べたくなったら？」

「どちらもロシア区画にレストランがあります。作っているのはロシア人です。味は、正直、これしかないから食うというレベルですが。あとはキオスクでカップラーメンとかですね。週に二回、根室から生鮮食料品を積んだ船がきて、そのときはおにぎりとか寿司《すし》がキオスクに並びます。ロシア人や中国人も食ってますよ」

「漁師とか、一般の住人はいないのですか」

「いません。オロテックと無関係で島にいるのは、国境警備隊くらいです」

「島内での最高責任者は誰です？」

「施設長ですね。エクスペールト、『エキスパート』のロシア語らしいのですが、エクスペールトと呼ばれてます。パキージンというロシア人で、オロテックの副社長です。その下に、電白希土集団からきている如《ルウ》さんとうちの中本がいます」

「コミュニケーションは何語でとっているのです？」

「簡単な英語で、つっこんだ話をするときは、それぞれ通訳の社員を同席させます。あとは身ぶり手ぶりですね。長くいる連中は、それぞれ簡単なロシア語、中国語、日本語を喋ります。うちの人間が一番駄目ですね。半年で動くせいもあるのでしょうが。石上さんはロシア語と中国語の両方いけるとうかがいました。うちにはそういう者は今までいません。ロシア語ならロシア語だけ、中国語なら中国語だけで」

「他にとりえがないんです」

「いや、そんな」

坂本は黙った。

「パキージンというのはどんな人物です」

「たぶん軍人あがりだと思います。坊主頭で、ロシア人にしちゃ体つきがスマートです。華奢《きゃしゃ》というわけじゃなく鍛えている感じですね。背筋もぴんとしていて。歳は五十二って聞きました」

「社長はいないのですか」

「めったに島にはこないようです。オロテックの本社はウラジオストクにあって、資本金をだしたのはロシアの資源企業です。だから社長もガス会社のオーナーか何かだと聞いたことがあります」

新興財閥《オリガルヒ》なのだろう。資源ビジネスにかかわり、財閥になりあがるのがロシアや中国の裏社会で成功した連中の夢だ。もちろんそこまでたどりつける人間などめったにいない。軍や政府に利用され、必要なくなれば殺されるか刑務所に送られる。

「社員管理は厳しいのですか」

「一番厳しいのはプ、ラ、ン、ト、です。精製技術を盗まれたくないってんで、携帯のもちこみも禁止です。プラントの周辺では、電話もつながりません。たぶん妨害装置を設置しているのだと思います。安全点検用のカメラもおかせないほど中国人は徹底していますから」

「ロシア人はどうです？」

「こっちはアナログですね。何せプラットホームの運営と吸いあげた鉱石の運搬が作業の中心ですから。プラットホームの作業員は海の上で何日も過します。だからなのか、休みのときにはロシア人はやたら遊んでいます」

声にいまいましげな響きがこもった。私は話題をかえた。

「亡くなった西口さんをご存じでしたか」

「ほとんど知りません。ヨウワの千葉工場からひと月前に赴任してきたんです。発電のエンジニアで、きたときはこうやって空港まで迎えにいきましたが、あまり喋らなかったな。おとなしそうな人でした」

「島内では、ヨウワの社員どうしの交流はありますよね」

「そりゃあもちろんです。一度赴任すれば半年は動きません。仕事はすぐに覚えますが、生活に慣れないとキツいですからね。先にきている人間がいろいろと面倒を見ます。いく前にこれがあると便利だというのは、だいたい教わります。石上さんの分も、うちで用意してあります」

「生活というのは……」

「結局、余暇の過しかたですよ。特に冬場はやることがない。酒ばかり飲んでもよくないし、宿舎にはジムがあるからそこで体を動かすとか、わりと流行《はや》るのはロシア語や中国語の勉強です。先生がいっぱいいるんで。それでもなかなか身についたというところまではいかない」

「ヨウワの人で一番長いのは誰です?」

「たぶん中本ですね。今回の赴任が四回目なので。安田という人間と毎回交代で入っているんです」

「安田さんにはお会いしました」

「それ以外だと、そうだな……。二回目というのは何人かいます。あそこでの暮らしを気に入って希望するのもいますから。まあ、家族がいたら厳しいですけどね。単身赴任しか許されませんので」

考えようなのだろう。寒く狭い島に押しこめられていると思うと息苦しいが、職住近接で、働きやすいし、金も貯《た》まる。

「宿舎は、全区画だいたい同じような造りです。ワンルーム五十戸のアパートが各三棟並んでいて、ロシア区画だけ、大きな部屋もあると聞いたことがあります。エクスペールトの部屋とか、視察にきた役人を泊める部屋もあるんで」

「仲がいい悪いというのはありますか」

「特にはないと思いますね。国はちがっても、同じ会社の人間ですし。まあロシア人に関しては、職種によって荒っぽい感じのする奴もいますが、基本的には角をつきあわせるような感じはありません」

「そんな中で、西口さんに何が起こったのでしょう」

私はいった。坂本は黙りこみ、やがていった。

「まるで見当がつきません。きたばかりで、誰かに殺されるほど恨みを買うわけはないです」

西口の年齢は三十二だったと安田から聞いていた。前から西口のことを知る人間がオロテックにいたのかもしれない。

渡された資料によれば、西口は北海道出身で大学の工学部を卒業後、ヨウワ化学に就職し、千葉工場勤務ののち、一ヵ月前にオロテックへの出向を命じられている。独身で、札幌《さっぽろ》にいる弟は両親と同居中だ。

「噂とか、聞いたこともありませんか」

坂本は首をふった。

「現地ではもしかしたらあるかもしれませんが」

「プラント以外には、安全点検用のカメラはおかれているのですよね」

「もちろんです。港やパイプライン、発電所、居住区画にも設置されていて、映像はオロテックの管理事務所に集められます」

「西口さんが見つかった海岸は？」

「そこにはないんです。何の施設もありませんから」

私は携帯をだし、送られた地図を拡大した。確かに日本区画と発電所を除くと、島の東側には何もない。

「移動は徒歩ですか」

「人間は地下通路です。資材は車で運びますが」

「地下通路」

「各施設が地下通路でつながっているんです。冬なんか、地上は凍えますからね。動く歩道が地下通路には設置されてます。ですからこの時期、地上を歩き回っている人間はあまりいません。ジョギングをする奴も地下を走っています」

「動く歩道を？」

「いやいや。地下は動く歩道とふつうの道の両方があります。進行方向右側にそれぞれ動く歩道があり、まん中はただの通路です。そこを走るんですよ」

「すると地上にはあまり人がいない、ということですね」

「各施設周辺にはいますが、それ以外の場所にはあまり……。あと二ヵ月くらいして五月になれば、ぶらつく人間もいると思います」

私は地図を眺めた。地図に点線で示されたのが道路だと思っていたが、地下通路だったようだ。

「基本、島内の施設はどこもエアコンがきいています。地下通路も。だから凍えることはないのですが、メンテナンスなどで屋外活動をするときは防寒着が必要になります」

地図によれば、プラントと中国区画はほぼくっついている。発電所と日本区画の距離は一キロくらいだろう。地下通路は十字を縦にふたつ描くように島の施設を結んでいる。サポートセンターは根室市の東側にあった。二階だての建物のかたわらにヘリポートが併設されている。

オロテックにもっていく荷物がダンボール箱に用意されていた。新品の下着や防寒着、水色の制服だ。前もって知らせたのでサイズは合っている。制服はジャンパータイプの上着とパンツの組合せで、働く施設によって色分けされているのだと、坂本は説明した。発電所が水色で、プラントがベージュ、海上プラットホームや港がオレンジだという。

「じゃあひと目で何人《なにじん》かわかりますね」

「着用が義務づけられているのは施設内だけですから、居住区では皆脱いでいます。といっても、長くいればだいたい顔でわかるようになります」

いわれてみれば三百四十人しかいないのだから、中学時代の同学年の生徒数とかわらない。

「寝具や食器などは宿舎に用意してありますし、歯ブラシとかシャンプーの類《たぐい》はキオスクにあります。皆日本製です」

それを聞いて安心した。

「四時半にヘリがきます。パイロットはセルゲイといって、日本語の達者な男です」

サポートセンターにはオロボ島の安全点検用カメラとつながったモニターがおかれていて、プラントを除いた、すべての施設の映像をリアルタイムで見ることができた。

「この映像は録画されていますか」

坂本と同じジャンパーをきた二十代の男が頷いた。

「西口さんが亡くなられた日のものをデータでいただけますか」

「パソコンをおもちですか」

私は頷いた。

「アドレスを教えていただければ、そちらに送ります。今夜中にはお届けできます」

死体の発見場所と殺害現場が別だったら、映像に何らかの手がかりが残されているかもしれない。

「助かります」

「施設内なら全域でＷｉ－Ｆｉがつながります。何かわからないことや必要なものがあったら、サポートセンターあてにメールをください。アドレスはお渡しした名刺にもありますし、ヨウワ化学かオロテックで検索していただいてもつながります」

坂本の言葉に頷いた。ヘリコプターのバタバタというプロペラ音が近づいてきた。

「セルゲイがきました。あなたは、西口の交代要員だということになっています。これを――」

ホールダーに入った写真つきの社員証を渡された。英語とロシア語でオロテック社員の「ヒトシ・イシガミ」と記されている。

「お借りします」

首にかけた。プロペラ音がどんどん激しくなった。

坂本に送られてサポートセンターをでた。十人以上乗れそうな大型ヘリが着陸したところだった。坂本とモニターについていた若い社員が、私のもちこむダンボールをヘリに積むのを手伝った。

「コンニチワー！　セルゲイです」

ヘルメットをつけた白人のパイロットが乗りこんだ私にいった。

「あなたをオロテックまでお連れします。安全運転ですから、ご心配なく。ヘルメットとシートベルトをよろしくお願いします」

「石上です。よろしくお願いします」

私はいって、ヘルメットをかぶりシートベルトを締めた。座席数は二十近くある。

ヘリはいきなり離陸し、不自然な浮遊感に胃がもちあがるような不快感を覚えた。

セルゲイが交信する声がヘルメット内のイヤフォンに流れこんだ。ロシア語で私を乗せたことを報告している。

眼下に海が広がった。海面を埋めた流氷が、鈍い光を放っていた。

前方に島がいくつも浮かんでいた。携帯で地図を見る。一番手前が水晶島《すいしょう》、その先に勇留《ゆり》島、左手の大きな島が国後島だろう。

機体が斜めにすべるような動きをして、吐きけがこみあげた。

勇留島の先、志発《しぼつ》島の右手奥に構造物が光る島があった。クリーム色の筒が弱い西日を反射しているのだ。

「着陸する前に、カンコーします」

セルゲイの声が耳に流れこんだ。ヘリは高度を下げながら、根室側からオロボ島に接近した。

「三つ、丸いのありますね。海上プラットホームです」

つづいた言葉で、カンコーが観光を意味するとわかった。

島の手前、遠い位置で千メートルくらいの海上に丸い盆のようなプラットホームが三つ浮かんでいた。盆と盆の間隔は五百メートルくらいある。盆からは海中に向けてまっすぐに櫓《やぐら》がのびている。

その盆の上空でヘリはホバリングした。島がH形をしているのがはっきりと見てとれた。H形の下のくぼみに銀色のパイプラインがあった。島左にある長方形の建物から横にのび、切りたった崖からとびだし、海面に向けて直角に折れている。

パイプの先は細まり、ノズルのような形をしていた。長方形の建物にはほとんど窓がなく、Hの左のたて棒の半分近くを占めている。

「左側はプラントです。右側の丸いのが発電所」

西日を反射していたのは右のたて棒の下にある円筒形の建物だった。高さは二十メートルくらいだろうか、盛大に水蒸気を吐く煙突がつきでている。

ヘリが前進した。Hの上のくぼみを囲むように建物が密集し、その先に何隻かの船が停泊していた。

「港の手前、街です。左がチャイナタウン、右がジャパンタウン、センター、ロシアンね。まん中の一番高い建物、オフィスです」

ロシア区画の港の正面に六階だてのビルがあった。各区画には、五階だてのアパートらしき建物が並んでいる。

ヘリはさらに高度を下げた。「H」と記されたヘリポートが、Hの横棒の南側にあった。着陸すると、地下通路の入口らしき囲いから、防寒着で全身をおおった男たちが走りでてきた。

「お疲れさまでしたあ。ようこそオロボに」

ローターが止まると、ヘルメットを脱いだセルゲイはいった。

「ありがとうございました。スパシーバ」

ヘリの扉が開いた。

「石上さんですか。ご苦労さまです」

男たちの先頭にいた男がいった。四十代の終わりだろう。面長の顔に眼鏡をかけている。私は頷いた。

「中本です。遠くまでよくいらっしゃいました」

さしだされた右手を握った。中本は連れてきた二人の男をふりかえった。

「石上さんの荷物をアパートまで運んでくれ。私は事務所にお連れする」

「了解です」

二人の男は私に目礼し、積みこまれたダンボールに手をのばした。

「恐縮です」

「いや、とんでもない。どうぞこちらへ」

中本にしたがって、地下通路の入口を下った。

あたたかな空気に包まれた。地上に比べれば二十度以上ちがうだろう。

「パスポートをおもちですか」

「ええ」

私はリュックを示した。

「来島者はパスポートのコピーをオロテックの管理事務所に提出するのが決まりです」

地下通路に降り、フードを脱いだ中本がいった。額が後退している。

地下通路は天井が低いもののかなり幅が広かった。六、七メートルはあるだろう。中央が通路で、左右に動く歩道がある。私と中本は並んで動く歩道に乗った。

二百メートルほど進むと十字路があった。空間があって、そこからまた左右と前方に動く歩道がのびている。右手が発電所、左手がプラントだと中本は説明し、我々は前方へと進む歩道に乗った。

「地下通路は幅のわりに天井が低いでしょう。暖房効率のためなんです。天井が高いと、あたたかい空気が上にいってしまうんで」

地下通路の、腰より少し低い位置にある送風口をさして中本がいった。

動く歩道が終点に達した。地下通路そのものは、もう少し前方と左右にのびている。

「石上さんのアパートはここを右にいったところですが、先にオフィスに寄ります」

地下通路のつきあたりには上りのエレベーターがあり、中本はそれに乗った。

「この上がオフィスで、六階に施設長のパキージンがいます。まず彼に会ってください」

「パキージンに私のことは？」

「話してあります。いちおう口止めはしましたが、守ってくれるかどうかはわかりません」

私は頷いた。

六階の扉が開くと、そこがパキージンのオフィスだった。大きなデスクがあり、制服を着けたスキンヘッドの白人がかけている。壁は暗色のガラスばりで、正面に港が見えた。

「ようこそ《ダブロー・パジャーラヴァチ》、オロテック《オロテック》に」

坂本の言葉通り、軍人のようにひきしまった体つきをしていた。中年のロシア人には珍しい体型だ。

「初めまして、イシガミです」

ロシア語で挨拶し、パキージンの手を握った。パキージンの濃い灰色の目が私の目の奥をのぞきこんだ。

「スラブ人の血があなたには流れているようだ」

「祖母がサンクトペテルブルクの出身でした」

答えるとパキージンは頷いた。

「いい街だ。いったことはありますか？」

私は首をふった。

「日本のキョウトのようなところだ。キョウトには古い寺院がたくさんある。お祖母さんはお元気かな？」

「残念ながら昨年亡くなりました」

パキージンは小さく頷いた。

「パスポートを」

中本がいい、私はだした。受けとったパキージンはオフィスの隅にある古いコピー機に歩みよった。コピー機があたたまるのを待ちながらパキージンがいった。

「ニシグチの身に起こった不幸については、エクスペールトとしての責任を感じている。問題はオロテックの、政治的な位置だ。もし私がユージノサハリンスクから警察官を呼べば、その微妙な均衡が崩れるだろうし、それを日本側も望んではいない筈《はず》だ」

パキージンの目は中本に向けられている。私は通訳した。

「確かにその通りです。日本政府がオロテックからの撤退を我が社に求めることになるのだけは避けたいと思っています。あと、これは通訳する必要はありませんが、撤退すれば、我が社のもつトリウム発電のノウハウをロシアや中国が知る可能性がある」

私は頷いた。前半だけを訳した。

「ニシグチの死に責任のある人物をイシガミが見つけだす作業には全面的に協力する。必要ならペーヴェーのグラチョフに君を紹介する」

「ペーヴェー？」

私は訊き返した。

「国境警備隊のことだ。ニシグチの死体は、現在、ペーヴェーの管理下にある。ペーヴェーの詰所はそこだ」

コピーしたパスポートを返しながらパキージンは窓を示した。前に４ＷＤが止まった、二階だての小さな建物が左下にあった。

「ニシグチはそこに？」

パキージンは頷いた。

「あとで見たいのですが」

「グラチョフには連絡をしておこう」

「感謝します。ですが私の職業はいわないでください。ニシグチとは友人だったので会いたがっていると伝えてほしい」

私の言葉にパキージンは片ほうの眉を吊《つ》りあげた。

「彼らの職域を侵すつもりはないので」

私がつけ加えると、パキージンは頷いた。

「わかった。グラチョフは決して経験豊富とはいえないが、優秀な軍人だ」

ロシア国境警備隊は日本語での呼称で、正式にはロシア国境軍だ。

「了解しました」

「それと、調査で判明したことは、どんなにささいな事実でも私に報告してもらいたい。そうでなければ、君に対する協力の継続を約束できない」

厳しい表情だった。私は頷いた。

「オロテックは、複数の企業と国民の集合体だが、この島における最高責任者は私だということを忘れないように」

「もちろんです」

パキージンが再びさしだした手を私は握った。

「ではグラチョフに連絡をしておく」

デスクの上の電話をパキージンはとりあげた。

「よろしくお願いします」

私はいって、中本に頷いてみせた。

4

管理棟の一階をでた私と中本は徒歩で国境警備隊の詰所に向かった。正面の港から風が吹きつけ、耳がちぎれそうだ。あわててフードをかぶる。

歩きながらパキージンとのやりとりを中本に聞かせた。

「要するに勝手は許さんということのようです」

中本は頷いた。

「しかたがありません。パキージンはオロテックの社長がおいたお目付役です。オロテックの事業にマイナスになることは決して許さないでしょう。ロシア人経営者の中には、会社を自分の所有物とする、前近代的な考え方のもち主もいます」

左手に派手な色が見えた。赤や青のネオンが光っている。「BAR」「DANCE CLUB」という文字が点滅した。「フジリスタラーン（フジ食堂）」と、キリル文字の看板もある。建物じたいは無骨な造りだが、暗くなり始めているのであまり気にならない。

詰所の前に止めてある4WDのドアには、冠をいただいた双頭の鷲《わし》らしき鳥に緑色の十字がデザインされた紋章が入っていた。詰所のかたわらのポールには、緑地に白いふちのついた青字の「×」の旗がロシア国旗とともにひるがえっている。

「ロシア国境軍」とキリル文字と英語で書かれたガラス扉の向こうに、肩から小銃を吊るした兵士が立っていた。

私たちが扉の前に達すると、その兵士が扉を開いた。頬にニキビの跡があり、二十そこそこにしか見えない。

「オロテックのイシガミといいます。亡くなったニシグチに会いにきました」

私はロシア語でいって、兵士に社員証を掲げた。

「待て」

兵士はいって、詰所の奥をふりかえった。中央にストーブのおかれた小部屋があり、そこの椅子にすわっていた男が立ちあがった。

私たちと兵士を隔てるカウンターまで歩みよってきた。将校らしき階級章をつけている。

「名前をもう一度」

制服の胸ポケットから手帳をだし、私にいった。三十歳には届いていないだろう。

「イシガミです。グラチョフ少尉ですね」

男は私を見つめた。ひどく真剣な表情で訊ねた。

「どこで私の名前を知った?」

「エクスペールトのパキージンさんから聞きました」

グラチョフは頷き、中本に目を向けた。

「ナマエヲオシエテクダサイ」

日本語でいった。

「中本です」

中本が答えると、二人の名を手帳に書きつけた。

「日本語がお上手ですね」

私は日本語でいった。グラチョフはにこりともせずにロシア語で答えた。

「あなたのロシア語ほどではない。ニシグチに会いにきた理由は？」

「友人だったのです。彼のために祈りたい」

パキージンから連絡があった筈だが、それをうかがわせる気配はなかった。

「ニシグチの死体は、この詰所の裏にある。一度建物をでて、裏に回れ」

グラチョフはいった。私と中本は頷き、詰所をでた。

詰所の正面は港に面していて、裏側はシャッターが降りた、ガレージのような造りになっていた。足もとには風で吹き寄せられた粉雪がうっすらと積もっている。

シャッターが内側から上げられた。グラチョフだった。無言で首を倒し、私たちはシャッターをくぐった。

船や車の整備に使われるとおぼしい工具類をおさめた棚が壁ぎわに並び、テーブルのような作業台がふたつ並んでいた。

ひとつの作業台に、シートにくるまれた遺体があった。正面に詰所とつながった扉がある。詰所内からも出入りできるが、我々を詰所の奥に通したくなかったのだろう。

「いいですか」

私はグラチョフに訊ねた。グラチョフは無言で頷いた。

遺体をくるんだ白いシートはただ巻きつけられただけなので、すぐにはがすことができた。

本来なら手袋をして遺体に触れるべきだが、グラチョフの前でそれをすれば怪しまれる。私は素手でシートをめくった。

中本が大きなため息を吐いた。

眼球を失った、まっ赤な眼窩《がんか》を私は見おろした。動物がつつきだしたのではないことは明らかだ。眼窩周辺に傷はなく、まるでスプーンか小さなナイフで抉りとったようにきれいに眼球だけがない。

遺体はオロテックの水色の制服を着けている。

「死因は何なのでしょうか」

私はロシア語でいった。

「それは医者に訊け。検死をしたのは診療所の医者だ」

制服を脱がして傷などを調べたいが、グラチョフの前ではあきらめるしかない。

眼窩をのぞけば、首すじなど見える範囲に傷はなかった。

私は両手を合わせ、南無阿弥陀仏《なむあみだぶつ》を唱えた。中本も同じことをする。

シートを元通り、遺体に巻きつけた。

「家族に遺体を返してやりたいのですが、いつそれができますか」

私はグラチョフに訊ねた。

「問い合わせているが、司令部の許可がまだ下りていない。腐敗する気候になるまでには、許可はでるだろう」

無表情にグラチョフは答えた。

「なるべく早く許可がでるといいのですが」

「そうだが、私にそれを決める権限はない」

私は小さく頷いた。

「ところで訊きたいのだが、ニシグチに家族はいたのか」

シャッターに向かおうとすると、グラチョフが訊ねた。私は向きなおった。

「両親と弟がいます」

「三人はいっしょに住んでいるのか」

私は頷いた。

「トウキョウで？」

「いえ、サッポロです」

ひやひやしながら私は答えた。興味があるというよりは、確認しているかのような質問だ。

若いが油断のできない男だ。私は逆に訊ねた。

「ニシグチをこんな目にあわせた犯人をつかまえていただけますか」

「警戒は怠っていない。島内の巡回を増やしている」

「それで犯人はつかまりますか」

グラチョフは答えない。ただ私を見返しただけだ。

しばらくグラチョフと私は無言で見つめあった。先に視線をそらしたのはグラチョフだった。

「与えられた権限内で、できる限りのことはする」

低い声でいった。

詰所をでた私たちはオロテックの管理棟から地下通路に入った。

「宿舎にご案内します。石上さんの部屋は、C棟の1020、C-1020という番号です。西口はC-1018でした」

「その部屋は今は？」

「そのままにしてあります。鍵はかかっていますが」

私は息を吐いた。

「見せていただけますか」

中本は頷いた。

「部屋のほうに鍵をお届けします。これが、石上さんの部屋のキィです」

カードを渡された。

「ドアノブの上のセンサーにかざすと、ロックが外れます。皆、社員証といっしょにホルダーに入れています。そうすると失《な》くさないので」

いわれた通り、首から吊るしたホルダーにカードキィを入れた。

Hの右のたて棒の上部に日本区画はあった。五階だての無機質な建物が三棟並んでいる。

「C棟はごらんの通り三棟あり、各棟五十部屋あります。三棟はC－1000、C－2000、C－3000番台のルームナンバーで、石上さんはC－1000の20号室という意味です。各棟は地下でつながっていて、地下通路から直接一階にあがれます。この季節は使えませんが、屋上にテラスがあって、ベンチやテーブルが設置されています。眺めがいいので」

中央の棟の正面にある地下出入口の階段をあがり、中本は説明した。地下から直接C－1000棟に入らなかったのは、位置関係を私にわからせるためだと気づいた。

「ロシア区画にたっているのがA棟、中国区画がB棟で、BもCと同じく、1000、2000、3000の三棟ですが、Aだけは1から18まで建物が十八棟あります。A－1がパキージンの宿舎で、A－2が来賓用の特別室、A－3からA－5がアパート式の宿舎で、それぞれ下にまた部屋番号がつきます。A－3－30号室といった具合です。それ以外のA－6から18までは、レストランや売店などの建物の番号です。ただしA－6は診療所です。どの建物もわかりやすい位置に表示があるので、まちがえることはないと思います」

「診療所の受付時間はどうなっていますか」

訊ねると、中本は心配そうな顔をした。

「どこか具合が悪いのですか」

「いえ、検死をおこなった医師に会いたいのです」

「診療所は、通常は午前十時から午後七時までです。あと歯医者も同じA－6に入っていて、これも同じ時間帯です」

私たちはC－1000棟に入った。

「各棟、ワンフロア十部屋です。したがって石上さんの部屋は二階の一番端ということになります。エレベーターでいきますか」

「いえ、階段で」

階段は建物の中央部にあり、エレベーターは右の端だった。

階段で二階に登り、エレベーターホールから最も遠いのが自分の部屋であると気づいた。

廊下に並んだクリーム色の扉の中にはシールやマグネットが貼られたものもある。自分の部屋とわかりやすくするためだろうか。

左端の「1020」と記された扉のセンサーにホールダーをかざした。小さな赤いランプが緑にかわり、ロックが外れた。

「扉はすべてオートロックです。鍵をもたずにでて閉めだされないようにしてください。

建物内は暖房が入っていますから、凍え死ぬことはありませんが、もし閉めだされてしまったら、管理棟の一階までいって、マスターキィで開けてもらわなければならなくなります」

「さっきの建物ですね、パキージンのいた」

中本は頷いた。

「一階に生活関連の部署が入っていて、日本人も二人、ロシア語のできるのがうちから派遣されています。暮らしていく上で困ったことがあれば、相談してください。もちろん、私に直接いってくださってもかまいませんが、ふだんは発電所に詰めていますので」

名刺をさしだした。発電所所長とあった。

「島内用の携帯番号が入っています。石上さんのものもあります。

部屋はベッドとデスクが備わったワンルームだった。ヘリに積んできたダンボールが床におかれ、デスクの上には携帯電話があった。細いビニール袋に入っている。

「日本国内の携帯電話は、この島ではつながりにくい場所があります。プラント周辺はほぼつながりませんし、地下通路もまったくつながらない。この携帯は地下通路でもつながります。オロテックは全従業員の番号を把握しています」

私は携帯を手にとった。通話機能しかないタイプだ。ただメモリには管理事務所や発電所、プラント、ヘリポートといった代表的な施設の番号が入っている。通信の履歴を見ると、三つまで残るようだ。

「西口さんに支給されていたものはどうなりました?」

「さあ、どうしたかな。私物はとりあえず、部屋にありますが」

携帯の腹に六桁の番号シールが貼られている。

中本は、私が手にしているのと同じ携帯をとりだすとボタンを押し、耳にあてた。

「あ、申しわけないが、1018の鍵を1020に届けてもらえるか。そう、石上さんだ」

部屋の壁に、カレンダー機能と温度計のついた時計がはめこまれていた。

二〇二二年三月十六日。午後六時四十八分。十八℃。

「これはどの部屋にもついているのですか」

時計を示した。

「C棟は全室ついています。AやBにはありません。ヨウワがつけたものですから」

「暖房はずっと入っているのですか」

「使っていない部屋も含め、全館入っています。電力はふんだんにありますから。店舗の大半は二十四時間営業です。夜間しか開いてないのは、バーくらいです。レストランでは昼から飲んでいる奴もいますが」

ドアチャイムが鳴った。中本が扉を開いた。水色の制服を着た四十くらいの男が入ってきた。ヘリからダンボールをおろしたひとりだ。

「関《せき》くん、石上さんだ。石上さん、私の下にいる関です」

関は恐縮したように頭を下げた。

「すみません、名刺をもってなくて。この島で使うことはめったにないものですから」

「大丈夫です。ありがとうございます」

「所長」

関がカードキィをさしだした。

「これが1018の鍵です」

中本はそのまま私に渡した。

「お預かりします」

「お疲れでしょうから、今日はこれで――」

「ありがとうございます。明日、発電所のほうにうかがって、西口さんのことをいろいろお訊ねしたいと思います」

「承知しました」

「受付のインターホンで私を呼びだしてください。そうだ、私の番号をメモリに入れておきます」

関はデスクにおいた、私の島内用携帯に手をのばした。

「助かります」

「本当なら夕食をごいっしょしたいのですが、夜間のシフトに我々二人とも入っていまして」

中本がいった。

「とんでもない。むしろそんなお忙しいときにご厄介をおかけして」

私が頭を下げると、中本は不意に居ずまいを正した。

「西口くんを、誰があんな目にあわせたのか、石上さんにはできる限りの協力をしますので、ぜひ犯人を見つけてください。よろしくお願いします」

「よろしくお願いします」

関もいっしょに頭を下げた。

「全力を尽します」

まるで自信はなかったが、そういう他なかった。

二人がでていき、私は大きく息を吐いた。部屋を点検する。備えつけのベッドはセミダブルの大きさがあり、上下二段のクローゼットが浴室の扉のかたわらにあった。玄関のすぐ内側が小さなキッチンで、ＩＨの調理器が一台に小型冷蔵庫と電子レンジがおかれている。冷蔵庫の中は空っぽだ。

バスルームはユニットタイプで、学生時代を思いだした。

ダンボールに入っていた制服や新品のタオルや下着をとりだし、クローゼットにしまう。制服は同じものが三セットあり、中にメモが入っていた。

「ランドリーがＣ－2000棟の地下にあり、クリーニング店はＡ－10です。他に必要な衣類があれば、センスがいいとはいえませんが、同じＡ－10の二階で売っています」

どうやらそこの世話になりそうだ。潜入捜査の基本は、目立たない格好をすることだ。ドヤ街では労働者の格好を、オフィス街ではスーツを着る。この島で売っている、この島のファッションを身に着けるのが一番だろう。

でかける前にシャワーを浴びたかったが我慢した。あの北風に吹かれたら風邪をひく。西口の部屋の調査は明日することにして、自分の携帯から稲葉にメールを送った。島に無事到着し、明日からとりかかることを伝える。

返事はすぐにはこなかった。三ヵ月島流しにした部下のことなど、とっくに忘れているのかもしれない。結果がだせれば、稲葉の功績になるし、だせなければ、責めは私が負う。

どう考えても損な任務だ。

だがボリスから逃れるには、うける他なかった。

オロボ島から戻ったら、転属願いをだそうと決めた。受理される可能性など、ほとんどないのだが。

パソコンをとりだし、立ちあげた。Ｗｉ－Ｆｉのおかげで、ネットにはすぐつながった。

サポートセンターからの映像はまだ届いていない。今夜中というのは、おそらく明日の朝までを意味するのだろう。

空腹を感じた。飲み物やスナックを買う必要がある。グラスや皿、小さな片手鍋などはキッチンに用意されていた。

防寒着をつけ、二台の携帯をもって部屋をでた。階段で地下に降りる。

二人の男とすれちがった。二人とも怪訝《けげん》そうに私を見た。

「こんにちは、石上といいます」

告げると、あっという表情になった。

「今日、こられた？」

ひとりが訊ねた。ヒゲをのばしているが、まだ二十代だろう。

「そうです」

「警察の？」

頷いた。

「ご苦労さまです」

もうひとりがいった。背が高く、眼鏡をかけている。三十四、五といったところだ。

「浦田《うらた》といいます」

「梶《かじ》です」

若いほうが梶だった。名乗ったあとは、どう私に接してよいかわからないように硬い表情を浮かべている。

「よろしくお願いします」

私はいった。二人はぴょこんと頭を下げた。

地下通路を歩き、ロシア区画で地上にでた。売店やレストラン、バーなどが、ざっと七、八軒、目に入った。外を歩いている人間はいない。コンビニエンスストアらしき店舗があり、中に入った。

おかれている商品の大半が日本のものだ。インスタントコーヒーとカップ麺、缶ビールにペットボトルのウーロン茶を買った。レジには小太りのスラブ人女性がいて、

「せんはっぴゃくルーブル」

といった。一万円札をだした私に、

「千円札、ない？」

と訊く。頷くと、肩をすくめ、ルーブル紙幣で釣りをだした。

店をでてから、なぜ私が日本人だとわかったのか訊けばよかったと思いついた。

目の前に「フジリスタラーン」があった。初日から日本食もいかがなものかと思ったが、怪しい味をうけいれる心の余裕が今日ならある。

紫色のガラス扉はとても食堂という雰囲気ではなかったが、押して中に入った。

四人がけのテーブルが五つとカウンターが十席ほどある、ごくふつうの食堂だった。

「イラッシャイマセ」

迎えてくれたウエイトレスに思わず目をみはった。さっきコンビニエンスストアのレジにいた女性とうりふたつだ。

思わずロシア語で訊いた。

「コンビニエンスストアで働いていなかった?」

女性はにっこり笑い、

「サーシャ!」

と叫んだ。店の奥からもうひとり、まったく同じ外見の女性が現われた。

「ふたごか」

「みつごよ。キオスクにいるのは妹のベロニカ。あたしはエレーナ。ロシア語、上手ね。もしかしたらロシア人?」

「いや、日本人だ」

「ふーん、最近ここにきたの?」

私は頷いた。

「今日」

「あら、いらっしゃい。それなのに日本の食べものが食べたいのね」

「そうなんだ」

テーブルには二組の先客がいたが、どちらも中国人だった。やりとりでわかる。

私はカウンターにかけた。

「お勧めは?」

エレーナは口をへの字に曲げた。

「ラーメンはそこそこ。スシは駄目。おいしいのは、そうね、テンドン」

「じゃあそれを」

待っていると、食事を終えた中国人のグループが腰をあげた。ひとりが代表して勘定を払っている。彼らが食べていたのはラーメンだった。

ラーメンにすればよかったと後悔していると、勘定を終えた中国人が私に歩みよった。

「私、ヤンといいます。発電所の新しい人ですか」

流暢《りゅうちょう》な日本語で話しかけられた。制服ではなく、革のジャンパー姿だ。四十に届いているかどうかだろう。

「はい。石上といいます」

私が答えると、ヤンは右手をさしだした。私は椅子をおり、それを握った。

「亡くなった西口のかわりにきました」

「西口さん、とてもお気の毒でした。西口さんを見つけたのは、ウーという私の部下です。ウー、一日仕事休みました」

「病気ですか」

ヤンは首をふった。

「びっくりしたんです。この島で人が死んでいるのはありませんから」

私は頷いた。

「西口は友だちでした。もしよければ、そのときのことをウーさんに訊きたいのですが」

「石上さんのいいときにプラントにきてください。ヤンに呼ばれたといえばいいです。ウーを紹介します」

ヤンはいった。親切な申し出だ。

「ありがとうございます」

「同じオロテックです。助けあいましょう」

ヤンは笑みを浮かべたが、目は笑っていなかった。そして確かめるように、

「石上さん」

とつぶやいた。

「はい、石上です」

ヤンは小さく頷き、店の入口でかたまって待っている仲間をふりかえった。

「噂になっていた奴ですね。警官かな」

中国語でひとりがいった。

「わからない」

ヤンは中国語でつぶやき、

「また、会いましょう」

日本語で私に告げ、店をでていった。

私はあらためて腰をおろした。噂になっていたと中国人のひとりはいった。私がくることは、どうやら知られていたようだ。

「どうぞ」

エレーナが奥から丼を運んできた。盆にはのせず、両手で運んでいる。丼の蓋をもちあげると、やけに黄色い衣に包まれた何かをスクランブルエッグでおおったものがご飯にかかっていた。先割れスプーンと竹の割箸がついている。

竹の箸で衣をつまんだ。中からカニカマらしき具がのぞいた。口に含むと、味がほとんどない。丼の端にタクアンが二切れある。

「これ、使う?」

キッコーマンの小壜《こびん》をエレーナが掲げた。頷き、衣の上からかけた。だいぶましな味になった。ご飯は硬くもなく軟かくもなく、まずくはない。

エレーナが興味津々という表情で、かたわらに立った。

「お腹《なか》が空《す》いているのかい。だったら二人で食べようか」

エレーナは首をふった。

「ロシア人みたいな顔をしている日本人がテンドン食べているのがおもしろいの」

「お祖母ちゃん似なんだ」

カニカマの次に、なぜか鮭《さけ》を揚げたらしきものが現われた。微妙な味だが、食べられないというほどでもない。特に皮はパリパリとして、うまい。

「お祖母さんはロシア人なの?!」

さっとサーシャが顔をだし、訊ねた。

「そう。ロシア語はお祖母ちゃんに教わった」

「お祖母さんは日本に住んでいるんだ」

「住んでいたけれど、もう亡くなった。さっきいた中国人は、このお店によくくるの?」

エレーナは首をふった。

「ときどーき。でも日本語を話すのを、初めて聞いた。日本人の客がいても、話しかけたことがなかった。あなたに興味があったのね」

「皆、噂話が好きらしい」

「当然よ。他に楽しみがないもの」

サーシャが目をくりくりさせた。

「噂はね、このサーシャが流すの。大好きなんだから。人の噂話が」

エレーナがいうと、サーシャは「いーだ」という顔をして奥にひっこんだ。エレーナは肩をすくめた。

「ロシアンティー、飲む?」

嬉《うれ》しい。祖母がよく飲ませてくれた。

「いただきます」

思わずいった。エレーナは奥に入り、ジャムがたっぷり入った熱いロシアンティーを注いだカップをもってきた。

丼を平らげ、ロシアンティーをすすった。

「すごくおいしい」

私はいった。十数年ぶりに飲む味だ。

祖母はこれにさらに蜂蜜を入れて飲むのが好きだった。子供の頃は蜂蜜の匂いが苦手だった。

「ウォッカ、入れる？」

エレーナはいたずらっぽく訊ねた。

「いや、今日は遠慮しておくよ。お酒を飲んだら、すぐに寝てしまいそうだ」

「お祖母ちゃんがロシア人なのに、お酒に弱い筈がない」

サーシャが顔をのぞかせた。

「お祖母ちゃんはお酒を飲まなかった」

「嘘でしょう」

「本当さ」

「日本てお酒がないの？」

「まさか。あるよ。ウォッカだってある。いったことがないの？」

「ないわ。パスポートもってないもの」

エレーナが答えた。彼女たちにとってこの島は母国だ。確かにパスポートは必要ない。

「死んだ日本人の話は知っているね」

サーシャとエレーナは同時に頷いた。

「あなたは彼のかわりにきたのね」

エレーナがいった。

「そう。彼に会ったことはある？」

「会っているかもしれないけれどわからない。顔の皮を剝がされていたというのは本当？」

サーシャが訊ね、私は首をふった。

「いや。誰がそんなことをいったんだい？」

「ただの噂よ」

エレーナがいった。

「ちがうわ。アレクセイがいってたもの」

「アレクセイ？」

「国境警備隊《ペーヴェー》の若い兵隊」

エレーナがいった。

「グラチョフ？」

「彼の部下」

「顔の皮は剝がされてはいなかった」

私はサーシャを見て、きっぱりといった。

「他にはどんな噂がある？」

「別に噂なんて——」

エレーナが口ごもった。

「聞きたいんだ。この島にきたばかりだから、どんなことでも知りたい」

私はエレーナとサーシャを見比べ、いった。二人はしばらく黙っていた。

「皆《みん》な恐《こわ》がってる」

やがてサーシャがいった。

「当然でしょ。この島に人殺しがいるのだから」

エレーナは私を見た。

「確かに。犯人に関する噂はないの？」

二人は首をふった。

「国境警備隊は何もしないし」

「サーシャ」

エレーナがとがめた。

「頼みがある。もし殺された日本人や犯人のことで何か噂を聞いたら、私に教えてほしい」

「いいわ」

サーシャがいった。

「私の名はイシガミ。これからときどき顔をだす」

「イシガミね」

サーシャがいい、

「あまり期待しないで」

釘《くぎ》をさすようにエレーナがつけ加えた。

「ごちそうさま」

私は立ちあがった。

「よんひゃくルーブル」

エレーナがいった。千ルーブルを渡し、

「お釣りはいいよ。ロシアンティーのお礼だ」

と私は告げた。エレーナは複雑な表情を浮かべていたが、

「ありがとう」

と、札をしまった。

「フジリスタラーン」をでて、一瞬迷ったが、他のバーなどには寄らないことにした。初日から噂の日本人があちこちに出没したら、さらに噂を広めることになる。警官だという噂すら、すでに中国人のあいだに流れているのだ。

地下通路を通り、C棟に戻った。自分の部屋に入ると、熱いシャワーを浴びた。ヨウワ化学が用意したダンボールの中には、部屋着に使えるスポーツウエアも入っていた。

それを着てベッドに腰をおろすと、立つことすらおっくうになった。

パソコンを開いた。稲葉からのメールが届いていた。メールを私の携帯に送ろうとしたが、うまくつながらなかったとあった。

自分の携帯を見た。電波の受信状態は悪くない。なのにメールが届かないというのはどういうことだろう。そのあとの本文は、

『ご苦労さま。風邪をひかないように』

で終わっている。いたってそっけない。事件への興味はほとんどないようだ。

サポートセンターから映像が届いていた。

ベッドに腹ばいになり、映像を開いた。十六分割された画面が映しだされた。三月十日の午前零時一分から午後十一時五十九分までの映像だ。地下通路や港、どこだかわからない複数の施設の映像が流れている。再生速度をはやめ、表示される時刻に留意しながら見ていった。

最も多くの人間が映っているのは、A区画の二台のカメラの映像だ。飲食店があるのだから当然といえば当然だ。男たちがバーやレストランにでたり入ったりをくりかえしている。

ふと思いつき、関が届けてくれた1018のカードキィを手にとった。西口の社員証も入っていた。目のある西口は優しげで、三十二という実年齢よりかなり若く見える。新卒でも通りそうなほど若々しい。

その顔を目に焼きつけ、再びパソコンの映像に戻った。

瞼《まぶた》が自然に閉じかけたとき、西口が映った。無意識に手が反応し、映像を止めた。

地下通路を移動する、西口の姿だった。時刻は午前四時二十一分だ。カメラ番号は「9」。

西口はショルダーバッグを肩に動く歩道にのり、画面奥からカメラに向かって移動していた。

サポートセンターからのメールには映像の他に、施設内のカメラ位置リストがついていた。それによるとカメラ「9」は、地下通路の南側の十字路に設置されている。

地下通路に十字路はふたつある。南側はヘリポートとプラント、発電所、居住区に向かう四本の交差点で、北側はロシア区画のま下にあって、ヘリポートからのびてきた道と、B棟、C棟、そして管理棟につながる通路の交差点だ。

北側の十字路にもカメラはあり「8」だ。

カメラ「9」に映った西口は、通路を東、つまり発電所の方向に進んでいた。出勤のためだったとすると、他に誰も映っていないのが妙だ。三交代のシフトで働いている以上、出勤時間は皆、重なる筈だ。が、カメラ「9」には、東に移動する人間は、西口以外映っていない。

リストによれば、発電所のエントランスにカメラ「3」がある。カメラ「3」の映像をチェックしたが、西口の姿は映っていなかった。つまり西口は発電所に入っていない。

発電所には、地下通路から直接入れるようだ。そうなると、西口はその手前で地上にでたとしか考えられない。

まだ暗く、おそらくは最も冷えこむ時間帯に地上にでた理由は何だったのだろう。よほど急ぐ用があったか、他人に見られたくなかったのか。

限界だった。パソコンを閉じ、私は目を閉じた。明りを消すことなく、眠りに落ちた。

5

一度目ざめ、明りを消して寝た。次に目がさめたのは、午前六時二十分だった。ベッドをでて顔を洗い、ＩＨで湯をわかしてコーヒーをいれた。

カーテンをめくり、窓から外を眺めた。鉛色をした海が広がっている。手前は草も生えていないような岩場だ。

水平線のやや上に明るい雲があって、太陽の所在を控えめに示していた。

窓ガラスに触れた。思ったほど冷たく感じないのは、断熱性に優れているからだろう。大きくはないが、あちこちから物音が聞こえた。ドアが閉まる音、排水管を流れ落ちる水音、くしゃみやテレビらしき音声。

コーヒーを飲み干すと、手袋をはめ、二枚のカードキィを手に部屋をでた。

廊下は室内より五度くらい温度が低い。大きな足音をたてないよう、用心しながら歩き、ひとつおいた隣の部屋の扉に1018のカードキィをかざした。

ロックが外れると中に入った。扉を閉め、暗い室内にたたずむ。

何の匂いもしなかった。明りのスイッチを入れた。デスクの上にダンボールがおかれている。中は、洋服など、西口の私物だった。ダンボールの中身をだした。一番上に、ビニール袋に入った財布や手帳、ペンケースがあった。おそらく発見されたときに身に着けていたものだろう。

それをわきにどけ、パソコンや携帯電話を捜した。

西口は二台の携帯をもっていた筈だ。一台はオロテックの支給品で、一台は私物の携帯だ。だがどちらもなかった。ダンボールの底にパソコンがあった。電源を入れると、パスワードの入力画面になった。お手上げだ。

デスクにビニール袋の中身をあけた。ペンケースの中には、ボールペンの他にコンタクトレンズと目薬が入っている。

財布を見た。布製の、学生が使うような財布だ。中には一万円札一枚と約五千ルーブルが入っていた。他にヨウワ化学の名刺、千葉工場に勤務していたときのものが二枚、カード類、成田山《なりたさん》のお守りだ。

手帳を開いた。ダイアリーではなくメモ用のものだ。発電所の仕様らしき、私には難解なメモと、ロシア区画の建物番号と施設の対照表、簡単な名簿が記されている。

発電所員らしき日本人名が十二人、カタカナで書かれた中国人名は四人、ロシア人名がパキージンとアルトゥールという二人だ。

名前に説明はない。私はとりあえず自分の手帳に、人名だけを書き写した。日本人には、中本や関、浦田の名もある。

ビニール袋をダンボールに戻し、カメラ「9」に映っていたショルダーバッグを捜した。室内をくまなく調べたが、なかった。

冷蔵庫の中まで見た。冷蔵庫には炭酸系の清涼飲料水のペットボトルが二本入っているだけだ。アルコール類はない。

ベッドはすでに整頓されていた。毛布と布団が四角く畳まれ、枕とともに足もとの位置に積まれている。

ダンボールといい、ビニール袋といい、西口の死をうけて、室内を整頓した者がいたようだ。

明りを消し、「1018」をでた。「1019」の前で足を止め、内部の気配をうかがった。住人は外出しているのか眠っているのか、あるいは無人なのか、何の物音もしない。

「1020」に戻ると、制服の上に防寒着をつけた。制服はやや小さめだったが、不自由するほどではない。これがぴったりになるくらいダイエットすればいいだけのことだ。

内階段で地下通路に降りた。Ａ区画をめざす。

地上にでて、寒さに震えあがった。午前八時を過ぎているが、日差しはなく、恐ろしく冷たい風が吹きつけている。だがその寒い地上を、多くの人間が動いていた。

「おはよう《ドーブラエ・ウートラ》」

というロシア語の挨拶が白い息とともにとびかっている。ニット帽や耳あてつきのキャップをまぶかにかぶった男たちが食堂を出入りし、フェンスでへだてられた港の中をフォークリフトが走り回っている。沖合に停泊している貨物船に向かう小型ボートが逆Vの白い航跡とともに、エンジン音を轟《とどろ》かせていた。

フォークリフトは、透明のビニールで梱包《こんぽう》された一メートル四方の箱を運び、港の一角に積みあげている。その中身が精製されたレアアースなのだろうと見当をつけた。

「オハヨウゴザイマス!」

声をかけられ、私はふりむいた。毛皮の帽子をかぶったパキージンが湯気のたつ紙コップを手に立っている。制服の上には何も着ていない。

「おはようございます」

日本語でいい、ロシア語で寒くないのですかと訊ねた。

「コーヒーがあたためてくれる」

パキージンはいって、「朝食《ザーフトラク》」と青い電球が点《とも》った看板を掲げた建物を指さした。消えているがその隣には「夕食《ウージン》」という赤い電球の看板があった。

「あの店のカーシャは悪くない。試してみるといい」

カーシャはロシアの粥《かゆ》だ。ソバの実や小麦、米でも作る。祖母が作るカーシャが、私は苦手だった。牛乳の入った粥は、どうにも馴染《なじ》めなかったのだ。

「ブリヌイはありますか」

　パキージンは頷いた。

「あるとも。イクラもおいてある」

「そっちがいい」

　イクラとは、ロシア語で魚卵のことだ。日本語のイクラは鮭の卵だが、ロシア語ではすべての魚卵を意味する。ブリヌイはソバ粉で作ったクレープで、サワークリームとイクラを包んで食べるブリヌイは、特別な日のご馳走《ちそう》だった。

「食堂は混んでいるから、もち帰って部屋で食べるのがお勧めだ。もち帰り料理は、テーブルより早くでてくる」

　それはありがたい情報だ。私は礼をいって、パキージンが示した建物に向かった。そこは四人がけのテーブルが十近くある食堂で、二十人はすわれるカウンターの端にテイクアウトのコーナーがあった。テーブルもカウンターもオレンジの制服でほぼ埋まっている。

　テイクアウトのコーナーでハムとチーズのブリヌイを頼んだ。イクラのブリヌイを朝食べるのはやや抵抗がある。

　食堂の中はあたたかくにぎやかだった。食物の匂い、声高のロシア語と食器のふれあう音で満たされている。私を気にする者はほとんどいない。

アジア系のウエイトレスが、ブリヌイをくるくると紙で巻き、

「二百ルーブル」

とロシア語で告げた。手にしたそれはまだあたたかく、冷めないように防寒着のポケットにつっこんだ。

地下通路にとびこみ、部屋にまっすぐ戻った。

ブリヌイは、久しぶりに食べたせいもあっておいしかった。ただ祖母が作ったものよりはるかに大きく、もて余した。

プルルルという信号音にどきりとした。支給品の島内用携帯が鳴っていた。六桁の番号が表示されている。

「はい」

「おはようございます。中本です」

「おはようございます」

「よくおやすみになれましたか」

「ええ」

「朝食はどうされました?」

「ええとテイクアウトしたものですませました」

「そうですか。今日はどんなご予定ですか」

「一度発電所にうかがって、それから西口さんが発見された場所と診療所を訪ねようと

思っています」

「了解しました。ではC棟の地下通路入口にいらしてください。時間は十時でどうでしょう」

「うかがいます」

「あ、制服を着ていらしてください。そのほうが何かと便利なので」

「わかりました。ご厄介をおかけします」

時間になり降りると、すでに中本は待っていた。

「何を召しあがったんですか」

挨拶のあと、中本が訊ねた。

「ブリヌイという――」

「ああ、クレープですね。あれは我々もよく食べます。イクラを巻いたやつは酒のつまみにもいいし、安いですしね」

中本は笑った。地下通路を南に移動した。

「昨夜はどうされたんです」

「『フジリスタラーン』にいきました」

「ああ、あのみつごの女の子のいる。味はどうでした？」

「お勧めといわれて天丼を食べましたがラーメンにすればよかったかもしれません」

「ラーメンは、うーん、まあ、悪くはないけど、寿司よりはましという程度ですね」

「寿司は駄目なのですか」

「ヨウカンみたいな切り身が味のない飯に粉ワサビとのっているだけです。それもあまり新鮮じゃない刺身でしてね。ロシア人は平気で食っていますが、中国人もあまり食べませんね」

「そういえばヤンという中国人にそこで声をかけられました。西口さんを見つけたウーという男の上司だといっていました」

「ああ、はいはい。警備員ですね」

「警備員？」

「プ、、、ラントの警備員なんですが、たぶん役人なのじゃないかと思います。ただの警備員にしちゃあ態度が大きくて、エンジニアにも強気にふるまっています」

「そういえばいっしょにいたひとりが、私を警官かどうか疑っていました。噂になっていたようです」

「まあセルゲイから新しい人間がきたことは伝わっているでしょうし、噂が広まるのはあっというまです」

南側の十字路を東に折れた。カメラ「9」の場所だ。

「西口さんの遺体が見つかったのは三月十日の何時頃ですか」

「発電所に連絡がきたのが、午後五時近くでした」

「連絡はどこから？」

「国境警備隊です。発見した中国人がまず自分の上司に知らせ、そこから警備隊にいって、私のところという順番だったと思います」

「現場にはいかれたのですか」

「いきました」

発電所の百メートルほど手前の左手に地上にでる階段があった。

「この階段の上には何があるんです？」

「ただの出入口です。ここをあがって東に一キロほどいくと砂浜があります。西口くんはそこで見つかりました」

「砂浜に一番近い出入口はここですか」

「一番近いのは発電所の出入口ですが、発電所に用がなければ、ここからあがる者もいます」

西口はおそらくここから地上にでて、その約十二時間後に死体で発見された。殺されてから十二時間放置されていた可能性はある。

西口の映像のことを今は中本に話す気はなかった。

「当日の西口さんの勤務シフトはどうなっていたのですか」

「昨夜の我々と同じく、午後六時からのシフトでした。六時から午前二時までで、シフトは一週間単位でかわります」

出勤のためにここを歩いていたのではないことははっきりした。

発電所に入った。社員証をかざすと開くゲートをくぐり、渡されたフィルムバッジを身につけるよう指示をされた。

入ってすぐのロビーのような空間に、関と浦田が待っていた。挨拶を交し、四人でロビーの椅子に腰かけると、すぐに私は訊ねた。

「そういえばCの1019にはどなたか入っていらっしゃるのですか」

「いえ、空き部屋です。各階ふた部屋は空きを作ってあって、それで石上さんに1020にすぐ入っていただくことができたんです」

関が答えた。

「実は先ほど1018を見させていただいたのですが、誰かが整理をされたようでした」

「私と浦田くんです。二人が西口くんの世話係でしたので」

関が答えた。中本がいった。

「どうしようか迷ったのですが、ずっとそのままにしておくわけにもいきませんし、犯人が見つかるにせよそうでないにせよ、いずれはご遺体を送り返さなくてはならないわけです。当然そのときは私物も添えなければならないと思いまして」

「西口さんは携帯をもっていましたか」

私が訊ねると、全員が頷いた。

「島内用と私物の二台ですか」

「ええ」

浦田が答えた。

「パソコンはありましたが、携帯が部屋にはありませんでした」

関の顔がこわばった。

「えっ。私は何も——」

「わかっています。西口さんが殺されたときに奪われたのかもしれません。西口さんのパソコンのパスワードをどなたかご存じありませんか」

全員が首をふった。

「犯人は何のために西口くんの携帯をとったのでしょうか」

中本が訊いた。

「わかりません。西口さんは犯人と連絡をとりあっていて、それを調べられたくなかったという可能性はあります」

気づくと、ロビーに三十人近い水色の制服の人間が集まり、私たちを遠巻きにしていた。中本が立ちあがった。

「皆《み》んな、こちらは警視庁からこられた石上さんです」

皆、無言で見つめている。私はしかたなく立った。役回りだと自分にいい聞かせる。

「石上です。今から私の携帯の番号をいいます。もし、西口さんの件で何か私に知らせたいことがあったら、いつでもかまわないので電話をかけてください。番号は——」

島内携帯の六桁を告げた。

「このことを、今日ここにいらっしゃらない方にも伝えていただけると助かります」

反応はなかった。が、それぞれの顔を見る限り、「帰れ、この野郎」とまでは思っていないようだ。好奇心と不安、わずかだが安堵《あんど》の表情がある。

「皆さんのご協力があれば、西口さんを殺害した人物を特定できると思います。どうかよろしくお願いします。あと、私の部屋はCの1020です。もし電話をかけるのが嫌だという方は手紙でもかまいません」

密告の奨励というわけだ。それで解決すれば苦労はないが、犯人が聞いたら怯《おび》えるし、今後の犯行をためらうだろう。もちろんその予定があれば、だが。

私は中本に頷いてみせた。

「ようし、全員、持場に戻ってください。石上さんには、あとでここを見学していただきます」

中本が告げると大半の人間がロビーをでていった。

「あの」

残った中のひとりが私に話しかけた。眼鏡をかけた小柄な若者だった。

「あ、僕、荒木《あらき》といいます。西口くんとは前に千葉でいっしょだったことがあります」

「そうだ。荒木くんは、わりと西口くんと親しかったんだ」

思いだしたように関がいった。

「それは助かります。勤務明けは何時ですか?」

「えーと、六時です」

「では明けたら、私の携帯にご連絡をください」

「今でもかまいません」

中本がいった。

「いや、お話は二人きりでうかがうほうがいいと思いますので」

私が告げると、中本ははっとしたような表情になった。

「そうですね。それは……そのほうがいい」

自分も〝容疑者〟のひとりであると気づいたようだ。私は小さく頷いてみせた。

中本は気まずそうに咳《せき》ばらいし、

「じゃあ、荒木くん、あとで石上さんに連絡をしてください」

と告げた。荒木は頷き、発電所の奥へ戻っていった。

その後、約一時間をかけて私は発電所内を案内された。所内にはふだんはまったく人の入らない区画があり、そこは出入口が施錠されていること、所内には四十台の安全点検用カメラが設置されていることを教えられた。その四十台のうちオロテックの管理事務所に映像が送られているのは四台で、あとの映像は技術の守秘のために、発電所の外にはださない。

「当日、西口さんが所内にいた可能性はありませんか。秘《ひそ》かに、という意味ですが」

「ゲートをくぐらなければ所内には入れませんし、もしくぐっていたら管理データに残っていた筈です。西口くんは三月十日には所内に入っていません」

中本は首をふった。見学を終えると、私は発電所の最上階にある部屋に案内された。南西向きにガラスがはめこまれ、海上プラットホームも見ることができる。

「もう少しすると弁当屋がきます」

時計を見て、中本はいった。

「弁当屋？」

「ロシア人の業者が、三交代にあわせて、午前四時、正午、午後八時の三回、弁当を売りにくるんです。彼らから買わなかったらA区画に食べにいくか買いにいくか、しなければならない」

「その弁当屋はプラントにも売りにいっているのですか」

中本は首をふった。

「ここだけです。プラントの連中は食いにいったり、自分で弁当をもってきたりしています。社員食堂を作る話もあったのですが、オロテックはそういう業務はロシア人にしか許可しません。そうなると今度は守秘の問題がでてきて、希土もうちも、やめておこうということになりました」

希土というのは中国企業の電白希土集団を意味するようだ。

中本自らがお茶をいれてくれた。

「ここには女子社員がひとりもいません。希土には女子のエンジニアもけっこういます。

女性の社会進出に関しては、中国のほうが進んでいますね。エンジニアのかなり上のレベルにも女性がいる」

礼をいって湯呑《ゆの》みをうけとり、窓ぎわに立った。大型船が島の南側に浮かんでいる。小型のタンカーのようだが、それより寸詰まりの奇妙な形をしていた。

「あれがプラットホームからくる、鉱石の運搬船です」

かたわらに立った中本がいった。船の中心部に、崖からま下に向かってつきでた銀色のパイプがつき刺さっているように見える。

「鉱石といっても、実際は泥のようなものです。それをあのパイプで吸いあげ、そのままプラントまで流します。プラントで選鉱にかけ、硫酸と混合させて加熱します。それによってレアアースを分離するんです」

「硫酸を加えて加熱ですか」

「ええ。選鉱の段階でトリウムがでます。そのトリウムが、この発電所を稼動させています」

「トリウムはどうやって運ばれているのですか」

「プラントで放射性物質用の密封容器に詰めこまれ、トラックで運んでいます。これは毎日ではなく、ある一定量に達すると運搬します。前回は二月の三日でした」

「トリウム発電ではプルトニウムが発生しないそうですね」

中本は少し驚いた顔をした。

「よくご存じですね」
「安田さんからうかがったんです」
「そうですか。プルトニウムが発生しないので、トリウム発電の技術が進歩しなかった
という側面はあります。ただ放射性物質にはかわりがないので、我々としても決して事
故を起こさないよう、慎重の上にも慎重に、稼動させています。そのかいあって、この
島では電気だけは潤沢です。地下通路の暖房やロシア区画の店舗など、費用を気にする
必要がない」
「亡くなられた西口さんのお話を聞かせてください。中本さんからごらんになって、ど
んな方でした？」
「いたって真面目な印象がありました。まだ若くて、配属されたばかりですから、けん
めいに仕事を覚えようとしていたのだと思います」
「ここにこられたのはいつです？」
「今年の二月中旬からです」
「するとまだ一ヵ月とちょっとですね」
「独身なので、会社も動かしやすかったのだと思います。オロテックへの出向は単身赴
任が決まりなので」
「家族いっしょは難しいでしょうね」
「学校も託児所もありませんし、冬はまるで身動きがとれなくなります。奥さんだけで

も、長くいたら、かなりつらいでしょう。この島はレアアース生産に特化された工業プラントです。それ以外の理由や目的で住むのは困難だといわざるをえませんね」

「他の社員の方とあつれきがあったという話を聞いたことは？」

中本は首をふった。

「関と浦田が面倒をみていましたが、あの二人はどちらもまめで気立てもいい。つらい思いをさせることはなかったのではないでしょうか」

「中国やロシアのエンジニアとはどうです？」

「それはわからないですね。ひとりきりで動き回らない限りは、トラブルを起こすということもあまりなかったと思います」

私は人名を書き写した手帳を開いた。名前を読みあげる。日本人はすべて発電所の所員だった。

中国人の名前については、トリウムの貯蔵・運搬にかかわっているプラントの人間だと、説明された。発電業務につながる技術者なので覚えておこうとしたのだろう、と中本はいった。

「ロシア人は、パキージンとアルトゥールですが」

私は中本を見た。

「パキージンは、きのうひき合わせた、この島の最高責任者です。アルトゥールというのは……」

中本は首をひねった。

「知らない名ですね。本部にそんな名前のロシア人がいたかな。待ってください」

デスクの上のパソコンに歩みよった。

「オロテックの社員名簿を見ます」

やがて私をふりかえり、

「やはりいませんね。社員ではないようです」

「社員ではない……」

「この島の人間だとすれば、業者の可能性はあります。飲食店とか納入業、あるいは商店の人間です。オロテックと契約して、ここで商売をしているんです」

私は頷いた。

「もしその業者のことを知ろうとしたら、どこに訊けばいいのでしょう」

「本部ですね。我々は本部とか事務所と呼んでいますが、オロテック全体の管理部門で、パキージンがいたあの建物に入っています。あそこで訊けば、業者の名もすべてわかると思います」

「わかりました」

中本は時計を見た。

「弁当を見ますか」

十二時になっていた。二人で一階に降りた。

ゲートの外側、地下通路からの階段をあがりきった踊り場にワゴンがおかれ、サンドイッチやブリヌイが並べられている。発電所の所員が順番に並び、それらを買っていた。

「あら」

売り子の女性が私に気づいた。みつごのひとりだ。他に男がひとりいる。

「君は、えーと……」

「サーシャよ」

髪をおさげにし、分厚い防寒着をまとっていた。白い肌に点々と散ったソバカスがかわいらしい。目はまっ青《さお》だ。

「いつも君が売りにくるの？」

「交代。夜中もあるから、三人で交代してやってるの。ヤコフ、彼がきのう話した日本人。ロシア人みたいでしょう」

ヤコフというのがもうひとりの売り子だった。チェックの厚手のシャツにエプロンを着けている大男だ。サーシャと私が話すのを、おもしろくなさそうに見ていた。

「よろしく」

私はいった。ヤコフはそっけなく頷いた。

嫌われている可能性もあるが、ロシアの男には人見知りが激しく、容易にはうちとけない者も多い。

「あんたのロシア語、ロシア人みたいだ」

「ありがとう。ところでアルトゥールというロシア人を知ってるかい」

サーシャは首をふり、ヤコフは即座に、

「知らないね」

と答えた。

返事が早すぎる。私はサーシャを見た。サーシャは無言で私を見返した。

私はサワークリームがたっぷりと塗られたサーモンのサンドイッチを手にとった。すでにブリヌイを選んでいた中本が、私のぶんも勘定を払った。

「ありがとう。店にもまたきてね」

いったサーシャに、私は頷いた。ヤコフが私をにらんだ。人見知りではなく、どうやら嫉妬のようだ。

発電所の最上階に戻るとコーヒーでサンドイッチを食べた。大味ではあるが、まずくはない。

「中本さんはここには都合どれくらいになるのですか」

「じき二年です。ヨウワでは一番長い。プラントや発電所が建設中の頃を足せば三年近くなります」

「これまで何か大きなトラブルはありましたか」

「建設中に事故が一度ありました。ロシア人の作業員がひとり、死んだか大怪我をしました。完成してからは――」

考えこんだ。

「少なくとも日本人はありませんでしたね。ロシア人どうしの喧嘩《けんか》や、ロシア人と中国人がどうしたみたいな話はありましたが、日本人は喧嘩も怪我もありません。西口くんまでは」

「中本さん自身は、西口さんのことをどうお考えになります？」

中本は首をふった。長い顔に途方に暮れたような表情が浮かんでいた。

「まるで見当がつきません。自殺でも大問題ですが、殺されたのだとしたら本当にどうしたものか」

「こちらにくる前に安田さんとお会いしました。安田さんに相談をされたのは、中本さんですね」

中本は頷いた。

「どうにも身動きがとれなかったもので。日本の警察を呼ぶわけにもいきませんし、遺体は国境警備隊のところにある。だからご遺族にも何と知らせてよいかわからない」

「遺族に連絡はまだ？」

「安田が、きのうあたりする、といっていました。その、日本の警察がどう対応するかを見てから判断しようということで。石上さんがこちらにこられたのを確認して、ご遺族に連絡をとった筈です」

つまり「警察の見解」というやつを、ちかぢか求められることになる。

足が露呈する。

見解などだしようがない。西口の死因すら、私はまだ知らないのだ。

改めて稲葉を恨んだ。不適材不適所だ。が、それを中本に愚痴れば、警視庁の人材不

「西口さんが見つかった場所に案内していただけますか」

昼食が終わると私はいった。中本は頷き、立ちあがった。

発電所の出入口から地上にでた。冷たい風に吹きつけられ、私はあわてて防寒着のフードをかぶった。

「そうそう、これを渡すよう浦田にいわれていました」

フードをかぶった中本が新品の手袋をさしだした。内張りのついた革製だ。ありがたく指を通した。

中本は発電所を背に東に進んだ。舗装された道ではなく、地面が踏み固められた上に雪が積もっている。

発電所の建物を回りこむと正面に海が見えた。風はまさにその方角から吹きつけていて、暗色の海面を白く削っている。

岩と土、そして枯れた下生《したば》えしかない地形は風をさえぎらず、容赦なく雪を叩きつけてきた。が、少し歩いて気づいた。叩きつけているのは雪ではなく、凍った波しぶきだ。打ちつけられる波が飛沫《ひまつ》をあげ、それが瞬時に凍りついて風に運ばれてくる。

それが証拠に、空は曇ってはいるが雪を降らせてはいない。岩場に当たる波が大きく

しぶきをあげているのだ。

H形をした島は、南から北に向かって傾斜している。その結果、北の港には大型船が接岸できない。Hのたて棒ではさまれている湾の部分は、波が起こりにくいのだろう。

中本は顔をうつむけて私の前をやや北向きに進んでいた。海から吹きつけてくる氷の粒を避けているのだ。

岩に叩きつけられる波の音が響いてくる。あたりに人の姿はなく、はるか斜め前方にC区画の建物が見えるだけだ。

足もとの道がゆるやかな下りになった。すると西側からのびているもう一本の道とつながった。

私は中本の肩を叩いた。

「こっちの道はどこにいくのです？」

ふりかえった中本に訊ねた。

「けさの出入口です。石上さんが『この階段の上には何がある』と訊かれた」

私は頷いた。下り坂を降りていくと、やがて砂浜が見えた。

岩場にはさまれた、三百メートルほどの長さの砂浜だ。砂の色が白い。まるでそこだけ南の島のビーチのように輝いている。

「きれいな砂ですね」

思わずいった。

「ええ。夏になるとここで日光浴をしているロシア人をよく見ます。ビールをもちこんで半裸で寝そべっていますが、我々の感覚だと、暑いにはほど遠い」

中本は砂浜につながる道の終わりを指さした。

「西口くんは、このあたりに倒れていました。うつぶせに」

私はあたりを見つめた。特に足跡らしきものはない。あったとしても雪におおわれている。

「うつぶせ？」

安田から見せられた写真には目のない顔が写っていた。

「ええ」

「安田さんに送られた写真では、顔は上を向いていましたが」

中本は地面に手をついた。頭を海の方に向け、うずくまる。

「こんな感じです。写真は、体をひっくり返して撮りました」

私は頷いた。背景にあった岩山は、砂浜の北側の端だ。砂浜が写りこまなかったのは、高低差と撮影の角度のせいだ。

「すみません。もう少しそのままでいてください」

私はいって自分の携帯をだした。カメラモードで中本と周辺の景色を撮影した。

「ありがとうございます」

あたりにそれとわかる血痕はない。中本が立つと、

「国境警備隊はこのあたりを調べなかったんでしょうか」

と私は訊ねた。

「若い兵士が砂浜や岩場をちょっと見ていたくらいです」

殺害現場はここではないような気がした。だが死体を遺棄するには中途半端な場所だ。もう少し運んで海に流すという方法もあった。

私は砂浜へと降りた。砂浜に降りつもった雪は、波打ち際に近づくにつれ溶けている。

砂の上に足跡らしいものはなく、打ちよせた波が白い泡を作りながらひいていくのを私は見つめた。

「砂浜があるのは、島でここだけです。不思議ですよね。もっとあってもよさそうなものなのに」

近づいてきた中本がいった。私は頷き、砂浜を南北からはさんだ岩場を見た。南側にいくほど岩の高さがあり、海からそそり立っている。

北側は打ちよせる波しぶきが岩を越え、氷粒となってふりかかっていた。

「なぜこんなところに西口さんはいたのでしょう。夏ならいざ知らず」

私はいった。

「さあ。人はこないでしょうから、考えごとをするにはよかったでしょうが、時期としてはちょっと厳しいですよね」

カメラ「9」は午前四時二十一分に地下通路を歩く西口を映していた。もしあの出入口から地表にでてまっすぐここにきたのなら、あたりはまだ暗い。とても考えごとをするためとは思えない。

私は携帯で周囲の景色を撮った。海側からこの砂浜を見たいと思ったが、どうすればよいのかわからなかった。

体が芯まで冷えきり、発電所に戻ったときにはほっとした。トイレにとびこみ、これまでにとった水分を放出する。

「冷えましたか。でも真冬に低気圧がくると、こんなものじゃありません。吹雪でまるで外を歩けなくなります」

中本が笑った。

「真冬じゃなくてよかった」

「安心はできません。五月の頭くらいまで、強烈な寒波がくるときがある」

「西口さんが見つかった日の天気はどうでした?」

「今日と同じような感じですか。風はもう少し弱かったかもしれません」

死体を発見したウーが、砂浜にいた理由が気になった。連絡のタイムラグを考えると、おそらく午後三時か四時台というあたりだろう。昼間ではあるが、よほどひとりになりたい理由があったのか。

時刻は午後二時を回っていた。遺体を調べた医師に会いにいくことにした。

中本にその旨を告げ、案内してくれるというのを断わって発電所をでた。

暖房が入った地下通路のありがたみをつくづく感じた。百メートルほど西に地下通路を進んだところに、西口が地上にでるのに使ったと思《おぼ》しい階段がある。

また震えあがることはわかっていたが、階段を登った。

地上は荒涼とした世界だった。右の背後には発電所があるが、前方のC区画は見えない。木は一本も生えておらず、元からなのか、開発で切り倒されたのか、私にはわからなかった。

地面には雪が積もっていて、かろうじて道らしきものの存在を前方に見つけた。雪の深さはそれほどでもなく、せいぜい二十センチというところだ。雪が少ないのは島だからだろう。北海道でも、海辺より内陸のほうが気温が下がり雪が積もる。

爪先で雪を削ると、枯れた下生えが現われた。その下は薄い土で、さらに下には岩盤があるようだ。

道は階段の出入口から北にのび、やがて東へとカーブしていた。

雪が降ったのは昨夜から朝がたにかけてのようだ。新雪は表面だけで、下には固く締まった氷のような雪がある。

足跡らしきものはなく、あったとしてもとうに雪におおわれていた。五百メートルほど道を進むと、先ほどの〝合流点〟にでた。そこまで手がかりとなるものは何もない。雪におおわれた道はおおむね平らで、〝合流点〟まではゆるやかに上り、〝合流点〟からは海に向かい下っている。

〝合流点〟でUターンした。そこが一番風当たりが強く、立っているのもつらいほどだ。何を見つけたかったのか、自分でもわからない。とにかく西口の足どりをたどるのが重要だと感じたのだ。

実際はただ震えあがっただけだ。

こんな捜査をひとりでやろうというのが無茶なのだ。警察犬を含めた鑑識の部隊を投入して初めて、手がかりを見つけられるかどうかといった場所だ。

階段を小走りで降りた。途中からあたたかな空気に包まれ、息をついた。

十字路を北に進んだ。ふたつめの十字路が近づくと、通行する人間が多くなった。オレンジやベージュの制服が目につくが、水色も何人かいる。施設間の移動だけなのか、防寒着をつけていない者も多かった。確かに通勤だけなら必要ない。

通路をさらに北に進み、管理棟の地下に入った。壁に三ヵ国語で書かれたA区画の案内板がある。それによるとA－6は管理棟に隣接する建物で、一階でつながっているようだ。

階段をあがると、矢印と「A－6」の文字が床にあり、それにしたがって進んだ。つきあたりのスティールドアを押し開き、A－6棟に入った。医薬品の匂いがする。一階が診療所で二階が歯医者だ。

廊下にベンチがおかれ、そこが待合室のようだが誰もいない。

迷っていると、廊下に面した部屋の小窓が内側から開かれた。白い上着をつけたロシア人が顔をのぞかせ、ロシア語で訊ねた。

「診察をうけにきたのか」

私は訊ねた。ワシ鼻で、いかめしい顔つきをしている。男は私を見つめた。

「ここの先生ですか」

「日本人か」

私は頷いた。小窓が閉まった。

小窓があるのとは別の部屋の扉が開かれた。金髪をひっつめた、目も覚めるような美人が立っていた。シルクらしいブラウスの上に白衣を着け、首から細い鎖で吊るした眼鏡が大きなふくらみの上で揺れている。

三十代のどこかだろう。澄んだ水のように青い瞳をしている。

「風邪デスカ」

日本語で訊ねた。私は首をふった。

「ドコガ悪イノ？」

声はわずかにハスキーで、とてつもなくセクシーだった。私はロシア語でいった。

「どこも悪くありません。先生のお話を聞きたくてきました。私は、亡くなったニシグチさんの友だちです」

目がみひらかれた。ドアから体をのりだし、廊下に人がいないことを確かめると、私に向け首を傾けた。

「ドウゾ」

こんな看護師がいるなら、患者が引きも切らなくて当然なのに、オロテックの社員はよほど頑健なのか。

喜んでドアをくぐった。カーテンがあり、内側にパソコンののったデスクと椅子、丸椅子と診察用ベッドがおかれていた。

白衣の上下をつけた男が直立不動で立っている。

「先生」

私がいうと、女がパソコンののったデスクに尻をのせ、いった。

「タチアナ・ブラノーヴァ」

ようやく気づいた。この美女が医者で、白衣の男が看護師だ。

「失礼しました！」

私は思わずいった。

「私の名はイシガミです」

「ロシア語を話せるのか」

看護師が訊ねた。

「はい」

「スラブ人の血が流れている顔ね」

ロシア語でタチアナがいった。

「祖母がロシア人で、彼女にロシア語を教わりました」

「わたしの日本語よりうまい」

「とんでもない」

「謙遜はいい。ロシア語で話しましょう。イワン、向こうにいっていいわ」

タチアナがいうと、看護師は不満げな表情を浮かべた。私に警戒心を抱いているようだ。

が、しぶしぶ頷き、診察室をでていった。ドアを閉める直前、私をにらんだ。失礼な真似《まね》をしたら承知しない、という意思表示だ。

「すわって」

タチアナは丸椅子を示した。私が腰をおろすと、タチアナは脚を組んだ。目の前に黒いストッキングで包まれた形のいい膝があり、私は苦労してそこから視線をはがした。

オロボ島にきて初めて、よかったと感じた。

「ニシグチの何を訊きたいの？」

私は何といおうか悩み、結局、

「死因です」

と答えた。タチアナは無表情にいった。

「胸を刺されていた。細いナイフか、それに近い形をした鋭い刃物。心臓にまで達する傷だったから、苦しむ暇もなかったでしょうね」

「刃物は見つかったのですか」

タチアナは首をふった。

「わたしは知らない。グラチョフからは何も聞いていない。あなた、本当にニシグチの友だちなの？」

「ええ。変ですか？」

「友だちの死にかたを聞いても平然としている。ふつうなら心臓を刺されたと聞けばショックをうける」

「正直にいいます。それほど親しかったわけではありません」

「そうね。年齢もちがう。ニシグチはあなたよりもっと若かった」

私は頷いた。

「それでも誰がニシグチをそんな目にあわせたのかを知りたいと思っています」

タチアナは私の目を見た。

「『誰が』？」

「ええ。犯人について、何か手がかりはありませんか」

タチアナはデスクから椅子へと体を移し、私を見つめた。

「オロボ島にくる前、わたしはウラジオストクの病院にいた。軍港で、気の荒い連中も多い。刺されたり撃たれたりした人間を治療したことが何度もある」

私は無言でタチアナを見返した。

「喧嘩で刺された人間の手には必ず傷がある。たとえ自分が素手でも、刺されそうになると防ごうとするから」

防御創という奴だ。ときには刃をつかみ、骨まで達するような傷が被害者には残る。

「ニシグチにはそれがなかった」

タチアナはいった。

「つまり喧嘩で刺されたのではない？」

「犯人は、ニシグチが防ぐ暇もなく刺した。しかも傷はひとつしかない」

その意味を考えた。心臓をひと突き、というのは、言葉ではたやすいが、現実にはかなり難しい。

「わかる？」

「人を刺すのに慣れている」

「そう。あなたは警官でしょう」

私は息を吐いた。

「その通りです」

タチアナは小さく首をふった。

「誰もわたしには教えてくれない。日本人の警官がきたことを」

「知っているのはパキージンだけです。グラチョフ少尉にもいっていません」

「でもきっと噂は流れている」

「そうかもしれませんが、私がこの島にきたのはきのうです」

「犯人をつかまえるために？」

「それには法律的な問題があります。日本の警察官は、この島では何の権力ももたない」

「あら」

タチアナの薄青い目におもしろがっているような表情が浮かんだ。

「ここはロシア領です」

「日本の公務員がそれを認めていいの？」

「上司には秘密にしてください。年金がもらえなくなる」

タチアナは首をふり、笑った。

「じゃあ何をしに、この島にきたの」

「自分でもそれがわからなくて困っています。犯人は日本人の中にいると、さっきまで思っていたのですが自信がなくなった」

「もうひとつあなたは忘れている。犯人はニシグチの両目を抉った」

「そうだった」

私はつぶやいた。

「それについて教えてください」

「眼球は死後くり抜かれた。だから出血は少ない。凶器と同じように、眼球も見つかっていない」

「つまり犯人がもっていった？」

「そう考えていいと思う。眼球はきれいに抉りとられていて、鳥や動物が食べたわけではない。あなたに訊きたいのだけれど、死人の眼球を奪うことに対して、日本人は何かの意味を感じている？」

私は首をふった。

「ハラキリと何か関係があるとか」

「ありません。サムライのハラキリでは首を切断しますが、目には何もしない。ハラキリにしたって、百年以上も前の習慣です」

「犯人の見当はついているの？」

「まだわかりません。通常、殺人は深い人間関係を背景に発生します。家族、友人、恋人。だからあなたに会うまでは、私は犯人を日本人だと考えていた」

「水色の制服を着たうちのひとりだと思ったのね」

私は頷いた。

「たとえ犯人をつきとめられなくても、私がきたことで日本人は安心します。緊張するのは犯人だけで」

「つまり第二の殺人を防げると考えた」

「おっしゃる通りです。ところがそれがわからなくなった。ニシグチを殺した犯人の手ロは、プロフェッショナルのものです」

タチアナは私を見つめ、私はつづけた。

「犯人は過去にも同じ方法で人を殺したことがある。だからためらわず、ひと刺しでニシグチの息の根を止めた」

「つまりこの島にはプロの殺し屋がいる？」

「もしそうであるなら、水色の制服を着ているとは考えにくい。彼らは全員、ヨウワ化学という企業の社員で、身許《みもと》もしっかりしている」

タチアナはからかうように訊ねた。

「ロシア人を疑うわけ？」

「客観的に考えれば、そうなります」

「中国人かもしれない」

「もちろん。しかし中国人も大半が技術者です。殺人の経験があるとは思えない」

タチアナは頷いた。

「確かにそうね」

「先生は、ニシグチの死体が見つかった場所にいかれたのですか」

「いいえ。わたしが呼ばれたのは国境警備隊の詰所よ。ニシグチの死体はそこに運ばれ、グラチョフ少尉に検死を求められた」

「それは何時頃です？」

「午後六時」

「ニシグチが死後どれくらい経過していたかわかりますか」

「わからない。直腸温度を測っていないし、おそらく測ったとしても摂氏零度近かったでしょう。屋外に放置されたら、ほんの二、三時間で凍りつく」

「つまり死後三時間は経過していた」

「もっとたっていたと思う」

「過去に、ニシグチと同じような死体を見たことがありますか。心臓を刺され、目を抉られた」

タチアナは首をふった。

「初めてよ。だから日本人にとって意味のある行為かどうか訊いた」

私は息を吐いた。

不意に診察室のドアが開いた。イワンだった。私には目もくれずいった。

「患者がきています」

タチアナは頷き、私を見た。

「いろいろとありがとうございました。もしまた訊きたいことがあったら、うかがいます」

タチアナはデスクの上のメモパッドをひき寄せ、ペンで殴り書きした。

「わたしの電話番号」

うけとり、礼をいった。イワンが険しい表情で見つめている。

ヤコフといいイワンといい、ロシア人の男性には好かれない運命にあるようだ。とはいえタチアナとは、何かしら理由をつけてまた話をしようと心に決めていた。

6

C棟の自室に戻り、パソコンに向かいこれまでに判明した事実を整理した。自室に戻ったのにはもうひとつ理由があった。朝の、「密告の奨励」だ。犯人の名を記した手紙が投げこまれているのを期待したのだが、それはかなわなかった。

ラインとメールをチェックした。稲葉からは何の連絡もない。

西口の死はプロの殺し屋による可能性が高い、とだけ伝えようかと考え、結局やめにした。

プロの殺し屋がロシア人だとしても、雇ったのは日本人かもしれない。当然、それはつきとめなくてはならない。

問題は犯人がプロであると仮定した場合、日本人のアリバイ調査が意味をもたなくなる点だ。

私は西口が殺されたのは三月十日の早朝だと考えていた。ならばその時間働いていた人間を容疑者から除外できる。ところが、犯人が雇われたプロだと、そうはいかない。

一方で、この殺人の動機が怨恨や金品の貸し借りをめぐるトラブルではない可能性がぐっと高くなった。

ふつう、人は殺したいほど誰かを憎んでも、それを他者には頼まない。なぜなら、人を殺すような人間は簡単には見つからないからだ。

殺人を第三者に依頼するのは、プロの犯罪者の発想である。

たとえば生命保険金詐欺をおこなう者は自分に嫌疑が及ばないよう、アリバイをかためた上で、捜査の対象になりにくそうな者に殺人を依頼する。

あるいは組織犯罪に加担している者は、ある人間を殺すことで得られる利益や避けられる損害と、殺人にかかる手数料を天秤《てんびん》にかけ、手数料のほうが安ければ、殺し屋に発注する。

したがって実行犯の特定は難しくとも、殺人の動機は明快である。そこには物理的な利害関係があるからだ。

この島にきてわずかひと月の人間が組織犯罪にかかわるとは考えにくい。可能性があるとすれば生命保険金詐欺だが、西口に配偶者はおらず、両親か弟が殺人の依頼者だということになる。

もちろん親兄弟が保険金欲しさに肉親を殺すという可能性はゼロではない。だがこの島で、というのがひっかかる。

この島にプロの殺人者がいることを、どうやって知ったのか。

プロの殺人者が他の土地から送りこまれた可能性はある。が、そうであっても、おそらくはロシア人のプロの殺人者と、どう連絡をとり〝契約〟をしたのか。一般の日本人にはかなり困難な作業だ。その上、この島では、居住者や出入りする人間が限られている。

これが日本なら、暴力団などに依頼し、事故や自殺を装う手段もある。ここである必要はないのだ。

さらに眼球をくり抜く、という犯人の行為も意味が不明だ。依頼を果たした「証拠」に殺人者が眼球を奪ったとも考えられるが、それが殺したかった相手の眼球だと、依頼人に判断できるとも思えない。

そう考えると、殺害の動機がわからなくなった。

犯人がプロの殺人者ではないとしたら、いったいどんな人物なのか。

快楽殺人という言葉が頭に浮かんだ。目をくり抜くという行為がその理由だ。心臓をひと突きで殺す手際は、過去にも同様の手口を重ねた者の犯行であることを示している。

が、タチアナは同様の被害者を見たことはないといった。

犯人が他の土地で犯行を重ね、オロボ島では初めての殺人だったという可能性はある。だが人口わずか数百人の、しかも出入りが限定された島で快楽殺人に及ぶのは、犯人にとってあまりに危険な行為だ。

ただし同様の殺人が過去ロシアで発生しているかどうか、調べる価値はある。

私はパソコンを立ちあげ、ロシアの連続殺人について検索した。ソビエト連邦時代は、「社会主義国家に殺人は存在しない」という馬鹿げた理由により、殺人事件は隠蔽される傾向にあったらしい。

ソビエト連邦崩壊後だけでも、連続殺人は数多く発生していた。その理由をロシア人の学者は、「長く厳しい冬による抑圧」「過度の飲酒」「広大な国土での発覚の遅れ」だと分析している。

しかし過去二十年の、それもロシア極東地域に限って調べると、眼球を抉ってもちさるという殺人は発生していない。連続殺人で検索してひっかかるのは、マフィアの抗争がらみのものばかりだ。

その中に、私は懐かしい名前を見つけた。

ボリス・コズロフだ。七年前、ハバロフスクのナイトクラブでチェチェン人マフィアのメンバー三人が撃たれ、二人が死亡、ひとりが重傷を負った事件で、検察当局の事情聴取をうけている。犯行への関与を疑われたものの、アリバイがあったことで、起訴されていない。

銀座の中国料理店で別れてからまだ一週間もたっていないというのに、かなり時間がたったような気がする。

とにかくこの二十年、眼球を抉りとる殺人がロシア極東地域で発生していないことだけははっきりした。

これが快楽殺人なら、犯人は最初の犯行に及んだばかりということだ。願わくは、第二の犯行はよその土地でおこなってもらいたい。

島内携帯が鳴り、私は現実にひき戻された。

表示されている六桁は、知らない番号だが、荒木が連絡してくるには少し早い。

「はい」

「パキージンだ。イシガミか」

ロシア語が訊ねた。

「イシガミです」

「君が島にきて二十四時間が経過した。何か判明したことはあるかね」

私は言葉に詰まった。わずか二十四時間で報告を要求されるとは思ってもいなかった。

「えっ、いや」

「発電所にいき、診療所のブラノーヴァ医師と話したこともわかっている。ここに派遣されるほど優秀な警察官である君なら、すでに犯人につながる手がかりを得たかもしれないと思ってね」

冗談をいっている口調ではなかった。私は息を吸い、大急ぎで考えを整理した。

「まだ手がかりらしい手がかりは得られていません。ただ犯人は、殺人に慣れた者である可能性が高い」

「兵士、という意味かね」

「それとはやや異なります。趣味で殺人をおこなうような者です」

パキージンは黙った。やがて、

「『羊たちの沈黙』というハリウッド映画を見たことがある。君がいっているのは、そういう類の犯罪か」

と訊ねた。

「そうです」

「連続殺人者がこの島にいるというのか」

「連続という言葉はあたりません。ニシグチは、おそらく最初の被害者ですから」

「オロテックの社員、及びその関係者が、これから連続殺人の被害にあうと君は予告するのか」

「可能性の問題です。ニシグチの殺されかたは、喧嘩や何かのトラブルの結果そうなったものとはちがう、ということです」

「だが眼球を抉るというのは、憎しみの表われだと思うが」

「殺害の手際がよすぎます。過去に同じ犯行を重ねていない者には難しい」

「ニシグチは最初の被害者だと君はいわなかったか」

「ええ。つまり発覚していない殺人が起こっていて、この島で初めてニシグチが犠牲者として認知された、という意味です」

パキージンの指摘は鋭く、おかげで私は自分の考えを整理できた。

「それとも以前もこの島で同様の犯罪が起こったことがあるのでしょうか」

私は訊いた。

「いや、殺人など一度も起きてはいない。私は、オロテック建設前、初めてこの島に上陸したメンバーのひとりだ。したがってこれが最初の殺人であると断言できる」

重々しい口調でパキージンは告げた。

「『発覚していない』といったのは、ロシアで同様の手口の殺人がこの二十年起こったという報告がないからです。犯人の手際はこれが最初の殺人であるとは思えず、にもかかわらず記録がない」

「日本、あるいは中国ではどうかね」

「日本で未解決のそうした殺人があれば、私は知っています。起きていません。中国では——。まだ調べていません。ただ中国の犯罪について正確な情報を得るのは難しいかもしれません」

「プラントの警備員の中に、ヤンという人物がいる。ヤンなら、そうした情報にアクセスする権利をもっている筈だ。協力を要請したまえ」

「フジリスタラーン」で話しかけてきた男だ。

中本と同様、パキージンもその正体には気づいているようだ。

「ヤンですね。わかりました」

よけいなことはいわず、私は答えた。

「ところでニシグチの死体を日本に運ぶ許可はいつ下りるのでしょうか」

「国境警備隊の決定待ちだ。こちらから働きかけることもできるが、もし今後同様の殺人が起こるとしたら、しばらく島内にとどめたほうが賢明ではないのかな」

パキージンのいう通りだ。日本に運べば、北海道警察の検死のあと荼毘《だび》に付される。証拠が失われてしまうかもしれない。

「おっしゃる通りです」

「君の努力には敬意を表するが、懸念が当たらないことを願うとしよう。また、明日同じくらいの時間に電話を入れる」

パキージンは告げて通話を終えた。私は息を吐いた。

稲葉に勝るとも劣らない人使いだ。

だが稲葉と異なるのは、判明した事実をそっくりすべて知らせるわけにはいかないという点だ。

パキージンにとり重要なのはオロテックの操業であって、殺人者の処罰ではない。このふたつがどこまでも一致するとは限らない。

再び電話が鳴った。今度こそ荒木だった。

発電所をでるところで、C区画に向かっているという。空腹を感じていた私は、

「どこかで飯でも食いながら話しませんか」

といった。荒木は同意し、しかしどこにいくかで私は迷った。

私が知っている食事のできる場所は、「フジリスタラーン」か朝のブリヌイを買った食堂だ。

結局、三十分後に「フジリスタラーン」で待ちあわせることになった。

制服から私服に着替え、防寒着を羽織ってC棟をでた。地下通路を歩き、A区画で地上にでると、すっかり日が暮れ、さらに温度が下がっていた。

「フジリスタラーン」に日本人の客はいなかった。中国人もいない。ロシア人のグループがにぎやかに飲んでいる。

「いらっしゃい！」

みつごのひとりが私を見て微笑《ほほえ》んだ。

「ええと君は――」

「エレーナよ。サーシャと昼間、会ったでしょう？　サーシャは今日、遅番なの」

私は頷いた。

「明日はわたしが発電所にいく番。サーモンのサンドイッチはどうだった？」

荒木が紫のガラス扉を押して入ってくると、エレーナと話す私を見た。

「おいしかった。ちょっと量が多いけど」

「大丈夫、日本人は皆最初はそういうけれど、すぐに食べられるようになる」

「つまり太るってことだな」

エレーナはウインクした。

「たくましい男のほうが好かれる」

私は首をふった。タチアナ・ブラノーヴァも、たくましい日本人を好むだろうかと馬鹿なことを考えた。

「ロシア語が話せるんですね」

荒木がいい、現実に戻った。

「祖母がロシア人だったんです」

答えて、ロシア人たちからは離れたテーブルにすわった。

「やっぱり。初めて見たときは、ロシア人かなと思いました」

エレーナがメニューをもってきた。荒木の口をほぐすためにまずビールを頼んだ。サッポロの缶ビールが二本、テーブルに届けられた。考えてみれば、ロシアより北海道から運ぶほうが早い。小袋に入った柿ピーがついてくる。グラスはない。

缶を合わせて乾杯した。

「ここにこられたことはありますか」

「一、二回です。部屋で食事をすることが多いので」

荒木は答えた。

「自炊ですか」

「カップ麺とかおにぎりやサンドイッチを食べています」

どうやら食にあまり興味がないようだ。

「わざわざ協力を申しでてくださってありがとうございます」

私は話題をかえた。荒木は小さく頷き、ビールをひと口飲んだ。酒が駄目というわけではないようだ。

「西口さんとは千葉でいっしょだったとお聞きしましたが、どんな方でした？」

「いい奴です。歴史が好きで、話が合いました」

荒木は瞬《まばた》きして答えた。うっすらと目が赤い。

「歴史」

「あの、城とか武将の話とかです」

「ああ」

「西口くんは戦国時代が好きで、特に長尾景虎《ながおかげとら》とかの話で盛りあがりました」

「ええと、それはどんな人物です？」

荒木が説明した。聞いた記憶のある名がいくつかでてきたが、基本的にはまるで理解できなかった。

「ではこちらでもよく会われていましたか」

「シフトが重なるときはよくどっちかの部屋でご飯を食べていました」

私は荒木を見つめた。

「つきあっていたのですか」

偏見をもっていないとわかってもらうよう、さらりと訊いた。

「え？　あっ、ちがいます。そういうのじゃありません」

荒木は甲高い声をだした。私は頷き、ビールを飲んだ。

「社内での西口さんはどうでした？　仕事で悩んでいたりはしませんでしたか」

荒木は首をふった。

「はりきっていました。オロボには昔からきたかったんだといって」

「どうしてです？」

「何か、先祖がもともとこのあたりの出身だとかいっていました。先祖といっても、ひいお祖父《じい》さんとか、その辺だったらしいのですが」

「なるほど。ご家族は確か北海道にいらっしゃいますよね」

荒木は頷いた。

「昭和の初め頃に稚内《わっかない》に移住して、そのあとお祖父さんの頃から札幌に移ったっていっていました。ルーツは歯舞群島だけど、ふつうではなかなかいけない。オロテックに出向したらいけるから、僕の出向が決まったときはすごくうらやましがられました」

「では楽しんでおられた」

「まだ楽しむより慣れるほうにいっしょうけんめいだったと思います。発電所以外にもプ、プラントやプラットホームのことなんかも勉強しなくちゃならなかったですから」

いいかけ、声を詰まらせた。私は頷き、気持が落ちつくまで少し待った。

「すいません。けっこう、僕、ショックで。今は日本に帰りたいくらいなんです」

いってビールをあおった。

「わかります。まさかこんなところで殺人事件に巻きこまれるとはご本人も思っていなかったでしょう」

荒木は小さく何度も頷いた。

「誰かとトラブルを抱えていた、という話を聞かれたことはありますか」

「ありません。あの、おとなしい奴でしたから」

「ご家族との関係はどうでした？」

「ずっと実家には帰ってなくて、こっちに赴任するときに寄ってきたっていってました。ご両親は千葉よりは近くなったと喜んでいたみたいです」

「仲はよかったんですね」

「ええ」

「恋人とか、結婚の予定とかはありましたか？」

「大学四年のときに失恋して、それからは彼女はいないといってました」

「経済的にはどうでした？」

「どう、とは？」

「借金があって困っているとか」

荒木は首をふった。

「ぜんぜん。こっちにいるとお金を使わないから親に送ろうかなっていってたくらいです」

私はビールを飲み、

「何か食べませんか。ここはラーメンがうまいらしいですよ」

といった。

「じゃあ、それを」

エレーナにラーメンふたつ、といってから、中本はうまいとまではいってなかったと思いだした。が、たとえまずくとも荒木が文句をいうことはなさそうだ。

「西口さんはご自分のルーツについて、何か調べておられましたか」

荒木がはっと顔を上げた。

「それは、たぶん調べたかったとは思うんですけど、今はまだ慣れていないから、いろいろわかってきたらと考えてはいたみたいです」

「わかってきたら、どのようなことを調べるんです？」

「そこまでは……。でもあたたかくなったら、いろいろ見て回りたいとはいっていました」

「見て回るとは、島を？」

「ええ。きたのが先月ですから、まだちょっと難しいかな、と」

「西口さんが発見された場所をご存じですか？」

「『ビーチ』ですよね」

「『ビーチ』、そう呼ばれているのですか」

「砂浜があるところでしょう」

私は頷いた。

「じゃあ『ビーチ』です。一度いっしょにいきました。寒くて、あまり長居しませんでしたけど」

「何をしにいったんです?」

「砂浜があるって教えたら、見たいというので連れていきました。でも夜でしたし、風もすごかったんで、すぐひき返しました」

「誰かいましたか、そのとき」

荒木は首をふった。

「いえ。夏以外は、あんまり人はいません。まして夜でしたし」

「西口さんは『ビーチ』で何をしていたのでしょう」

「わかりません」

「何かご先祖につながるものを探していたとか」

荒木は瞬きした。思いだしたことがあるようだ。

「そういえば、昔、この島に日本人が住んでいたときは、『ビーチ』のあたりに集落があった筈だと、西口くんはいっていました」

「それはどうして知ったのでしょう」

「お祖父さんに聞いたっていったかな。あと、赴任する前に、根室で歴史資料なんかを調べたっていってました」

「この島に日本人がいたのは大正末期から昭和の初めにかけてだそうです」

私はいった。

「ええ、コンブ漁師でしょう。西口くんのひいお祖父さんもそうだったみたいです」

だとすると本当に西口のルーツはこの島だったのだ。

私は少し考え、いった。

「歩き回っていたのでしょうかね、島の中を」

「それはあったかもしれません。僕もいっしょにいけばよかったかもしれないけど、シフトが合わなければ難しいですし、寒いから誘うのを遠慮したのかな」

私は頷いた。

「ところで西口さんのパソコンを見たことはありますか」

「ノートパソコンですね。何度も」

「いつももち歩いていましたか」

「ええと、発電所内には基本もちこみ禁止なんで、部屋においていました。僕の部屋で話すときとかは、もってきていました」

「パスワードを知りませんか」

「まさか」

荒木は首をふった。

「ラーメン！」

エレーナが丼を運んできた。まっ黒いスープに脂が浮かび、ハムともチャーシューともつかない肉片とネギも浮いている。

見た目は確かにラーメンだ。

「食べましょう」

ひと口すすり、

「コショウはあるかい」

とエレーナに訊ねた。

業務用の巨大な缶が届けられた。それをふると、少しはそれらしい味になった。

「やっぱりロシア語を勉強しようかな」

荒木はつぶやいた。

「ここにいると覚えられるって、みんないってるんです」

「いいんじゃないですか。アルトゥールという名を西口さんから聞いたことはありませんか」

「アルトゥール……」

荒木は首を傾げた。

「もしかしたらバーの人かな」

「バー？」

「このあたりのバーに、ちょこちょこいってるみたいな話を聞いたことがあります」

「西口さんひとりで？」

「ええ。日本語の話せるロシア人に島のことをいろいろ教わろうとしていたみたいで。僕らヨウワの人間は半年で一度帰りますけど、ロシア人はもっと長くいるわけじゃないですか。だから島のことに詳しい人もいるだろうからって」

「確かにそうですね。では西口さんはそういうロシア人を捜していたのですね」

「本気で捜していたかどうかまではわからないのですけど、気にはしていたと思います」

「酒は飲めたのですか、西口さんは」

「嫌いじゃなかったです。そんなに強いほうではありませんでしたが」

二人でラーメンをすすった。麺は意外なほど腰がしっかりしている。スープの黒さは醤油《しょうゆ》かと思ったがそうではなく、何かを焦がした色のようだ。焦げくささが溶けこんだ味は、香ばしいといえなくもない。

「おいしいですね」

同じ思いを感じたのか、荒木はいった。眼鏡にスープが飛んでいたが、気にかけるようすもなく食べつづける。

「ああ、おいしかった」

スープを一滴残らず飲み干して、荒木は満足げにいった。私のほうは、スープまでは完食できなかった。

「いっていたバーの名を聞いたことはありますか?」

荒木は首をふった。

「もしかしたら聞いたかもしれないけれど、忘れてしまいました。でも、そんなに何軒もない筈なので、訊けばわかると思います」

「荒木さんはバーにいかれたことはありますか」

「こっちにきて最初の頃、先輩でそういうところが好きな人がいて、何回か連れていかれました。その人が本社に戻ってからはいっていません。ああいうところでお金をつかうのって、何かもったいなくって」

荒木は口を尖《とが》らせた。

「西口さんはちがう考えだったのでしょう?」

「癖になってたのかもしれません」

「癖?」

「ここって、職住がすごく近いじゃないですか。だから仕事が終わって帰ってくると、使える時間が長いんです。でも冬とかは部屋にいてパソコンをいじるくらいしかなくて、つまんないなと思うこともあります。そうするとこのあたりに飲みにでるって人もいる。きっと発電所の人間だけじゃなくて、中国人やロシア人にも同じような人がいると思うんです。で、そうやって飲みだすと癖になってしまって、毎日飲まないと一日が終わった気がしなくなる」

「なるほど」

「僕を飲みに連れていってくれた先輩がそういってたんです」

「まあ毎日飲みにいっていたら友だちも増えるでしょうしね」

荒木は頷いた。

「ロシア人や中国人の友だちが何人もいました。あと、ロシア人の女も」

「経験はありますか？」

荒木は首をふった。

「病気が恐くて。先輩は、気をつけていたら大丈夫だといってましたが、ここでそういうことをするなら我慢して、札幌とかでしたほうがいいと思うんで」

「西口さんはどうだったでしょう？」

「わかんないです。たぶん、してなかったと思いますけど。あまりそういう話はしなかったので」

わずかだが侮蔑のこもった目を私に向けた。

別にいい女のいる店を紹介してもらいたくて訊いたわけではなかったが、そう説明したら、よけい蔑《さげす》まれそうだ。

飲み屋に関しては一軒一軒あたってみる他なさそうだ。

「先輩に連れていかれたのは、何というお店ですか」

「『キョウト』です」

日本人を意識した名なのか、ロシア人や中国人を意識した名なのか、微妙なセンスだ。

「ありがとうございます」

私は礼をいい、エレーナがおいていった伝票をとりあげた。

「ここは私に払わせてください」

荒木は小さく頷いた。

「ごちそうになります」

「フジリスタラーン」をでると、荒木がいった。

「あの、犯人がわかったら教えてください」

「そうなるよう、がんばります」

私は答えた。自信がないのだから、そうとしかいえない。

地下通路に降りる荒木に手をふり、私は光を放つ建物のほうに歩きだした。

「キョウト」はすぐに見つかった。「BAR」というネオンを点している。「DANCE CLUB」とある店は外まで激しいロックが洩れだしていた。

「上海」というネオンを点した店もあった。このあたりにある店舗は、すべて独立した造りで、日本の飲み屋街にあるような雑居ビルではない。補強されたプレハブ住宅のような構造だ。暖房を相当強めなければ、中はかなり冷えるだろう。

寒いから、体の中から温まれと酒を売るのだろうか。居酒屋でビールの売り上げを増すために冷房をあまりきかせないのと同じ理屈だ。

そう思って「キョウト」に入ったが、意外な暖かさに驚いた。

「こんばんは《ドーブルイ・ヴェーチェル》」

カウンターの内側にいた、ひょろりと背の高い、赤毛の男がいった。白いワイシャツの袖をまくりあげている。十人ほどが腰かけられるカウンターだけの店だ。奥に二人の東洋人がいたが、日本人か中国人かはわからなかった。

「こんばんは」

日本人とわからせるためにいった。赤毛の男は肩をすくめ、

「日本人デスカ、アナタ」

と訊ねた。

「そうです」

「イラッシャイ。何飲ミマスカ」

年齢は三十代半ばといったところだろう。頬にソバカスが散っていて、人の好《よ》さとこずるさの混じった、イタチのような顔つきをしている。

「えーと」

私は彼の背後にある酒棚を見た。ウォッカだけでなく、ジンもあり、ウイスキーもバーボンやスコッチがあるが、日本のウイスキーはないようだ。

シーバスリーガルを指さした。

「ストレート？　ミズワリ？」

「水割りで」

「オーケー」

赤毛のバーテンダーは頷いて、大きめのグラスにウイスキーを注ぎ入れ、ミネラルウォーターの壜といっしょにさしだした。氷は入っていない。

グラスに水を入れ、ひと口飲んだ。密造酒の詰め替えかもしれないと疑ったが、どうやら本物のスコッチのようだ。

「何か一杯どうぞ」

いうと、バーテンダーはにやりと笑った。棚からウォッカのボトルをとり、ショットグラスに注ぐ。

ロシア語で、

「健康に」

といって、グラスを掲げた。

「アルトゥールというのは、あなた？」

私は訊ねた。バーテンダーは首をふった。自分をさし、

「ヴァレリー」

といった。

「ヴァレリー。イシガミ」

　私は自分を示した。ヴァレリーは頷いた。

「西口さんを知ってる？　同じ日本人でニシグチ」

「ニシグチ？」

　ヴァレリーは首を傾げた。私は西口の社員証をポケットからとりだしてカウンターにおいた。

　ヴァレリーは小さく頷いた。考え、いった。

「キタ。ニカイ、イヤ、サンカイ」

「この島の歴史の話をした？」

「レキシ、ナニ？」

　ロシア語で同じことを訊ねた。ヴァレリーは眉を吊りあげ、手を叩いた。

「ロシア語うまいね！」

「ニシグチと島の歴史の話をした？」

「いや。俺はしてない。ニコライかな」

「ニコライ？」

「俺の相方。今日は休み」

「君はこの島は長いの？」

「俺はまだ二年。ニコライが四年」

「アルトゥールという人を知らないか」

「アルトゥール……」

ヴァレリーは首をふった。

「知らない。島の人か？」

「おそらく。このあたりで働いている人だと思うのだが」

「けっこう入れかわりがあるんだ。新しい奴は知らない」

「そうなんだ」

ヴァレリーは声をひそめた。

「サハリンや本土でマズいことになった奴が逃げてくる。オロテックにコネがあれば、しばらく隠れていられるからな」

「オロテックはそんな危ない奴とつながっているのか」

「ロシアだぜ」

ヴァレリーはいって片目をつぶった。

「マフィアと実業家はこうさ」

左手の人さし指と中指をぴったりとくっつけてみせた。

「なるほどね。この島の歴史について詳しいロシア人を誰か知らないか」

ヴァレリーは首を傾げた。

「こんな小さい島の歴史なんて、誰が知りたがる？」

「それが問題だ。俺の友だちは知りたがっていた」

　私は西口の社員証を示した。

「誰かに島のことを訊いていたと思うんだが、それがわからない」

「友だちに訊けよ」

「事情があって訊けないんだ」

　ヴァレリーは肩をすくめた。

「じゃあ俺にもわからない」

　私は頷いた。

「わかった。勘定を」

「千ルーブル」

　思ったよりも安い。私は払った。領収証が欲しかったが、我慢する。

　礼をいって、金をしまったヴァレリーが気づいたように訊ねた。

「ニシグチって、顔の皮を剝がされた奴か」

「顔の皮は剝がされていない」

「だよな。チョールトじゃあるまいし」

　なつかしい言葉だった。祖母がよく使っていた。夜、遅くまで寝ないでいると、「チョールトがくるよ！」と威《おど》された。悪魔という意味だ。

　目を抉られていたとはいわず、私は「キョウト」の扉を押した。奥の二人はこちらの会話にはまったく興味を示さなかった。どうやら中国人のようだ。

外にでると、冷たい風にわずかな酔いが瞬時で抜けるのを感じた。

「DANCE CLUB」というネオンの点った建物をめざした。幅も奥ゆきも「キョウト」の倍以上はある。

扉を押した瞬間、大音量のローリング・ストーンズと熱気に包まれた。汗をかいてはまずいと、大急ぎで防寒着を脱いだ。

円形のステージでポールダンスを踊るダンサーが目に入ってきた。それを囲むように椅子がおかれている。ステージは全部で四つあったが、ダンサーが今いるのはひとつだけで、奥に長いバーカウンターがある。

「二千ルーブル」

不意にロシア語が聞こえた。入口をくぐってすぐの場所に机がおかれ、背の低いロシア人がすわっている。小さいが鋭い目をしていた。

入場料が必要だということらしい。私は二千ルーブルを払った。小男は赤いチケットをよこした。

バーを指さし、

「ワンドリンク」

という。飲みものが一杯つくらしい。チケットには英語とキリル文字で「ダンスクラブ」と印刷されている。「ダンスクラブ」が店名のようだ。

「アルトゥールを捜している」

私はロシア語で小男に告げた。小男はただ首をふった。いないのか知らないのか、どちらなのかわからない。

が、しつこくは訊けない雰囲気を漂わせている。

私は机の前を離れ、使われていないステージを囲んだ椅子のひとつにすわった。

踊っているのは黒髪で豊満な体つきをした女だった。年齢は三十くらいだろう。ビキニにブーツを履いている。顔だちを見ると純粋なスラブ人ではないようだ。

ステージを囲む席には八人ほどの男たちがいた。大半がロシア人で、中にはオレンジの制服を着た者もいる。多くが缶ビールを手にしていた。流れているのは「サティスファクション」だが、ロシア語のカバーだ。まだ宵の口のせいか、見るからに酔っている者はいない。ただ静かに眺めている。

カウンターに客はおらず、中に女二人と男ひとりが立っていた。私は立ちあがり、カウンターに近づいた。並んでいる酒の種類は「キョウト」とかわらない。

女のひとりが私の前に立った。たぶんダンサーだろう。金髪で若い頃はかなり美人だったろうが、今は贅肉《ぜいにく》がたっぷりとついている。チューブトップの裾からはみでた肉がショートパンツのベルトの上にのっていた。

「ビール」

私は告げた。サッポロの缶がカウンターにおかれた。

「名前は？　何か飲む？」

「エラ」

女は答えた。近くで見ると金髪は染めたもので、根元は黒ずんでいる。

「コーラをもらう。五百ルーブル」

私がカウンターに金をおくと、エラは缶コーラを冷蔵庫からだして掲げた。ひどくかすれた声だ。

「あんたに乾杯。名前、何ての？」

「イシガミ」

顔をしかめた。

「日本人？」

「そう」

「珍しい。日本人は『エカテリーナ』にいくのに」

「きたばかりでよく知らないんだ。『エカテリーナ』というのは？」

「港の入口にある店よ。スチューアルデッサがたくさんいる」

スチューアルデッサというのは、日本でいうなら「ホステス」だ。

「ここはロシア人ばかり？」

訊ねると、エラはあいまいに首をふった。

「日本人も中国人もくるけど、ロシア人が多い」

「アルトゥールって知ってる?」

「知らない」

本当に知らないようだ。私はカウンター内にいる男を目で示して頼んだ。

「彼に訊いてみてくれないか」

こっちは入口とはちがい大男だったが、むしろ優しげな顔つきをしている。

「ダルコ! アルトゥールって奴、知ってる?」

エラが叫び、大男はゆっくり首をふった。店中に聞こえるような声だ。

「知らないって。あんたロシア人とのハーフ?」

「クォーターだ。お祖母ちゃんがロシア人だった」

「へえ」

「何だってんだ」

不意に背中から声をかけられ、ふりかえった。一五〇センチに満たない男が私を見上げていた。入口にいた奴だ。

「人を捜してんのよ。アルトゥールって奴」

エラがいった。

「そんな奴はいねえ」

私は小男を見やり、なるべく友好的に、

「あんたの名前は?」

と訊ねた。

「ギルシュ」

まるで歯ぎしりをするように小男が答えた。

「よろしく。俺はイシガミ」

いって右手をさしだした。ギルシュは首をふった。

「知らない奴とは握手しねえ。指を落とされちゃ困るからな」

白いポロシャツを筋肉が盛りあげている。首回りにタトゥが入っていた。

「それは失礼」

私は手をひっこめた。

「アルトゥールなんて野郎は、この島にはいない」

ギルシュは私をにらみつけ、いった。

「それは驚いたな。俺の友だちが仲よくなったといってたのに」

「そいつが阿呆《あほう》だ。いないもんはいねえ」

エラがそっと私の前を離れていった。

「ニシグチというんだが、あんたは会ったことはないかい？」

「日本人に知り合いはいねえ。それを飲んで、さっさと帰れ」

ギルシュは私が手にした缶ビールを目で示した。

すぐにでもでていきたかったが、私は横を向き、考えているふりをした。

「日本人を嫌いになる理由でもあるのか」

「ここにくるのは、酒を飲むか女を眺めたい奴だけだ。あれこれ嗅ぎ回る野郎は、何人《なにじん》でも叩きだす」

私の顎までの背丈もないが、試そうとは思わなかった。自信がなければそんな威しは口にしない。

「きのう、この島にきたばかりなんだ。もっと親切にしてくれてもいいだろう」

同情を買う作戦にでてみたが、逆効果だった。

「ニカ！　ロラン！」

ギルシュが叫んだ。ダンサーを眺めていた男たちの二人がのっそりと立ちあがった。ひとりはキャップをかぶったヒゲ面《づら》で、もうひとりはすりきれた革ジャケットを着ている。どちらも一九〇センチ近くある。

「わかった。もめごとは起こさない」

私は両手を広げた。ギルシュは出入口に向け、顎をしゃくった。

缶ビールをカウンターにおき、私は後退《あとじさ》りした。

「ダンスクラブ」の扉を押し、外にでた。雪が降りだしていた。ちらほらではあるが、今の気分には応えた。

宿舎に帰ろうかと思ったが、「エカテリーナ」をのぞいてみることにした。エラの話では港の入口にあるという。

港は常夜灯で明るかった。人影はなく、光の下を雪片が舞っている。埠頭《ふとう》に積みあげられたドラム缶やコンテナが反射する鈍い光が私の影を作った。

「ヘイ」

声にふりかえった。ニカかロランか、どちらかはわからないが、キャップにヒゲ面の大男がいた。煙草《たばこ》を手にしている。

私は緊張した。まさかあとをつけられるとは思っていなかった。あたりを見回した。「エカテリーナ」という看板が目に映った。フェンスの角をはさんだ反対側だ。走って逃げこむには遠すぎる。

「ブツが欲しいのか。欲しいんだろう」

キャップの男はいった。

「あんたは……ニカだっけ」

あてずっぽうで訊くと男は頷いた。

「次の船でサハリンにいく。欲しけりゃ買ってきてやるぜ」

私は頭を巡らせた。この男のいうブツが何をさすかはわからないが、島では手に入らないものだ。さらに私にそれを申しでた理由は「アルトゥール」以外、考えられない。

「アルトゥールはどうしたんだ？」

「奴はつかまった。しばらくこられない」

ニカは答え、短くなった煙草を吹かした。白く濃い煙が吐きだされた。

「クレーンを動かしてる。部品の交換があるんで、あさってサハリンまでいくんだ。あ
ニカは港を顎で示した。

「あんたの仕事は？」

ニカは頷き、六桁の番号を口にした。私はそれを自分の携帯に打ちこんだ。

「電話番号を教えてくれ。欲しくなったら電話をする」

だんだん気のいい奴に見えてきた。

「俺はあこぎな商売はしない。アルトゥールよりまともだ。本当だ」

ニカは肩をすくめた。

「あんたを信用しないわけじゃないが、考えさせてくれるか」

私は顎をかいた。

「そうだな」

エタミン、覚せい剤のことだ。

称には流行があって、すぐに知らない商品名が登場する。草は大麻、メタンはメタンフ
他にも商品名らしい言葉を口にしたが、私には意味がわからなかった。違法薬物の通
「何だって用意できる。何がいい？　草か、メタンか」

「ものは何なんだ」

いらだったようにいった。

「どうするんだよ」

んたは？」

「発電所だ」

「日本人は皆そうだ」

「ニシグチを知ってるか」

私は社員証をひっぱりだした。ニカはうけとり見入ったが、首をふった。

「知らない。アルトゥールの客か」

私は頷いた。

「アルトゥールはいない。俺から買え」

「わかった。連絡する」

ニカは頷き、あたりを見回すと煙草を地面に捨て、踏んだ。

「じゃあな」

ポケットに両手を入れ、「ダンスクラブ」に戻っていった。そのうしろ姿を見送り、私は吸い殻を拾いあげた。ＤＮＡが採取できる。必要になるかどうかわからなかったが、吸い殻をポケットにしまった。

深呼吸すると、鳩尾《みぞおち》が痛かった。緊張したせいだ。

やっていられない。こんな任務、潜入捜査以下だ。身を守る武器はないし、助けにくる仲間もいない。ここでバッジを見せびらかしても、誰も恐れいってはくれないだろう。ギルシュだったら、唾を吐いて海に投げこむにちがいない。

「エカテリーナ」にいく気を失くし、管理棟に向かって歩いた。建物を見上げ、六階のパキージンのオフィスに明りがついているのを認めた。その明りの下で、人が動いた。動くのが見えたのは、窓ぎわに立っていたからだ。私は立ち止まり、じっと見つめた。もう何も動かなかった。不意に部屋が暗くなった。明りが消えたのだ。時計を見た。午後九時になったばかりだった。

じっとしていると、足もとから冷気が這《は》いあがってくる。急ぎ足で、管理棟にある、地下通路の入口をくぐった。

階段の途中で暖気に包まれ、ほっと息を吐いた。酔っぱらっていたら、この地下通路で眠りこむ者もいるだろう。

まっすぐ東に向かい、C棟の二階に上がった。部屋に入り、内鍵をかける。

ベッドに腰かけ、息を吐いた。しばらく動けなかった。やがてリュックから新品の靴下が入っていたビニール袋をとりだし、ニカが捨てた吸い殻を入れた。油性ペンで「ニカ」と書いて、リュックにしまう。

パソコンと自分の携帯のメールとラインをチェックした。稲葉からメールが届いていた。

『遺体の保存状況を知らせよ。返還後、国内にて解剖は可能か』

『可能。ただし解凍の要あり』

と返した。それだけではふざけていると思われるかもしれない。

『死因は、手慣れた者による刺傷。プロの可能性あり』

と追加する。すぐに返事がきた。

『プロ？』

『防御創なし、心臓をひと突き。マル害は麻薬売人と接触していた可能性あるも、殺害との関係は不明』

いきなり携帯が鳴った。稲葉だった。受信状況が悪く、雑音に混じって、

「――売人だと」

という声だけが聞こえた。

「そうです」

「――ういうことだ。――んな話は――ない。前歴が――なら――」

「すみません。メールでお願いします」

告げて電話を切った。

『麻薬の密売人がその島にいるのか』

パソコンにメールがきた。

『います。アルトゥールという人物で、名前がマル害の手帳に残っていました。情報によれば、アルトゥールは、サハリンもしくは他の場所で逮捕されたもようです』

『マル害は薬物を使用していたのか』

『その証拠は今のところありません。しかし売人に接触する理由が他に考えられませ

ん』

『尚《なお》さら解剖が必要だ』

『外務省にでもいってください。ここでは私には何の力もありません』

『薬物の件はヨウワの人間には伝わっているのか。伝わっていないのなら秘密にしろ』

『了解です』

稲葉のいいたいことはわかった。着任してひと月足らずの西口が薬物に手をだしていたとすると、それはヨウワの内部に薬物の〝先輩〟がいた可能性を示している。売人と西口の関係を私がつきとめたとわかれば、当然薬物を処分し、なりを潜める。

『クスリがらみでプロに殺されたというスジがあるのだな』

『クスリがらみかどうかはまだわかりません』

『なぜ目をくり抜く。マフィアのやり口か』

『聞いたことはありません』

もっとひどいのは知っている。性器を切りとり、口に押しこむのだ。

『現地の司法機関には接触したか』

『しましたが援助は期待できません』

『ヨウワ以外に協力者を捜せないか』

タチアナの顔が浮かんだ。彼女がそうなれば最高だ。

『現段階では困難です。ヨウワの社員に情報提供を呼びかけましたが、今のところありません』

『了解。健闘を祈る』

えっと声がでた。それだけか。応援を送るとか、せめて身辺に気をつけろ、とかはないのか。

何も表示しなくなったパソコンの画面をしばらく見つめた。

やがて缶ビールを開け、眠くなるまで飲んでいた。もっと強い酒を、明日買うことに決めた。

7

きのうとほぼ同じような時刻に目覚めた。顔を洗うと再び西口の部屋に入った。

薬物との関連を示すものを捜すためだ。

注射器はなくとも、パイプ、せめてライターがあればと思ったが、それすらない。煙草や灰皿が部屋になかったことから喫煙者ではないだろうという見当はつけていたが、薬物摂取の手段がわからなかった。経口摂取をしていたのなら飲むだけだが、通常はパイプやアルミホイルなどを使い、炙《あぶ》って吸引する。大麻やメタンフェタミンだと、それが一般的だ。

大麻の場合、ゴムを焦がしたような独特の刺激臭がでる。狭い部屋だと匂いがしみつくものだが、西口の部屋にそれはない。冷蔵庫をもう一度調べ、トイレのタンクもチェックしたが、薬物を所持していた痕跡はなかった。

西口の携帯電話が見つかっていないことを考えれば、西口が所持していた薬物や摂取用の器具を犯人がもちさった可能性はあった。

そうだとすれば、西口は薬物がらみのトラブルで刺殺されたという線がなりたつ。犯人が犯罪組織の人間なら手慣れているのも説明がつくし、両目を抉ったのはクスリでてんぱっていたからかもしれない。

ヤク中の頭の中は妄想の宝庫で、常人ならおよそ考えもつかないような理由で信じられない行動をとる。

問題は、そこまで重度の中毒者だと周囲の人間にもそれとわかる、という点だ。明らかに目つきがおかしかったり、妄想にとらわれた言動をくり返す。

西口を殺したのが重いヤク中なら、島内にいるそういう人物を捜せば事件は解決するだろう。

医師なら知っているのではないか、というすばらしい考えを思いついた。

自分の部屋に戻り、午前八時になるまで待ってから、タチアナ・ブラノーヴァに教わった番号を島内携帯で呼びだした。

「もしもし《アロー》」

寝起きなのか、わずかにかすれた声が応えた。

「おはようございます。イシガミです。今、話せますか」

「もちろん。今、何時？」

「八時です」

色っぽいため息が聞こえた。

「飲みすぎちゃった。寝坊よ」

「ウォッカですか」

「ズブロッカが好きなの。先祖がポーランド出身だから」

「覚えておきます。ズブロッカが好き」

「それでお巡りさんは何の用？」

「医師としてのブラノーヴァ先生に助言を求めています」

「今からシャワーを浴びる。コーヒーと野菜のカーシャをもってきてくれる？」

「喜んで。どこに届ければいいのです？」

「わたしの宿舎はA－3の12号室。三十分後に」

「了解しました」

浮き浮きとした気分で服装を整えていると、携帯が鳴った。中本だった。

「おはようございます、石上さん。もうお目覚めでしたか」

「ええ、起きてました」

「よろしければ朝食をごいっしょしようと思って、お電話をさしあげました」

「ありがたいのですが、これから調べものがありまして」

「もう、ですか」

驚いたように中本はいった。

「ええ。先方が、朝しか時間がとれないというので」

「誰なんです？」

「申しわけないのですが、それはちょっと」

「あっ、そうですよね。失礼しました」

中本は早口になった。

「それで、石上さん、今日は発電所のほうにおみえになりますか」

「今のところその予定はありません。もしうかがうようなら、電話をさしあげます」

「実は私、根室のサポートセンターのほうに急な出張が入りまして、明日まで戻らないものですから、何かありましたら関のほうに連絡をしてください」

中本は告げて、つづけた。

「あと、何か必要なものがあれば買ってきますが……」

「いえ、大丈夫です。お気づかいありがとうございます」

礼をいい、電話を切った。探りを入れるのが目的だと見当がついた。根室のサポートセンターで、捜査に関する情報を求められるのを想定したのだろう。

宿舎をでて地下通路を使い、A区画に向かった。青い「朝食」の文字が点った建物で、コーヒーとカーシャ、ブリヌイを買った。

A-3棟は、海に向かってベランダがつきでた、垢《あか》抜けた造りの建物だった。12号室は三階の端だ。階段を登り、インターホンを押した。

ロックが解かれ、グレイのスウェットを着たタチアナがドアを開いた。濡《ぬ》れた金髪にタオルを巻いていて、とてもいい香りがする。

「おはようございます。朝食をおもちしました」

タチアナはにっこりと笑った。きのうは上半身までじっくり観察する余裕がなかったが、胸のふくらみもじつにみごとであることが判明した。

「どうぞ」

港に面した窓から沖に浮かぶ船が見える。今日は快晴で、右から光がさしこんでいた。

窓と平行におかれた大きなガラステーブルをタチアナが示し、私は紙箱に入れてもらったカーシャとコーヒーをおいた。

「あなたはコーヒーだけ?」

防寒着のポケットにつっこんでいたブリヌイをとりだした。

「私はこれを。カーシャがどうも苦手で」

「体にはこちらのほうがいいわよ」

カーシャの入った発泡スチロールの容器とプラスチックスプーンを手に、ひとりがけのソファに腰かけたタチアナはいった。向かいの長椅子を私に勧める。

「昔、祖母が作ってくれたのですが、ミルクに入った米というのが駄目で」

「やはり日本人なのね。米は米だけで食べるのでしょう?」

「ええ」

ブリヌイの包装をはがし、頬ばった。今日はサーモンを揚げたものにした。タチアナはカーシャをすくい、ひと口食べて立ちあがった。キッチンから塩をとってきて、かける。

「塩分のとりすぎも体に悪いのでは?」

告げると、にらむ真似をした。

「お洒落《しやれ》と美食は健康に悪いのに、女は皆、それが好きなの」

私は頷いた。

「男はそれで痛い目にあう」

タチアナは笑い声をたてた。

「冗談をいう日本人に初めて会った」

「診療所ではないからです。あなたが白衣を着て、私に注射をしていたら冗談はいわない」

「では他の日本人も冗談をいうの?」

「もちろんです。ロシア語でいえる人は少ないでしょうが」

「そうね」

頷き、コーヒーをひと口飲んでタチアナは私を見た。

「で、どんな助言が欲しいの？」

「この島で、違法薬物を摂取している者は多いのですか。さらにどんな薬物が好まれているのかが知りたい」

タチアナの笑みが消えた。じっと私を見つめる。

「なぜ、そう思ったの？」

正直に話した。タチアナは無言で聞いていたが、小さく頷いた。

「『ダンスクラブ』のギルシュね」

「知り合いですか」

タチアナは微笑んだ。

「女にならないかって誘われた。背は小さいけど、それ以外のすべては大きな男だと自慢していた」

「島では知られた人物なのですか」

「『ダンスクラブ』以外にも店を経営している。『エカテリーナ』もそうだし、このカーシャを作っている食堂も彼のものよ」

私は思わず食べかけのブリヌイを口から離した。タチアナは笑い声をたてた。

「ギルシュが作っているわけじゃないし、食堂にはほとんど現われない」

「安心した」

「ニカという男は知らない。サハリンとここをいききしているロシア人は多いし、顔ぶれもよくかわるから」

「アルトゥールはどうです？」

　タチアナは首をふった。

「診療所にくるのは中国人や日本人のほうが多い。ロシア人はサハリンやハバロフスクの大きな病院にいきたがる」

「なるほど」

「あなたの質問だけど、一度だけ重度のメタン中毒者の船員がきたことがある。港で発作を起こして倒れたのよ。引きつけを起こしていて、譫妄《せんもう》状態だった。鎮静剤を与えて寝かせるしかできなかった。腕が注射痕だらけだった」

「他の薬物はどうです？」

「五十歳以上だとアフガニスタンでオピウムを覚えたという人も多い。ソビエト連邦時代に派兵されて、向こうで阿片《アヘン》を知り、一度はやめたけどまた手をだす。そういう人間は、たいていまともじゃない。この島では見たことないけれど、ウラジオストクにはいた。あとは大麻ね。大麻はいくらでも入ってくる」

「日本人でも吸っている者はいますか」

「吸引している人間を直接見たことはないけれど、いてもおかしくはない。バーとかで大麻を吸っていたとわかる匂いがすることもあるし」

「もちこむのはやはりロシア人ですか」

「他にいる？　日本や中国からもってくるのは難しいでしょう。バーに通ってなじみになれば、大麻ならおそらく手に入る。吸う場所さえ気をつければ、島に警官がいるわけじゃないし」

「国境警備隊は取締らないのですか」

「彼らの仕事ではない」

「まさかこの島で栽培されたり、密造されているということはないでしょうね」

タチアナは笑いだした。

「この狭さでは無理ね」

「日本ではアパートの部屋を改造して栽培する者もいます」

タチアナは首をふった。

「日本は価格が高いでしょう。ロシアでは東シベリアでいくらでも安い品が手に入る。そんな手間をかけても割に合わない」

「他の薬物はどうです？　メタンの密造とかは？」

「パキージンに見つかる。彼は島のあらゆるところに目を光らせている。クスリをもちこむくらいならともかく、密造したらすぐに気づかれて、島を叩きだされる」

「そんなに鋭いのですか」

「元ＫＧＢなの。その腕を買われて、オロテックはこの島の責任者に彼をすえた」

「道理で。只者《ただもの》ではないと思いました」

「ここで彼に逆らう人間はいない」

タチアナはいって空になった器をおいた。

「そんなに目を光らせているのなら、ニシグチを殺した人間の見当もついているのではありませんか」

「どうかしら。殺人が起こったことはなかったから」

タチアナは首をふった。そして訊ねた。

「イシガミは、ニシグチが殺された理由がクスリだと考えているのね」

「あくまでも可能性です。マフィアに属するような者なら、ああいう殺し方もできる」

「両目を抉るのは？」

「殺した人間もクスリをやっていた」

「ニシグチがマフィアからクスリを買っていて、トラブルになったと？」

私は頷いた。

「少なくともニシグチの体に注射痕はなかった。重度のメタン中毒者なら、注射を使う」

「そこまでではなく、大麻ていどを買うつもりだったのが、中毒の進んだ売人ともめて殺されたのかもしれません」

タチアナは感心したように頷いた。

「それで、薬物中毒者について訊いたのね」

「殺して両目を抉るほど、中毒の進んだ人間がいたら、きっと医師の耳にも入っていると思ったんです」

「残念だけど、わたしは知らない。そのアルトゥールという男が密売人だとしても、ここでは別の仕事もしていた筈。オロテックの仕事をうけおっていない者は、この島に上陸できない」

「あなたもオロテックの社員なのですか」

タチアナは首をふった。

「わたしは契約をしているの。契約は一年で、二ヵ月後に期限がくる」

「契約延長はしないのですか」

「それは難しい質問ね。オロテックは、ウラジオストクの病院よりいい給料を払ってくれる。でもここは退屈だし、狭くて息が詰まる」

「精神を病む者もいるでしょうね」

「潜在的な鬱病患者は多い。不眠や食欲の不振を訴えるのはたいていそうよ。でもわたしの専門ではない。だから睡眠薬や消化剤を処方するだけ」

私は頷いた。

「薬物に関しては、パキージンも神経を尖らせている。プラットホームは海上だし、天候が荒れるとヘリも近づけない。そうなると楽しみは酒かクスリになってしまう」

「それに起因する事故が起きたことはありますか」

「海に転落したというケースはある。死亡にまでは至らなかったけど。本人はただ足を踏み外しただけだといっていた。すぐクビにされた。給料がいいから働き手はすぐ見つかる」

タチアナは肩をすくめた。

「パキージンに訊けば、アルトゥールがこの島でどんな仕事をしていたのかがわかりますか」

「もちろん。本部は、この島で働く人間の資料をすべてそろえている」

私は頷き、手をさしだした。

「朝からいろいろ教えていただいてありがとうございました。助かりました」

もっと話したかったが、我慢することにした。

「次はお酒でも飲む？」

タチアナは私の手を握り、訊ねた。

「本当に？」

私があまりに嬉しそうだったからか、タチアナは笑いだした。

「あなたは部外者だから」

「どういう意味です？」

「オロテックの関係者と個人的な関係をもつのは避けようと決めているの。狭い島だし、噂もすぐ流れる。そういう点で、あなたは安心できる」

「なるほど。でも、どこで飲むのですか。バーにいけば、すぐ噂になります」

「ここでいいわ」

平然とタチアナは答えた。

「お酒はいろいろそろっている」

「そのお誘いを心待ちにしています」

私はいい、タチアナの部屋をでた。鼻歌がでそうだった。稲葉に感謝したいくらいだ。

島内携帯をとりだし、パキージンにかけた。

「パキージンだ」

「イシガミです。お訊ねしたいことがあるのですが、今からうかがってよろしいでしょうか」

「かまわない。私のオフィスにこられるかね?」

「すぐにうかがいます」

電話を切り、管理棟に入ると、エレベーターで六階に上がった。

パキージンは窓に背を向け、立って私を迎えた。

「先ほどA－3に入っていく君が見えた」

ひやりとしたが、表情をかえないようにつとめながら答えた。

「ブラノーヴァ医師に助言をお願いしたのです」

「診療所ではなく、宿舎を訪ねてかね？」

灰色の目を細め、パキージンはいった。

「私の健康上の問題ではありません。島内の薬物中毒者について訊きたかったのです。診療所には看護師もいます。彼がそうでないという保証はありませんから」

パキージンは瞬きした。

「なぜ薬物中毒について訊ねた？」

「ニシグチを殺害した犯人が、薬物中毒者かもしれないと疑ったからです。人を殺すほど中毒が進んでいるなら、医師が存在を把握していて不思議はありません」

「なるほど。で、ブラノーヴァ医師の答は？」

「心当たりはないそうです」

パキージンは頷いた。

「君は、島内にそうした中毒者がいると考えているのか？」

「少なくともクスリを売っている人間はいます」

パキージンの表情はかわらなかった。

「名前もつきとめたのか」

「アルトゥール」

パキージンは小さく息を吐いた。

「小型ボートの操縦員だな。二日前にサハリンの警察から逮捕したという連絡があった」

「逮捕の理由は？」

「喧嘩だ。ナイフで相手を傷つけた」

「そのナイフの情報を、ブラノーヴァ医師あてに送ってもらうことはできますか」

「ニシグチを殺した犯人だと疑っているのか？」

「彼の手帳に、アルトゥールの名前がありました」

「ニシグチがアルトゥールから薬物を買っていたと君は考えるのか」

「それ以外の接点を思いつきません」

「そうだとして、なぜ客を殺す？」

「アルトゥール自身が、薬物で錯乱していた」

「両目を抉ったのもそれが理由だと考えるのかね？」

「薬物中毒者ならありえます」

パキージンは黙って考えていた。

「サハリン警察は、ニシグチ殺害を知っているのですか」

「署長には伝えたが、捜査に関しては私が責任をもつことになっている」

「あなたが？」

「この島の責任者は私だ」

何か問題でもあるのか、という口調だ。私は黙った。

「アルトゥールについては、署長と相談をした上で、君に連絡をする」

「それで結構です」

私はそういう他なかった。オフィスをでようとすると、パキージンがいった。

「イシガミ、君は私が想像した以上に優秀な捜査官だ」

「とんでもない」

「これほど早く、島内に存在する薬物汚染をつきとめるとは思わなかった」

「偶然です。ただ、ひとつ奇妙な点はあるのですが」

「何かね」

「ニシグチが薬物に手をだすような人間には思えないことです。もちろんどんな人間にでも、薬物とかかわる可能性はあります。実際に彼がそうであったかどうかは、解剖し検査をしない限りは定かではありませんが」

パキージンは無言だ。

「アルトゥールがニシグチに薬物を売っていたと認めれば、話は早いのですが」

「あの男は、多くの者に薬物を売りさばいていた。中国人にも客がいた」

「知っていたのですか」

「知っていた。が、中国人の問題だ」

「あなたの島なのに？」

「警備責任者には伝えた」

「薬物中毒者だと？」

「大麻を買っていた」

「拘束しなかったのですか」

「私が中国人を拘束すれば、警備責任者の名誉を傷つけることになる」

「それだけですか」

「それだけ、とは？」

「警備責任者は、あなたに感謝したでしょう。メンツを潰されずにすんだ」

パキージンは頷いた。

「そうした友好関係を保つのは重要だ。特にこの小さな島では」

「私もあなたに報告しました」

パキージンは苦笑した。

「その通りだ。イシガミの厚意に報いる方法がないかを考えるとしよう」

「それを期待したわけではありませんから。失礼します」

私は告げて、オフィスをあとにした。

一度部屋に戻り、考えを整理した。アルトゥールがこの島で薬物の密売にかかわっていたのは、どうやら確かなようだ。西口とアルトゥールの接点が薬物で、それが殺害の理由だとすれば、これほど平和な結論はない。アルトゥールはすでにサハリン警察に拘束されているから、私が逮捕、連行することはできないし、次の犠牲者がでる心配もない。

アルトゥールの所持していたナイフの形状が西口の傷と合致すれば万々歳だ。

一方で、そうはならないだろうという予感も漠然とだが、あった。ものごとなんてそういうものだろうが、いい予感は外れ、悪い予感は当たる。サハリン警察からタチアナに〝朗報〟が届くのを期待するより、調査を続行すべきだと私は感じていた。

何をするかは決まっていた。私は水色の制服に着がえ、宿舎をでた。地下通路を進み、最初の十字路を南に折れ、次の十字路を西に向かった。

プラントの入口にぶつかった。地下通路と建物をつなぐ通路に椅子がおかれ、ひとりがすわりひとりが立って、プラントの入口を警備している。二人ともベージュの制服を着け、無線機を襟もとに留めていた。

立っているほうの警備員が私に近づいた。私のうしろを歩いてきたベージュの制服を着た男が社員証をかざし、私を追いこした。

「どこへいきますか」

警備員は日本語で訊ねた。

「ヤンさんに会いにきました。石上といいます」

私は答えた。警備員は襟もとのピンマイクをつまんだ。

「イシガミという日本人がヤン主任を訪ねて、地下通路入口にきています」

中国語でいった。イヤフォンに返事があったらしく、警備員は私を見た。

「ヤンさん迎えにきます。待ってください」

私は頷いた。

ヤンが現われるまで十分近く、そこに立っていた。地下通路とその先の通路には、見えるだけで四台のカメラがすえられている。そのうちの三台は機種から、プラントが独自に設置したものだとわかった。

通路の先には発電所と同じようなゲートがあった。そちらからかすかに酸のような刺激臭が漂ってくる。

中本が、プラントでは鉱石を硫酸と混合させて加熱するといっていたのを私は思いだした。トリウムを除去したあとだといっていただろうか。たぶんそうだろう。放射性物質を含んだ鉱石に酸を加えたり加熱するのは、素人の頭には何となく危険な気がする。

実際はどうなのかわからない。が、この小さな島の一画を占めるプラントで放射性物質が杜撰《ずさん》に管理されていたら、あっというまに人が住めなくなる。もっともそれは発電所でも同じだ。つまり恐がっていてもしかたがない、ということだ。たった五キロ四方しかない島では、どこかで放射能洩れが起こったら逃げ場などない。

ゲートをくぐるヤンの姿が見えた。首から吊るしたのと似たようなカードケースを手にしている。

「ようこそプラントに。携帯電話をお預かりします」

私に笑いかけ、カードケースをさしだした。

「これを首からさげてください」

言葉にしたがった。ヤンが、すわっていた警備員に合図をした。警備員が立ちあがり、小型の探知器で私の全身をスキャンした。

「それは？」

「カメラをおもちじゃないかチェックしたんです。プラント内は撮影禁止ですから」

「お宅の社員も、ですか」

ヤンは頷いた。

「でも他の人はスキャンされなかったようですが」

「社員は皆、撮影禁止だと知っています。プラント内にカメラをもちこめば、解雇されます」

「それは厳しい」

「このプラントには、レアアースに関して最高水準の技術が集められています。産業スパイにも警戒しなくてはなりません」

ゲートに向かって歩きながら、ヤンはいった。酸の臭いが強くなる。

「ヤンさんはここでどんなお仕事をなさっているのですか」

「私は技術者ではなく雑用係です。プラントで皆が安心して働けるような環境作りが仕事です」

「なるほど」

「このプラント、、、は、大きく四つのパートに分かれています。まず最初が選鉱、ドレッシングです。この島の南側の海底には漂砂鉱床があります。漂砂鉱床というのは、岩石が海水の流れで攪拌《かくはん》され、堆積あるいは圧縮される過程で特定の鉱物が濃く集まった状態を意味します。風化していく岩石内に、風化に強い鉱物が多く含まれ、尚かつ比重が大きければ、そこに溜《た》まることになる。錫、金、チタン、モナザイトなどです。モナザイトはレアアース鉱物ですが、放射性物質であるトリウムを含んでいます。トリウムを除くための選鉱が第一パートというわけです」

ゲートをくぐると、歩きながらヤンは説明した。階段を登って一段高い通路にあがる。通路の両側には、巨大な棺桶《かんおけ》のようなコンクリート製の箱が並んでいた。

「ここでの選鉱は、すべて遮蔽されたプール内でおこなわれます。トリウムを分離し、残った鉱物に硫酸を混合して加熱します。これが第二パートです。硫酸焙焼《ばいしょう》という技術です」

巨大な棺桶群の先に、ひどく暑い部屋があった。ぶあついガラス壁の向こうで、ミキサー車のタンクに似たドラムが横倒しで四台、回転していた。臭いがきつくなり、ガラスごしに熱気が伝わってくる。炎は見えないものの、部屋の中にいる人間は消防士のような防護服とマスクをつけていた。

「西口さんを見つけたウーの職場はここです」

プラント内の天井や壁には、何台ものテレビカメラがとりつけられていた。従業員は一挙手一投足を監視されている。

通路をヤンが進むと、四、五階ぶん天井が吹き抜けになった一角にでた。巨大な洗濯機のようなタンクが空間を占め、ゴンゴンという機械音が床から響いてくる。

「焙焼したレアアース化合物を水に溶かすための浸出過程です」

「第三パートですね」

私がいうとヤンはにこやかに頷いた。本気で私にプ、、ラントの工程を説明するつもりのようだ。

「モナザイトはリン酸塩化合物の結晶体で、そのままでは水に溶けません。そこで硫酸と混合し、三百度に加熱します。その結果、リン酸塩化合物から硫酸塩化合物に変化したモナザイトを、ここで水に溶かします。焙焼と浸出というふたつの工程を経て、レアアース元素が溶けたレアアース酸性溶液ができあがります。この先が最後の工程である精製ですが、それを石上さんにお見せすることはできません」

通路のつきあたりは黒い扉でブロックされていた。扉の手前には二人の警備員がいる上に、指紋だか網膜だかの認証システムらしき機械も設置されている。

「この黒い扉の奥で、溶液からレアアースが抽出され製品化されています。では、こちらへ」

扉の手前を右に折れ、短い階段をヤンは降りた。階段の先は別室につながっていた。扉はないがエアカーテンがあり、くぐったとたん、熱や臭い、モーター音が弱まる。テーブルと椅子の並んだ部屋が広がっていた。

「ここはロビーと呼ばれています」

「食堂ですか」

壁ぎわに並んだ自動販売機を見つけ、私は訊ねた。飲みものだけでなく、カップラーメンや冷凍食品らしきご飯ものの、加熱調理機能を備えた自販機がある。

「食堂はありません。申請したのですが、オロテックの許可がおりませんでした。オロテックはロシア人の雇用を守る契約をサハリン州政府とかわしていて、それがこの島の独占使用を許される条件なのです。ただしプラント内には、何といわれようとロシア人は入れません。我々のレアアース精製技術は世界一で、それをスパイさせるわけにはいきませんから」

誇らしげにいった。

「ヤンさんは警備も担当していらっしゃると聞きました」

「あなたにそう教えたのは誰ですか？」

「発電所の中本です」

「中本さん、知っています。でも誤解です。私はただの雑用係です。そうだ、ウーにお会いになりますか」

「ぜひお願いします」

私が告げると、襟もとのピンマイクをつまんだ。

「ロビーにウーを連れてこい」

中国語でいう。そして私に向きなおった。

「石上さんのお仕事は捜査ですか」

よほど雑用係だといってやろうかと思ったが、

「調査です。この島で捜査する権限は私にはありませんから」

と答えた。わかっている、というようにヤンは頷いた。

「石上さんは中国語を話せますか」

「少しだけです。ウーさんは日本語がわかりますか」

ヤンは首をふった。

「彼は話せません。私が通訳をします。いいですか？」

「もちろんです。助かります」

私が作り笑いを浮かべると、ヤンも作り笑いを返した。

ロビーに制服の下だけを着けた男が入ってきた。上半身には汗で濡れたTシャツがへばりついている。近づいてくると、酸の臭いがした。一八〇センチ近い身長があって胸板も厚い。だがひどく緊張しているようで、不安げな表情を浮かべている。

「ウーです」

ヤンが告げ、私は右手をさしだした。

「お忙しいところをすみません。西口さんのことを調べている、ヨウワ化学の石上といいます」

「ヨウワのイシガミ。本当は警官だ」

小声でヤンがウーに告げた。ウーは大きな手で私の手を握った。べとべとだった。

「すみません。職場がとても暑いので」

掌《てのひら》をTシャツにこすりつけ、ウーはあやまった。ヤンが訳し、私は首をふった。

「先ほどヤンさんに案内していただきました。たいへんなお仕事ですね」

ウーは首をすくめた。

「西口さんを見つけたときのことを教えていただけますか」

「えーと、あー」

ウーは宙を見つめた。

「すわりましょう」

ヤンが空いているテーブルを示し、我々は移動した。

「待って」

ウーが答えようとするのを制し、ヤンは自販機でミネラルウォーターを三本買った。

それぞれの前におく。ウーがうろたえたようにヤンを見た。

「飲め。喉が渇いているだろう」

ヤンがいった。ウーは礼をいい、ペットボトルを口に運んだ。そして話し始めた。

「あの日、私は発電所に用がありました。トリウムのデータに関して、ここと発電所の数字にくいちがいがあって、確認しにいったんです」

ウーの話をいったん手でさえぎり、ヤンが訳した。つづけろとうながす。

「データの問題はすぐに片づいたので、息抜きに外の空気にあたることにしました。あそこは『ビーチ』と呼ばれていて、夏になるとよくいくんです。ビールを飲んだり、日光浴をしたりします」

ヤンが手で止め、通訳した。

「でもまだ寒かったのではありませんか？」

私は訊ねた。ウーが怯えたようにヤンの顔をうかがった。

「ええ。その、どのくらい寒いか、感じてみようと思って。もしかしたら三月だし、そろそろあたたかくなっているかもしれないと……」

ヤンがウーを見やり、語尾がとぎれた。

「寒いかもしれないけれど、いってみたかったようです。要するに、少し時間を潰したかったのでしょう。プラントにまっすぐに帰れば、また仕事ですから」

ヤンがいった。

「なるほど。では先を聞かせてください」

「話せ」

ヤンがウーに命じた。

「階段をあがって海のほうに降りていくと、横になっている人が見えました。防寒着をつけていましたが、発電所の人間だとすぐにわかりました。最初、転んで動けないのかと思い、助けようとしました」

ヤンが止めた。訳し、つづけろと合図をした。

「その人はうつぶせで、声をかけても返事をしませんでした。変だと思い、背中を押しました。硬くなっていて、死んでいるのだとわかりました」

「顔は見ましたか」

「そのときは見ませんでした。連絡をしてから、もしかすると知っている人かもしれないと思い、顔をのぞいて、恐ろしくなりました」

「なぜです？」

「目がなかった。吐きそうになりました」

「それは何時頃ですか」

「三月十日の十五時二十分頃です。なぜわかるかというと、十五時に発電所にいき、十分くらいで用事がすんだからです」

すらすらとウーは答えた。

「発電所をでたのが十五時十分くらい、ということですか」

ウーは頷いた。

「そこから西口さんの死体を発見するまで、誰かと会いましたか」

「地下通路では、何人かの日本人を見ました」

「地上では?」

　ウーは首をふった。

「誰もいませんでした。風がとても強くて、雪は降っていませんでしたが、寒い日でしたから」

「あたたかくなっているかもしれないと思ったのではありませんか?」

「すみません」

　ウーはあやまった。

「地下通路は暖房が入っているので、外もあたたかいと思いこんだのでしょう」

　ヤンがつけ加えた。

「改めて訊きますが、そのときはウーさんおひとりだったのですか」

「はい」

「連絡をしたと先ほどおっしゃいましたが、どこにしたのです? 国境警備隊ですか?」

「会社にです」

　ウーに訊ねることなく、ヤンが答えた。

「ウーは会社に電話をしてきて、会社から国境警備隊に連絡をしました」

「その作業はどなたがしたのですか」

　ちょっと間をおき、

「私です」

ヤンが答えた。

「ヤンさんご自身ですか」

「ええ」

「ヤンさんは現場にいかれたのですか」

ヤンは頷いた。

「ウーの見まちがいかもしれないと思いました。国境警備隊に連絡をする前に、実際にこの目で確認しにいきました」

「ここから現場にいかれたのですか」

「はい。大急ぎで向かいました」

「それが何時頃だったかわかりますか」

「十五時四十二分です」

「さすがですね」

お世辞抜きでいったが、ヤンはにこりともしなかった。

「ヤンさんおひとりでいかれたのですか」

「いえ。もうひとり部下を連れていきました。先日、私と『フジリスタラーン』にいたジンという男です」

「それで？」

「ウーが階段の途中にいました。死体のそばにいるのが恐くなったのだといって。三人でもう一度死体を見にいき、私が西口さんの社員証を確認しました」

「防寒着を脱がせたのですか」

「ファスナーを少しおろしただけです。首から下げているのをひっぱりだして見ました」

「そのとき周囲に三人以外の人はいましたか」

「いません。とても風の強い場所ですから。人はあまりこないんです」

私はウーに目を向けた。ウーは落ちつかなげに下を向いている。

「本当の理由は何だと思いますか」

ヤンに訊ねた。

「本当の理由？」

ヤンが訊き返した。

「ウーさんが『ビーチ』にいった理由です。サボるだけなら、もっとあたたかい場所があります。ウーさんはひとりになりたくて『ビーチ』にいったのじゃありませんか」

ヤンが私を見つめた。

「石上さんは何だと思うんです？」

「一服したかった」

「お前は喫煙者か？」

ヤンが訊ね、ウーは驚いたように目をみひらいた。

「煙草は吸いません」

「ウーは煙草を吸わないそうです」

「そうですか」

ウーは不安げにヤンを見つめ、

「大丈夫ですか」

小声でヤンに訊ねた。

「大丈夫だ」

ヤンが短く答え、私を見た。

「他に質問はありますか」

「西口さんを見つけたあと、ヤンさんはどうしました？」

「その場からプラントの上司に電話をしました」

「上司？」

「ルウという人です。ここの責任者です」

「それから？」

「国境警備隊に連絡をして、グラチョフ少尉がくるのを待っていました。グラチョフは部下を連れてきて、あたりを調べさせました。誰もいませんでしたが」

私は頷いた。

「ずっとそこにいたのですか」

「いました」

「日本人の誰かに連絡はとらなかったのですか」

ヤンは首をふった。

「それは私の仕事ではありません」

「わかります」

「西口さんには同情しますが、私の仕事は電白希土集団の利益を守ることです」

ついに本音を吐いた。わざと口にしたのだろう。互いの立場のちがいをはっきりさせようというわけだ。

「グラチョフ少尉をどう思います？」

「どう、とは？」

「彼の判断や能力について、ヤンさんのお考えを聞かせてください。西口さんを殺害した犯人をつかまえられるでしょうか」

「グラチョフ少尉の仕事は捜査ではありません。しかし彼の下した判断は冷静で、理にかなったものだと私は思います。付近にまだ犯人が潜んでいないかを確認し、遺体の保存につとめた。ただそれが犯人の逮捕につながるかどうかは、私にはわかりません。むしろ石上さんのほうが詳しいのではありませんか」

「殺人事件を解決するためには、科学的な検証や組織だった捜査が不可欠です。私ひとりではそれは不可能だ」

「では何のために石上さんはオロボ島にいらしたのですか」

「ヨウワ化学の社員に安心を感じてもらうためです。事件に対し、誰も何もしないよりは、手を打ったと思われるような人員配置が望ましいと考えた幹部社員がいたのです」

一瞬、意味をはかりかねたのか、ヤンは答えなかった。が、すぐに嘲《あざけ》りの表情を浮かべた。

「日本人らしい判断だ。形にこだわる」

「それで安心するのも、また日本人ですから」

ヤンはあきれたように首をふった。

「すると石上さんは犯人を逮捕する気がないのですか」

「逮捕する権限はありませんが、特定したいとは思っています。もし特定できたらグラチョフ少尉に知らせ、拘束してもらうつもりです」

ヤンは私をつかのま見つめ、

「それで何かわかりましたか」

と、訊ねた。

「アルトゥールというボートの操縦員がいて、違法薬物を島内で密売していたようです。西口さんの手帳に、その名前がありました。本来、西口さんとは接点がなかった筈の人物です。アルトゥールの名を聞いたことはありますか」

ヤンが通訳をしなくともウーの顔がたちまち暗くなった。しきりにヤンの表情をうかがい、ペットボトルで口を湿らせている。

「いや、聞いたことはありません。希土集団の社員は、そうした違法行為とは無関係です」

ヤンは答えた。私があえてつっこまずにいると、

「そのアルトゥールと西口さんはどんな関係だったのでしょうか」

ヤンが訊ね、私は首をふった。

「まだわかりません。あるいはアルトゥールから薬物を買っていて、トラブルになり、殺された可能性もあります」

「もしそうなら、アルトゥールを訊問《じんもん》すべきでしょうね」

「ええ。ですがアルトゥールは二日前にサハリン警察に拘束されています。どうやら喧嘩でつかまったようです」

ヤンがウーに通訳した。ウーの顔に一瞬だが安堵がよぎった。

「なるほど。するとサハリン警察に取調べを任せるしかないですね」

私は頷いた。

「パキージン氏にその件については伝えてもらうよう頼みました」

「サハリン警察に、ですか」

「そうです。パキージン氏はアルトゥールが薬物の密売をおこなっている事実を把握し

ていました」

ヤンの表情がわずかだが険しくなった。

「アルトゥールが犯人だと、石上さんは思いますか」

「わかりません。アルトゥールに会ったわけではないので。ただ西口さんが客だったなら、アルトゥールには殺す理由がありません」

「どうしてです？」

「顧客を殺すのは愚かな行為です」

「薬で錯乱していたらわかりませんよ」

「そういう傾向があれば、周囲の人間にも知られていた筈です。昨夜、A区画でいろいろ訊ねましたが、アルトゥールについてそういう話はでませんでした」

「A区画？　ああロシア人の街ですね」

「『ダンスクラブ』という店にいきました。アルトゥール以外にも密売人がいました」

「ほう」

ヤンは頷いた。

「私がアルトゥールを捜しているというと、自分も薬物を用意できると接触してきました」

ヤンの表情はかわらなかった。私はウーを目で示した。

「訳さないのですか」

「彼には関係のない話です。その密売人の名は何といいますか」

「そこまでは聞きませんでした。薬物に興味はありません」

ヤンはウーをふりかえった。

「アルトゥール以外にも密売人がいたといっている。お前は知っているか」

ウーは首をすくめた。

「知りません」

ヤンは頷き、私に目を向けた。

「なぜ犯人は西口さんの両目をとったのでしょうか」

私は首をふった。

「わかりません。理由がなければそんなことはしないと思いますが」

「西口さんが日本の犯罪組織にかかわっていた可能性はありますか」

「それを示す証拠はまだ見つかっていません。また犯罪組織とかかわりがあったとしても、目を抉るという行為は聞いたことがありません。中国にはありますか」

ヤンは首をふった。

「黒社会の制裁法についてはさまざまな噂話があり、おおげさな伝説も多いですが、目をとりだすというやりかたは聞いたことがありません。犯人は中国人ではないと思います」

私は頷いた。ウーを見ていった。

「ご協力ありがとうございました」

ヤンの訳を聞き、ウーは答えた。

「あんなひどいことをした奴を早くつかまえてください」

「この男にはつかまえられない」

ヤンがいった。そして私には、

「早く犯人がつかまるのを願っているそうです」

と告げた。

「できるだけのことはします」

私はいって右手をさしだした。ウーの手はだいぶ乾いていた。

プラントのゲートまでヤンは私を送ってきた。

「いろいろとありがとうございました。感謝します。また何かあったら、ご協力をお願いするかもしれません」

ヤンはにこやかに頷いた。

「いつでもいってください。あんな犯罪をおこした人間が、同じオロボ島内にいるのは放置できません」

私はゲートをくぐるとカードケースを返し、預けていた携帯を受けとって、ヤンと携帯番号を交換した。

「ところでヤンさんはどちらのご出身です？」

「吉林《チーリン》です。大学は上海でしたが」

「この島にこられるまではどこに？」

「大連《ターリエン》にいました。世界中から企業が集まっています。中国にこられたことはありますか？」

「何回か。北京と上海しか知りませんが」

「猛虎深山ニアレバ百獣震恐ス」

中国語でヤンはいった。私は首を傾げた。

「虎が何ですか」

「いえ。諺《ことわざ》のようなものです。実力のある人間はどこにいても、周囲を恐れさせる」

「私のことではないですね」

私は笑って告げた。

8

地下通路を歩きながらパキージンに電話をかけた。すぐに応答があった。

「パキージンだ」

「イシガミです。お願いがあります」

「何だ」

「プラント、、、で働いているウーという中国人の電話番号を知りたいのです。ニシグチの死体を発見した人物です」

「理由は？」

「警備責任者のいないところで話をしたい」

「威すのか」

「とんでもない。訊きたいことがあるだけです」

「何を訊く」

「ウーはおそらくアルトゥールから薬物を買っていた。アルトゥールがどんな人物なのかを知りたいのです」

「密売人は密売人だ」

「確かに。しかし私は会ったことがないので。あなたは彼をご存じでしたか」

「顔は知っていたが、話したことはない」

「彼と話したいのですが、可能でしょうか」

「警察が彼を釈放し、君がサハリンまでいけば可能だろう」

「釈放後、この島に戻ってくれれば話せます」

「それはない。先ほど解雇の手続きをした。彼が犯人であろうとなかろうと、解雇する予定でいた。サハリンでトラブルを起こしたのはきっかけに過ぎない」

私は息を吐いた。協力的な人間ばかりで泣けてくる。

「ではやはりウーの番号が必要です」

「十分後にこちらから連絡する」

「よろしくお願いします。このことは中国側の警備責任者には内緒にしてください」

「了解した」

　電話は切れた。

　腹が減っていた。自分でも芸がないと思いながらも、私の足は「フジリスタラーン」に向いていた。こうなれば全メニュー制覇を目標にするか。

　客は誰もいなかった。午後二時という時間のせいなのだろうか。

　カウンターにかけ、近づいてきたみつごのひとりにロシア語でいった。

「あててみせよう。エレーナだ」

「ベロニカ。エレーナは今日はキオスクよ」

　にこりともせずに答えた。私はため息を吐いた。

「そんなにがっかりすることないわ。それともエレーナが好きなの？」

「好きなら、全員を好きになる」

「あら、顔はいっしょでも性格はばらばらよ。エレーナは一番お姉さんだから面倒見がいいし、サーシャは人なつこくてお喋りが大好き」

「君は？」

「当ててみて」

ベロニカは肩をすくめた。

「勘が鋭い」

「なぜそう思うの？」

「初めてキオスクで会ったとき、私を日本人だと見抜いた」

　ベロニカは微笑んだ。

「そういうあなたはとても記憶力がいいのね」

「日本人だとわかった理由は？」

「簡単よ。ペットボトルのウーロン茶を買ったでしょう。ロシア人や中国人は冷えたウーロン茶を買わない。水か紅茶を買っていく。あれを買うのは日本人だけ」

「それだけ？」

「それだけよ。何を食べるの？」

「お勧めは？」

　性格のちがいを知るために訊ねた。

「カレーライスがわたしは好き。レトルトをあたためただけだけど、おいしいと思う」

「じゃあカレーを」

「辛口と甘口がある」

「辛口で」

　にっこりと笑い、奥に入っていった。携帯が鳴った。口もとをおおって応えた。

「イシガミです」

「パキージンだ。メモできるか」

「大丈夫です」

パキージンは六桁の番号を告げた。

「ありがとうございます」

「どこで知ったかは秘密にするように」

「もちろんです。サハリン警察から何か情報はきましたか」

「まだだ」

電話が切れた。

でてきたカレーはレトルト食品そのものの味がしたが、確かにおいしかった。つけあわせにタクアンがついている。次は甘口を試してみよう。

「フジリスタラーン」を出た私は「エカテリーナ」をのぞくことにした。「ダンスクラブ」はまだ開いていないだろうから、ギルシュに会う心配もない。

港の入口に向かった。快晴は朝からつづいていて風も弱い。

フェンスのかたわらに立って、港でおこなわれている作業を眺めた。岸壁の上を何台ものフォークリフトがコマネズミのように走り回っている。青や黄に塗られたドラム缶がのったパレットをもちあげ、運んでいるのだ。

海のすぐ近くまで運ばれたドラム缶を小型のクレーン車がもちあげ、船に積む。船は小型の漁船くらいの大きさで、船尾がドラム缶でいっぱいになると岸壁を離れた。

港の沖合に、コンテナ船のような大型の船が停泊していて、そこに運ぶようだ。見ていると、沖から同じような小型の船が近づいてきた。接岸するとロシア人の作業員が集まった。船内からダンボールを次々と運びだす。印刷されているのはどれも日本語だった。飲料水、カップラーメン、トイレットペーパー、洗剤などだ。

私はフェンスを離れた。「エカテリーナ」の看板は、キリル文字で描かれていた。ロシア人はエカチェリーナと発音する。ネオンは点っていないが、ちょうどでてきたロシア人が近づく私を見ると、扉を支えて待ってくれた。

ちょっと顎をひき、私の制服を確認すると、

「日本人デスカ?」

と訊ねた。細く、顔色が悪い。身長は私とさほどかわらない。

「はい。営業していますか」

私は答えた。男は手を広げた。

「ドウゾ、ドウゾ、入ッテクダサイ」

扉を大きく開いた。くぐった私は一瞬立ちすくんだ。それほど中は暗かった。

むっとするほど暖房がきいていて、ぶあついカーペットに靴底が沈んだ。小さなオレンジ色のランプがいくつか点っている。

目が慣れてくると、ホテルのロビーのようなソファセットが何組もおかれているのが

見えた。そこに女たちがひっそりとすわっている。いずれも薄いブラウスやキャミソールを着け、ひどく短いスカートにブーツやハイヒールをはいていた。

「いらっしゃいませ」

私の前に銀髪を結いあげた女が立った。白人とアジア人のハーフのようで、ひどく痩せていて化粧が濃い。年齢は五十代のどこかだろう。

「あら、いい男」

どぎつい色が塗られた長い爪の指で私の頬に触れた。少し訛《なまり》はあるが、完璧な日本語だ。

つけまつげを二枚つけている。

「お客様、うちは初めて？」

「そうです。最近きたばかりで」

女は私の周囲をひと回りし、観察した。和服を意識したようなデザインのドレスを着ている。強く香水が匂った。

「いつ、いらしたの？」

「水曜日です」

「ヨウワ化学さんの人事異動は二月。ということは、あなた、例の事件を調べにきた人ね」

女は私の目をまぢかからのぞきこんだ。まっ青な瞳はコンタクトレンズのようだ。

「あなたは？」

「ごめんなさい」

女は一礼した。キモノドレスのどこからか名刺をとりだすと、私の鼻先につきつけた。

「クラブ・エカテリーナ　ママ　京子《きょうこ》・エリザベート」

と印刷されている。

「ママさんの京子です。よろしく」

「石上です」

「お名刺は？」

求めるように、右手をひらひらさせた。

「申しわけありません。もってきていません」

「次はちょうだいね」

私の肩に手をかけ、耳もとでささやいた。

「で、今日は何しにいらしたの？　調査、それとも息抜き？」

ソファにすわる女たちの半数が私を見つめ、半数が無視していた。ざっと十人はいる。

「ええと、とりあえず調査かな」

私がいうと、ママは頷いた。

「でも気がかわるかもしれない。そうでしょう？」

私の返事を待たず、手を引いてソファへと誘った。二人の女がすわっている。

「アンジェラとミナミよ」

どちらも白人だが、小柄で、ミナミは黒髪をおかっぱにしていた。にっこりと私に笑いかける。私は二人にはさまれた。

「ヨウワの方に、とても人気があるの」

左手を宙に伸ばし、パチンと指を鳴らした。白いシャツに黒い蝶《ちょう》タイをつけた男が暗がりから進みでた。東洋人の顔をしている。

「石上さま、何をお飲みになりますか？」

ママは訊ねた。東洋人らしきボーイがいった。

「ウイスキー、ブランデー、焼酎《しょうちゅう》、ビールがあります」

「ソフトドリンクは？」

「コーヒー、紅茶、コーラ、ミネラルウォーターです」

ボーイは答えた。

「彼はイム。日本語がうまいでしょう。サッポロで働いていたことがあるのよ」

私は頷いた。極東ロシアに多い、朝鮮族系ロシア人のようだ。

「よろしく」

「よろしくお願いします。何を飲まれますか？」

「ええと、じゃあコーヒーを」

「承知しました」

イムが消えた。ママは膝と膝がぶつかるほど身をのりだし、

「何でも訊いてください」

と告げた。これまでに会ったロシア人たちとはまるで異なる愛想のよさだ。タチアナを除いて、だが。

「亡くなられた西口さんをご存じでしたか」

ママはおおげさに頷いた。

「一度、いや二度、おみえになりました。ミナミが気に入ってたみたい。ねえ」

いわれたミナミは、日本語がよく理解できないらしく、きょとんとしている。ママがロシア語で告げた。

「殺された日本人。ニシグチ。あなたのことを好きだったでしょう」

「わたしよりニナを気に入ってた。今週も会いにくるってニナと約束してたみたい」

ミナミが答えた。

「そうなの」

「どんな印象があるか訊いてください」

私はママにいった。

「どんな客だったのか知りたいって」

「おとなしい人。あまり女に慣れてなかった。やさしかったけど、日本人はだいたいやさしいよね。スケベは、歳のいった奴だけ」

思わず笑いそうになった。

「とても紳士で、ミナミも大好きだったそうよ。ここにはいろんなお客さまがいらっしゃるけど、日本の方が一番女の子たちに好かれているの」

私の手を握り、ママはいった。

「西口さんはひとりできたのですか」

私の問いにママは首をふった。

「最初はちがうわ。誰かに連れられていらした」

「誰にです？」

ママはウインクした。

「ここではそういうお話はしないの」

意味をつかみかね、秘密にしたいのだと気づいた。

「ヨウワの社員だったのでしょう、連れてきたのは」

ママは首をふった。

「だからお話しできないの」

「調査のためでも、ですか」

「あなたの調査に協力して、あたしが何か得をするかしら」

私は黙り、財布をとりだした。

「あら、チップ？　だったらルーブルじゃなく円のほうが喜ばれる。ＵＳドルならもっといいけど」

千円札は二枚しかない。あとは一万円札だ。

一万円をママにさしだした。ママはにっこり笑うと指先でつまみとった。

「彼女たちはきっとすごくあなたを大切にする。気前のいい男性は一番もてるもの」

やりとりを見ているミナミとアンジェラを目で示し、いった。

「誰に連れられてきたんです？」

「ヨウワの方じゃなかった」

「誰です」

ママは左手の人さし指を唇にあてた。

「ロシア人よ。ここにはめったにこない」

「名前をお願いします」

「アル……アルトゥール」

「アルトゥール？」

「そう」

「なぜ二人できたのです？」

ママは肩をすくめた。

「さあ。どこかで知りあって、より仲よくなろうと思ったのかしら」

「どこで知りあったのでしょう」

ママは首をふった。

「ここでないことは確か」

西口がクスリと女の世話をアルトゥールに頼んだのだろうか。ありえない。それでは極道の遊びかただ。

「支払いは?」

「西口さまが二人ぶん払われました」

「なぜ二人ぶん払ったのです?」

「約束されていたみたい。アルトゥールを接待するって」

「なぜ接待するのです?」

ママは肩をすくめた。

「さあ。お二人のことまではわかりません」

「彼女に訊いてもらえますか。何か知っているかもしれない」

私はミナミを示した。ママは一瞬考え、ロシア語でいった。

「ニシグチが初めてきたときのこと覚えている?」

ミナミは小さく頷いた。

「アルトゥールが連れてきた。あいつ調子がよくて、うまくいいくるめたのだと思う」

我慢できなくなり、ロシア語で訊ねた。

「何といっていいくるめたんだ?」

ミナミは目を丸くした。ママもあんぐりと口を開いている。

「教えてくれないか。アルトゥールは何といってニシグチをいいくるめたんだ？」

「あなた、ロシア語が話せるの?!」

ママが日本語でいい、すぐロシア語になった。

「本当はロシア人？」

「日本人だ。祖母がロシア人だった」

ミナミに顔を向けた。

「教えてくれ」

「ええと、何かの話をしてもらう約束をしていたのだと思う。アルトゥールが知っていることがあって、教えてもらいたいなら、女をサービスしろって」

「金じゃなくて？」

「お金ももらっていたみたいだけど、いろいろたかってた」

「アルトゥールが気に入っていた女性はいるのか？」

私はママに訊ねた。ママは首をふった。

「ロシア人はあまりこない。あいつらにここは高いから。どの子だって、アルトゥールみたいな船員には高級すぎる。サハリンやウラジオストクなら、ちょうどいい相手がいくらでもいる」

「ニナという子と話したい。ニシグチが気に入っていたのだろう」

ママは私をにらみつけた。

「ニナはとても人気があるの。話をするだけでもお金を払ってもらわないと」

「もう払った」

「それはあたしへのチップでしょう」

「もしニナと話せないなら、ニシグチが死んだのは『エカテリーナ』にきていたからだとヨウワ化学に噂を流す」

ママは目をみひらいた。

「困るのはあんただ」

ママは深々と息を吸い、天井を見上げると、

「ニナ!」

と叫んだ。

隅のソファにいた女が立った。痩せていて、ミニスカートから棒きれのような脚がのぞいている。金色に髪を染めているが、東洋人の血が混じっているとわかった。

「こっちにきなさい」

おずおずと近づいてきたニナに、ミナミが席をゆずった。ほっとしたようにその場を離れていく。

「君がニナか」

私の問いにこっくりと頷いた。まだ十九か二十くらいで、この商売に入って日が浅い

ように見えた。

「私はイシガミ。ニシグチの同僚だ」

西口の名をだすと、ニナは大きく息を呑んだ。

「ニシグチと仲よくしていたそうだね」

ニナはママを見た。

「あの、あの、わたし……」

「イシガミさんにはなんでも話していいのよ」

作り笑いを浮かべてママはいった。

「ニシグチはとてもやさしかったです。わたしのひいお祖父ちゃんの話をする約束をしていました」

「ひいお祖父ちゃん？」

「エトロフ島の人でアシカやトドの猟師をしていたんです。去年死にましたけど、小さい頃、いろんな話をしてくれて」

「いろんな話とは？」

「この島や他の島にもトドを撃ちにきたことがあるって」

「ニシグチはそれを聞きたがっていたの？」

ニナは頷いた。

「アルトゥールにわたしを紹介されて、指名してくれた」

「アルトゥールと君の関係は？」

「遠い親戚」

「そうだったの？」

ママが驚いたようにいった。ニナは頷いた。

「お互い、この島にいるって知らなくて、キオスクで会ってびっくりした。最後に会ったとき、わたしはまだ八歳くらいだったから」

「ニシグチはアルトゥールに何かの話を聞きたがっていて、その見返りにここにアルトゥールを連れてきたようなのだけど」

「それがわたしなの」

ニナはいった。

「どういう意味だい」

「アルトゥールはわたしを紹介するといって、ニシグチをここに連れてきた。初めてのときわたしは風邪で寝こんでて、ニシグチと会えなかった。だからニシグチはミナミを指名したの」

「待った。君とニシグチは何語で話したんだい」

「ロシア語。ニシグチは大学でロシア語を勉強して、あなたほどではないけれど、日本人の中では上手に話すほうだった。それで次にきたとき、わたしを指名してひいお祖父ちゃんの話を聞いた。ニシグチはすごくおもしろがって、パソコンにいっぱい打ちこんだ」

「つまりニシグチはアルトゥールから君のひいお祖父ちゃんのことを聞き、その話を君にしてほしくて『エカテリーナ』にきた」

ニナは頷いた。

「そう。ニシグチは、ひいお祖父ちゃんからわたしが聞いた、この島や他の島の昔の話を知りたがった。だからわたしが今度、お祖父ちゃんやお祖母ちゃんに聞いておくって約束をした」

「それは主にどんな話？」

「昔のこの島のこと。日本人が住んでいたときに、ひいお祖父ちゃんは何度かきたの」

この島に日本人が住んでいたのは昭和の初めまでだと聞いていた。

ソ連軍が占領した昭和二十年はほぼ無人だったという。荒木から、西口の先祖がこのあたりの出身だという話を聞いたのを私は思いだした。

「ひいお祖父ちゃんは少しだけど日本語が話せて、友だちになった日本人がいた」

私が考えていると、ニナはいった。

「そのひいお祖父さんという人は、アルトゥールとも――」

ニナはこっくりと首を動かした。

「そう。アルトゥールも同じひいお祖父ちゃん。でもわたしとちがって、いっしょに住んだことはない」

「ニシグチとアルトゥールはどうして友人になったのだろう?」

「『ダンスクラブ』で知りあったって、いっていた。ニシグチのセンパイが『ダンスクラブ』にニシグチを連れてきて、隣にすわっていたのがアルトゥールだった。ニシグチは、昔のこの島のことを知っているロシア人を紹介してほしいってアルトゥールに頼んだ」

〝センパイ〟は日本語だった。

「アルトゥールがクスリを売っているのは知っている?」

ニナはママを気にした。

「うちにはクスリをやっているような子はいません」

ママはわざとらしく私をにらんだ。

「アルトゥールが売人だというのは、みんな知ってる」

ニナはいった。

「ニシグチはアルトゥールからクスリを買っていたのか?」

私の問いにニナは首をふった。

「まさか。ニシグチは買わない。あの人はセックスだって、そんなに興味がなかった」

「あなたとしてなかったの?!」

驚いたようにママが訊くと、ニナはイタズラを見つかった子供のような表情になった。

「しなかったわけではないけれど、手でいいといった」

「手でいい、とは？」

ママが訊ねた。ニナは右手で筒を作り、それを動かす仕草をした。

「セックスには慣れてなくて、恐いといっていた」

「信じられない」

ママはぐるりと目玉を動かした。私はニナに訊ねた。

「ニシグチはなぜ昔の島のことを知りたがったんだ？」

「自分の先祖がいたから。ニシグチはこの島の古い写真とかもパソコンに入れていて、見せてくれた」

「それだけかい」

「それだけ、とは？」

ニナが訊き返した。

「先祖がいたからという理由だけで、この島のことを知りたがっていたのかな」

ニナはとまどったような表情になった。

「知らないの？」

「何を？」

「九十年前、この島で起こったこと。エトロフやサハリンのロシア人は皆、知っている」

「何が起こったんだ？」

「日本人がおおぜい死んだ」

「死んだ……。災害か何かで？」

ニナは首をふった。

「誰かに殺された。大人は皆、殺されて、小さな子供と年寄りだけしか残らなかった」

「犯人は？」

「わからない」

「わからないというのは、君が知らないという意味？　それともつかまっていないという意味かい」

「わたしが子供の頃聞いた話だから、大人の作り話だと思っていた。子供を恐がらせたくてする話」

怪談ということか。私はママを見た。

「ママは知っていました？」

日本語で訊いた。ママはあいまいに首をふった。

「小さいときに聞いたことはあるけど、この島だとは思わなかった」

「どんな内容？」

「同じような話です。島の人間がひと晩のうちに死んだ。なぜ死んだのかはわからない。ただ……」

いいかけ口ごもった。

「ただ何です？」

ママは首をふった。何かを思いだしたのか、不安げな顔になっていた。ただでさえ厚塗りの化粧で白い顔が、さらに白くなっている。私はママの腕に手をかけた。

「教えてください」

「子供を恐がらせる作り話だから」

ママはつぶやいた。

「いって」

私はママの腕をゆすった。ママは目を伏せ、答えた。

「死んだ人は目がなかった」

「目がなかった、とは？」

「目玉がとられてなくなっていた」

西口と同じだ。

「ニシグチの先祖も、そのとき殺されたのかな」

「わからない」

ニナを見て、訊ねた。

「君は、聞いていた？　死体がどんなようすだったのかを」

私の問いにニナは首をふった。

「わたしは知らない。日本人がたくさん死んだ話だけ」

「西口さまも目をとられていたのでしょう」

ママが恐ろしげに日本語でつぶやいた。

「誰から聞きました？」

私は訊ねた。

「噂です。顔の皮を剝がされていた、という話も聞きました」

私は首をふった。

「顔の皮を剝がされてはいない」

「目は？　目玉はとられていたの？」

私は小さく頷いた。ママの青い目が今にも飛びだしそうだった。

「同じじゃない」

「確かに同じだが、九十年の間隔がある。同じ犯人の筈がない」

私はロシア語でいった。ママはニナと顔を見合わせた。

「恐い」

ニナがつぶやいた。

「君のひいお祖父さんは、そのときのことを知っていた？」

ニナは頷いた。

「日本人がたくさん死んでいるのを見つけたのは、この島に漁にきていたロシア人で、ひいお祖父ちゃんの友だちだった」

その人は、と訊きかけ、生きている筈がないと気づいた。

「ニシグチはそのことを知りたがったんだね」

私がいうと、ニナは頷いた。

「日本人がいっぱい死んだのに、日本では知っている人は少ないといっていた」

稲葉は、「じょじょに減少し、ソ連軍が占領した昭和二十年はほぼ無人だった」といった。およそ八十年前無人だったのは、その十数年前に島民の大半が殺されていたからだという可能性がでてきた。「じょじょに減少」が真実なら、大量殺人など起こっていないことになる。

「私も知らなかった。おそらくこの島にいる、ほとんどの日本人は知らないと思う」

多いときには百人近い人口があった、と稲葉はいわなかったか。百人近くが一度に殺される事件が起こって、それが記録に残されていないというのは、いくら何でもありえない。

だが一方で、ここが北方領土の一部であることを考えると、ありえないともいえないような気もした。

ソビエト軍の侵攻によって、人命以外にも多くのものが失われた。侵攻の十数年前に起こった事件の記録も含まれていたかもしれない。

早急に記録にあたってもらうよう、稲葉に頼む他なかった。もし、記録が残されているとして、だが。

「どうして日本人は知らないの？」

ニナは私に訊ねた。

「理由は、いくつか考えられる。ひとつ目は、実際はそんな事件などなかった、というものだ。ニシグチの先祖がこの島で殺されたのは事実かもしれないが、それは喧嘩か何か、別の原因で、大量殺人など起こっていない」

ママが力を得たように大きく頷いた。

「そうね。ありそうな話だわ。ロシア人は怪談が好きなんです。冬は、夜が長いから」

私も祖母からさんざん聞かされた。

「ふたつ目は、実際にそういう事件が起こったのだが、関係者の大半が死んでしまったため、伝わらなかった。島の住人がすべて殺されてしまうと、当時のことだから、血縁者全員が死んでしまった可能性がある。親戚がひとり残らず死んだら、それを伝える者もいなくなる。昔の日本では、同じ集落に一族がすべて住んでいることが多かった」

「ロシアでも同じ。シベリアにはそういう村がたくさんある」

ニナはいった。

みっつ目の可能性、ソビエト軍の侵攻についてはいわないことにした。彼女らに責任を問えないし、いったところで、より私に協力的になってくれるとも思えない。

「ひとつ、訊いていいかな。その大量殺人の伝説について、ロシアではどれくらいの人が知っているのだろう」

「極東の生まれで、家に年寄りがいた人間なら、たいていは知っています」

ママが答えた。

「極東というのは、つまり――」

「カムチャツカ半島やサハリン、ウラジオストクなどで育った人です。もちろん全部ではないと思うけど」

「この島で働いているロシア人は、そのあたりの出身者が多いのでは？」

ママは頷いた。

「でも社会主義の時代とちがって、移動が自由だから、今極東に住んでいても知らない人も多い」

ママは、社会主義時代を知る年代のようだ。ソビエト連邦の崩壊は一九九一年だから、三十年以上たっているが、そのときには成人していたのだろう。

「そういう話をロシア人どうしですることはある？」

私の問いにニナもママも首をふった。

「このお店にいる子は、極東じゃない土地の出身が多い。モルドバやウクライナからきている子もいる」

ユーラシア大陸をはさんで反対側に位置する国々だ。稼げるとなれば、どこにでもいくのか、あるいは売られてきたのか、いずれにしても切ない話だ。といって売春窟がけしからんと一方的に取締ったところで、彼女たちの境遇は改善されない。

職住といった〝受け皿〟を用意しない限り、彼女たちが他の仕事につくことはない。むしろより劣悪な環境へ劣悪な環境へと、落ちていく可能性のほうが高い。

国際犯罪捜査官として、最も多くあたるのが、売春と薬物の捜査だ。

外国人売春婦と薬物は、犯罪組織という接着剤で分かちがたくつながっている。日本では、売春と薬物では捜査員の熱意が大きく異なる。売春はかつて国が管理者に免許を与えていたこともあって、暴力団や海外の人身売買組織を対象とした捜査に偏りがちだ。薬物については、マスコミの反応も大きいことから一グラム、一錠でも多い摘発を求められる。

人が国境を越えるときは、必ずモノもいっしょだ。人が売春婦だったら、モノが違法薬物になる可能性は常にある。

が、ここは日本ではない。日本政府の見解は異なるだろうが。もし私が「エカテリーナ」を摘発しようと考えても、何もできない。ギルシュや彼の手下にオホーツク海に投げこまれて終わりだ。

「では話題にのぼることもない？」

ママは肩をすくめた。

「今日、話がでるまで忘れていました」

私はニナに目を移した。

「ニシグチは先祖を殺した犯人を知ろうとしていたのだろうか」

「わからない。でもどうして、そんなにたくさんの日本人が殺されたのかがわからないといっていた」

事実なら、確かに奇妙であり陰惨な事件だ。ただ、島という特殊な環境、共同体の中で憎しみが醸成されれば、それが増幅し、ついには酸鼻をきわめる結果を招くこともあるだろう。日本でも似たような大量殺人が過去、地方で起きたことはある。

「それを知りたくて、君のひいお祖父さんの話を聞きたがったのだね」

殺人事件の大半は、濃い人間関係の中で発生する。家族、友人、恋人。見ず知らずの人間を殺す者は少ない。西口が知りたかったのは、自分の先祖が殺された動機であり、それが解明されれば、西口を殺した犯人も判明する可能性はある。

「あなた、調べますか?」

ママが日本語で訊ねた。

「日本の記録に残っているかどうか、問い合わせてみます」

私が答えると、じっと見つめた。

「西口さまが殺されたのは、昔の人殺しのことを調べたからでしょうか」

「まさか」

私は笑ったが、ママは笑わなかった。

「犯人が、まだこの島に住んでいたら恐いです」

ママは両腕で自分の体を抱いた。

「犯人が生きている筈がない。九十年前です。そんな年寄りがこの島にいますか」

ママは首をふった。

「わかりません」

「いないでしょう。この島に、そんな老人がいるとは聞いていない」

この島の住人はオロテックの関係者に限られる筈だ。九十年前の殺人事件の犯人は、どんなに若くても百歳をはるかに超えている。たとえいるとしても西口を殺す体力があったとは思えない。

ママは小さく頷いた。私はニナに訊ねた。

「いつ、お祖父さんやお祖母さんにその話を聞こうと考えていた?」

「次の休み、ユージノサハリンスクに帰るので、そのときに」

ママをふりかえった。

「今度の休みは一週間。でしょう?」

ママは渋々という表情で頷いた。

「だったらそうしてほしい。そして私にその話を聞かせてくれないか」

ママが何かをいう前に告げた。

「お礼はする」

ママとニナを見比べた。最初にニナが頷き、ママがつづいた。

「ありがとう。とても役に立つ話だった」

私は手をさしだした。ニナはおずおずと握った。ママの手も私は握った。

「ママさんがとても私を助けてくれたと、ヨウワの人たちに話します」

ママは初めてほっとした顔になった。

9

部屋に戻ると稲葉にメールを打った。すぐに私用の携帯電話が鳴った。受信状況が悪いのにかけてきたのは、それだけ驚きが大きかったからだろう。

「大量——人だと。いつの話だ」

「だからソ連軍が上陸する十数年前のことのようです。百年はたっていない」

「聞いたことがない」

「私も初めて知りました。事実かどうか、もし事実なら、どういうことが起こったのか、調べていただけませんか」

「——があるとしたら道警か」

「あるいは根室の役所か」

「厄介だな。何も残っていない可能性もある。我々が知らないということが、その証拠だ」

「いずれにしても、手口が似ているからといって犯人が同じというのはありえません。

生きていたとしても犯人は百歳以上だ。この島にそんな年寄りがいるとは思えないし、いたとしても人を刺殺して眼球を奪うのは無理でしょう」

「子孫かもしれん。――がつきとめた犯人が、自分の先祖だったんで、それを隠すために――した」

「そうなら、目玉をくり抜いたりしませんよ。先祖に注目してくれといっているようなものだ」

稲葉の返事は雑音で聞こえなかった。

「とにかく集められる限りの記録を集めてください。手口と動機の二点から、西口を殺したのは九十年前の事件と何らかのかかわりをもつ者です」

「つまり日本人ということか」

「ロシア人の可能性もあります。九十年前、この島にはロシア人がきていましたから。中国人、という可能性は、ほぼないでしょうが」

急に雑音が消え、稲葉の声が明瞭になった。

「えらく面倒くさいことを見つけたな。ヤク中の売人に殺されたというスジでよかったのに」

「確かに。しかしこの話を私にしてくれたロシア人の娼婦《しょうふ》によれば、西口は薬物をやってはいなかったようです」

「君がこちらにいたら、歴史的な調査もすべて任せた」

「私も残念ですよ。そういう調査こそ、好みの作業なのに」

もちろん皮肉だ。だがうらやましがっているフリは、上司との円滑な人間関係を持続する。

「よくいう。書類仕事が大嫌いなのは知ってるぞ」

「ペーパーワークと資料をあたることは別です」

「――――」

稲葉の返事はまた大きくなった雑音にかき消された。

「とにかく――が――たら、連絡する」

稲葉は告げて、電話を切った。私は島内携帯で関を呼びだした。時刻は午後四時を回っている。

「関です」

「石上です。お忙しいところを申しわけありません。今、よろしいでしょうか」

「大丈夫です」

「関さんは『ダンスクラブ』という店をご存じですか」

「港のところにあるゴーゴーバーですね」

ゴーゴーバーとは古めかしい表現だ。

「そうです。いかれたことは？」

「ありません」

「西口さんはいったことがあるようで、会社の先輩に連れられていったそうです。誰に連れられていったのかを知りたいのですが」

「もしわかったら、その者から話をお聞きになりますか」

「ええ。別に責めるようなことではないのですが、そこであるロシア人船員と西口さんは知り合っています。そのあたりの事情をお訊きしたいのです。きのうお話しさせていただいた荒木さんではないようなので」

西口は荒木に九十年前の事件のことを話さなかったのだろうか。

話していないとは思えない。が、そうなら、なぜ荒木が私にそれを告げなかったのか、気になる。

が、それを質《ただ》すのは、もう少し情報を集めてからのほうがよいような気がした。荒木が犯人である可能性は低いが、荒木を含むヨウワの社員に、手のうちをさらすのは避けたい。

「了解しました。すぐに判明するかどうかはわかりませんが、とりあえずあたって、わかったらご連絡します」

「よろしくお願いします」

つづいて、迷ったあげくパキージンにかけた。

「パキージンだ」

「イシガミです。ひとつうかがいたいのですが、この島に九十歳を超す住人はいますか」

「いない。なぜ訊く？」

即答し、質問された。

「九十年前、この島で大量殺人が起こったという話を知っていますか」

今度は即答しなかった。間をおき、パキージンはいった。

「オフィスにきたまえ」

一日に二度もパキージンのオフィスを訪ねることになるとは思わなかった。タチアナの部屋なら、毎日でも訪ねたい。

パキージンはデスクについており、私にも椅子を勧めた。

デスクをはさんで向かいあった。灰色の瞳が容赦なく私の目を射貫《いぬ》いた。私は先に口を開いた。

「あなたは前から知っていたのですか」

「この島にオロテックが進出すると決まったときから知っていた。サハリンの土地仲介業者に聞かされた。迷信にとらわれる者は、この島では働きたがらないだろう、と。そんな人間は、こちらも願い下げだ」

「具体的にどんな事件だったのかをご存じですか」

パキージンは首をふった。

「いや、私が聞かされたのは尾鰭《おひれ》のついた怪談のようなものだ。ロシア人の漁師が上陸すると、幼い子供と老人を除く住人が皆殺しにされていた。実際に何人が死に、生き残った者が何人いたのかも、私は知らない。正直、知りたいとも思わなかった」

「話を信じなかったのですか」

「そうではないが、当時の日本人の問題だ。百年近くが過ぎ、我々ロシア人とは何の関係もない」

「日本人が犯人とは限りません。ロシア人であった可能性もある」

パキージンは目を細めた。

「だとしても、もう生きてはいない。君もそれを確かめたくて、住人のことを私に訊ねた」

私は頷いた。

「その通りです。問題は、住人の殺されかたです。目を抉られていたと聞きました」

「君にそれを話したのは誰だ？」

「ヨウワの人間です。ニシグチが事件に興味をもち、調べていたと教わりました」

用心のために、ニナや京子ママの名を告げるのは避けた。

パキージンは私から目をそらした。

「人は目を抉られただけでは死なない」

「ではニシグチのように刺されていたのですか？」

「私が聞いた話では、いろいろな手段で殺されていた。撃たれたり、斧《おの》で殴り殺された者もいたそうだ。目を抉られていたのは、全員同じだったようだが」

「ニシグチの死体を見て、それを思いださなかったのですか」

パキージンは私に目を戻した。

「私を非難しているのか」

「そんな事件が過去この島で起こっていたというのは、重要な情報です」

「私は重要だとは思わない。共通の犯人である筈がない」

「真似たのかもしれません。九十年前の犯人を」

「何のために真似る?」

「その理由がわかれば、犯人もつきとめられるでしょう」

パキージンは答えなかった。

「サハリン警察は、アルトゥールのナイフに関する情報を送ってきましたか?」

「まだだが、アルトゥールの先祖は、このあたりの出身だった」

「調べたのですか」

パキージンは頷いた。

「先ほど奴に関する資料を当たったところ、サハリンで生まれていた。当然、その事件のことも知っていたろうな」

「知っていて、どうだというのです?」

「薬物でおかしくなった人間が、過去の殺人鬼の真似をしたのかもしれない。『羊たちの沈黙』の話を、君としたな」

「アルトゥールが九十年前の事件の模倣犯だといわれるのですか」

「薬物中毒者なら何をしても不思議はない」

「それは朝、ここで私が述べた意見です」

「今の君はちがう考えなのか？」

「考えがかわったのは、あなたも同じだと感じますが」

いってからひやりとした。パキージンの態度は明らかに変化している。朝は、アルトゥールを被疑者と考えるのに消極的だった。今はむしろ積極的だ。

それを指摘したら虎の尾を踏むことになるだろうか。

「犯人が日本人とは限らない、と君はいった。アルトゥールが、九十年前、先祖が犯したのと同じ殺人を、ここで犯したのかもしれない。先祖の犯罪をアルトゥールは知っていて、薬物の影響で同じ行動をとったのだ」

「魅力的な仮説です。九十年前と現在と、ふたつの事件の犯人が明らかにできる」

私が本気でいっているのか、確かめるように、パキージンは目をすえた。瞬きもせず、視線もそらさず、それに耐えた。

「サハリンの警察に伝えよう」

「できれば、直接アルトゥールから話を聞きたいのですが」

「訊問《じんもん》をおこないたいというのかね。だったらサハリンにいき、警察に協力を求めてはどうだ？」

「状況を考えると、うけいれられるとは思えません。あなたなら、アルトゥールをここに連れてくる力をおもちなのでは？」

パキージンは答えない。私は無言で待った。

「もし、君がアルトゥールを訊問し、奴が殺人犯であることを否定したら？」

「犯人であろうとなかろうと、否定するでしょう。認めるくらいなら、ニシグチをこの島で殺害した時点で自首しています」

「ならばなぜ、奴の訊問をしたいと考えるのかね」

「犯人ではなくても、犯人につながる情報をもっている可能性があります」

「なぜそう思う？」

「アルトゥールの先祖がこのあたりの人間なら、九十年前の事件について、地元の者しか得られないような情報をもっていて、それがアルトゥールに伝わっているかもしれない」

「地元の者しか得られないような情報？」

パキージンは眉をひそめた。

「簡単にいえば、犯人の正体です。九十年前、この島は日本でした。しかし事件のことを知る日本人は少ない。つまり日本の警察による捜査がされていないのです。だとしても犯人が不明であったとは限らない。捜査がされなかっただけで、犯人のことを知っていたロシア人、日本人はいた」

「何をいいたいのだ？」

「犯人は逮捕されなかった。逃げたのか死んだのかはわかりませんが、当時、犯人について知る者はいた。ただそれに関しては皆が口をつぐんだ」

「なぜそう思うのかね？」

「いつの時代、どこの国であっても、大量殺人鬼を、人はほうってはおきません。たとえ犯行の立証が難しくても、身柄を拘束したり、共同体から放逐する。最悪の場合、裁判を経ずに私刑《リンチ》にした。そうしなければ、安心して暮らせない。殺人事件だけが伝承され、犯人に関する情報がないのには理由がある」

「逃げのびた。そうは思わないのか？」

「それだけ多くの人を殺すような者が、他の土地で過去を隠して暮らす？　不可能でしょう。人殺しは、人殺しです。隠しておける筈がない」

「君は犯罪学者なのか？」

「ちがいます」

「重要なのは、動機だ。九十年前も今も、なぜ殺し、なぜ目を抉ったのか。私もそこには興味がある」

「アルトゥールなら、それに答を与えてくれるかもしれない」

　パキージンはあきれたように首をふった。

「しつこい男だな。署長にかけあってみよう。ただし、すぐというわけにはいかない。彼らは、自分たちが取調べても得られなかった情報を、日本人の君がアルトゥールからあっさりひきだす、などという事態を決して望まないだろうからな。洗いざらい奴のことを調べた上でなければ、ここに連れてはこない」

私は頷いた。

「わかります」

「では待つことだ」

「うかがいたいのですが、この島の歴史に詳しい人を誰かご存じありませんか。できればここにいる人間で」

パキージンはつかのま考え、答えた。

「日本人に関し、そこまで詳しい情報を私はもっていない」

「ロシア人ならどうです？」

「この島で働くロシア人は、もともと極東地域の出身者が多いが、歴史に詳しいかどうかまではわからない。中国人には、おそらくいないだろう」

「ロシア人について調べていただくわけにはいきませんか」

断わられるのを覚悟で頼んでみた。

「やってみよう」

意外な答がかえってきた。

「ありがとうございます」

私の疑念に気づいたのか、パキージンは訊ねた。

「なぜ君に協力するかわかるか」

「いえ」

「私はニシグチの死を、日本人どうしのトラブルが原因だと考えていた。確かに九十年前にこの島で起こったという事件と似た点もあるが、関係があるとまでは思わなかった。だが君と話し、考えがかわった。九十年前の事件とニシグチの死に関係があるなら、犯人はまた誰かを殺すかもしれず、次に犠牲となるのは日本人とは限らない。オロテックがそんな事態に巻きこまれるのは防がなければならない」

「当然ですね。九十年前の事件と同じなら、オロテックの人すべてが殺される」

「そんな馬鹿げたことは起こりえない。漁師とその家族しか住んでいなかった時代とは大きく異なるのだ」

パキージンの目に冷ややかな怒りが浮かんだ。私は急いでいった。

「もちろんその通りです。しかしおわかりでしょうが、九十年前の話を人々に聞かせて注意を喚起するというわけにはいかない」

パキージンは怒りを消さず、頷いた。

「当然だ。そんな噂話がもし流れたら、作業の障害になりかねない。迷信に惑わされて仕事を放棄する者が現われるかもしれん」

「そんなに臆病な人間がいますか」

「海上プラットホームでの仕事を、君は知らない。わずか数人の仲間と、海の上の施設で何日も暮らす。天候が悪化すれば逃げだすこともできない。迷信がはびこるのは、そういう環境だ」

「なるほど」

パキージンは私を指さした。

「もしオロテック内に怪談めいた噂が流れるようなことがあったら、責任は君にあると考える」

「それはどうでしょう。ロシア人の中には、ニシグチは顔の皮を剝がされていたと口にする者もいます。すでに噂が流れているのです」

「狭い土地で暮らす者は噂話を好む。娯楽のひとつだ」

思いついた。

「であるなら、いっそ流してみてはどうです？　九十年前の事件とこのニシグチの事件をつなぐ噂を」

「何のために」

「誰かが何かを知らせてくれるかもしれません」

「却下する。君の仕事には利益をもたらすかもしれないが、それ以外のオロテックの業務すべてにマイナスとなる」

私は頷いた。

「そうでしょうね。今のはただの思いつきです」

パキージンの表情がゆるんだ。

「優秀な捜査官なのは認めるが、君はかわり者だ」

私は首をふった。

「ごくありきたりな人間です。ただロシア語が話せるだけの。警察に入ったのも、ヒーローに憧れたからではなかった」

「では権力か。権力を求めたのか」

「まさか。警察官に権力があるなんて思ったこともありません。少なくとも日本の警察はそうです」

パキージンは考えるそぶりを見せ、やがていった。

「私の知る警察官は、幼稚な人間が多い。権力と正義にとらわれすぎている。権力がふりかざす正義は、もはや正義ではないことに気づいていない」

私はパキージンを見直した。

「意外そうだな」

「ええ。あなたがそんなことをいうとは思いませんでした」

「元KGBのいやみな官僚主義者だと、ブラノーヴァ医師にいわれたか?」

「とんでもない」

私は急いで首をふった。

「医師には、純粋に助言を求めただけです」

パキージンは笑みを浮かべた。信じていないようだ。

「彼女は魅力的な女性だ。助言以外のものを君が求めたとしても驚くにはあたらない」

「確かにこの島ではとても目立つ存在だと感じました」

パキージンは手を広げた。

「ものごとには必ず理由がある。彼女の存在もそうだ」

「何です？」

含みのあるいいかたが気になった。

「君の任務には関係がない。さっ、帰りたまえ。私には、君からの依頼も含め、しなければならない仕事がある」

「わかりました。また何かあればご連絡します」

パキージンは頷いた。

「進展があれば私もそうする」

管理棟をでると外はまっ暗になっていた。ウーの就業時間がそろそろ終わる頃だろうか。

パキージンから教わった、ウーの島内携帯を呼びだした。

かなり長く呼びだし、でないつもりなのかと疑い始めた頃、応答があった。

「もしもし《ウェイ》」

「ウーさんですか。今日、プラントでお会いしたイシガミです」

中国語で告げると、ウーは黙りこんだ。

「お仕事はもう終わりましたか」

「さっき終わった。あんた、中国語を話せるのか」

「ほんの少しです。あなたに確認したいことがあって、お電話しました。それさえわかれば、あなたのことは忘れる」

「何だ？」

「お会いして話しませんか。できれば二人だけで」

「わかった。どこで会う？」

「ビーチ」で、と思ったが、寒くて話どころではないかもしれない。

「港の近くはどうです。今は管理棟のそばなんですが」

「港は駄目だ。人が多い」

「じゃあどこで？」

「発電所の近く。そうだな、『ビーチ』のほうへあがる階段の下でどうだ？」

「わかりました。何分後に？」

「一時間待ってくれ。宿舎に戻って着替えたい」

「では一時間後に」

私も部屋に戻ることにした。制服を脱ぎ、私服の上に防寒着をつけ、懐中電灯をもった。

夜間の「ビーチ」のようすを見ておこうと思ったのだ。西口の姿が最後に映像に残されていた午前四時二十一分の「ビーチ」は暗かった筈だ。

地下通路を歩き、発電所の手前の階段から地上にでた。

方角のせいだろう。港周辺よりはるかに強い風に吹きつけられ、思わず私はよろめいた。

風に負けないよう、体を丸めながらあたりを見渡した。前方から、規則正しい轟音《ごうおん》が聞こえ、それが海鳴りだと気づくのに少し時間を要した。

右後方に発電所の建物があり、そこと地下通路の出入口だけが、あたりで光を放つ存在だった。

懐中電灯は東京から持参した小型のマグライトだ。それを点し、私は海へと向かう小道をたどった。カーブのせいでやがて地下通路の出入口が見えなくなり、あたりを包む闇が濃くなった。

〝合流点〟を吹き抜ける風は、前回きたときとは比べものにならないほど強く、私は体をかがめ、フードを飛ばされないよう強くあごひもを絞った。

潮の匂いが鼻にさしこんだ。下り坂の先で、白く光るのは波頭だろうか。発電所棟の光も、ここまでは及んでいない。

試しに懐中電灯を消した。

闇に沈んだ。風の音にも負けない海鳴りには、恐怖すら覚えた。

懐中電灯を点し、その光の眩《まぶ》しさに目をそらした。強い光線がまっすぐに海にのびた。

渦巻くような白い波が盛りあがり、砂浜に叩きつけてはひいていく。

朝の四時、もし西口がめざしたのがここならば何のためだったのか。

――そういえば、昔、この島に日本人が住んでいたときは、「ビーチ」のあたりに集落があった筈だと、西口くんはいっていました
荒木の言葉を思いだし、その瞬間、背すじが総毛立った。九十年前の大量殺人の現場に自分はいる。

下り坂を数歩降りかけたとき、何かが背中に激しくぶつかり、私はバランスを崩した。海への傾斜を前のめりに転げ落ちた。懐中電灯が手から飛び、あさってて方角を照らす。

大きな黒い影が立ちはだかるのを気配で感じた。

両手を地面に突き、これ以上の落下を防ごうとしたとき、硬く重いものが右肩に当たった。勢いで顔を下に打ちつけ、涙で視界がにじんだ。

風の音とも海鳴りともちがう、荒々しい呼吸が耳もとでして、とっさに体を反転させた。地面に何かがふりおろされる、ドスンという響きを感じながら、傾斜を転げ落ちた。

砂浜のすぐ近くまでごろごろと転がった。何が起こったのか、ようやく理解できた。

何者かに襲われた。つきとばされ、倒れたところを殴りかかられた。相手は何か得物を

もっている。重く、頭にあたったら一撃で致命傷になるような武器だ。

波しぶきが顔にかかり、その冷たさに我にかえった。体を起こし、右腕を額の上にかざした。恐怖でそれ以上動けなかった。銃もない。警棒もない。懐中電灯すら斜面の上で、手の届く位置にはなかった。

「誰だっ」

叫んだ。恐ろしさに思ったより大きな声がでた。大声は悪くない。弱っていると思われたら、とどめを刺そうと襲ってくるかもしれない。

転がった懐中電灯の光が薄く積もった雪で反射している。その光の中を影がよぎった。影は斜面の向こう側に消えた。

私はうずくまったまま、しばらく動けなかった。気づくと息を止めていた。深呼吸し、喉の奥が震えるのを感じた。寒さからだけではなく手足がこわばり、動かそうとすると、まるでロボットのようにぎくしゃくした。

膝が笑っていた。それでも立ちあがり、背すじをのばした。

逃げた筈だ。逃げた筈だ。逃げた筈だ。

同じ言葉を心でくり返し、口にもしていた。

斜面を這うようにして登り、懐中電灯をつかんだ。光で闇をなぎ払い、そこに誰もいないことを願った。

誰もいなかった。安堵にしゃがみこみ、そして芯から体が冷えていることに気づいた。

それでもしばらく動けず、ようやく立ちあがると地下通路をめざした。一歩進むごとに、前後左右を照らした。

地下通路に入り、暖かさに包まれた瞬間、膝が砕けそうになった。手すりにすがって体を支えた。

老人のように手すりをたどって階段を降りた。

そこに人がいて、どきりとした。ウーだった。

「あんた」

私に気づくなり、ウーは眉をひそめた。

「顔から血がでてるぞ」

「転んだんだ」

私は答えて、訊ねた。

「いつからここにいる?」

「二、三分前だ。一時間後って約束だったろう」

「誰かここを降りてきたか。私がくる前に」

ウーは怪訝そうに私を見つめて答えた。

「いや。あんただけだ」

私は首をふった。尻もちをつくように、階段に腰かけた。

「くるとき誰かとすれちがわなかったか」

「日本人が何人かいた」

「何人だ」

「四人かな。かたまって、話しながら歩いていった」

では犯人ではない。犯人は地上を逃げたのだ。

当然だ。地下通路を歩いたら、映像が残る。

「なあ、本当に大丈夫か。あちこちから血がでてるぞ」

ウーは私をのぞきこんだ。思わず笑った。

「ありがとう。君はいい人だ」

ウーが犯人だという可能性はあるだろうか。殴り倒しておいて、ここで待ったりはしないだろう。とどめを刺すか、逃げる。それに私を見たとき、眉はひそめたが、驚いたり恐怖を感じるそぶりは見せなかった。

人を襲う者は、襲った相手を恐れる。たとえ相手が女性や年寄りであっても、めった打ちやめった刺しにするのは、逆襲が恐いからだ。それをしないで立ち去れるのはプロだけだ。

「あんたが呼びだした理由、わかってる」

私の笑みをどう解釈したのか、ウーは顔をそむけ、いった。

「俺がなぜ『ビーチ』にいたか。ヤンさんに喋るなといわれていた」

「なぜいたんだ?」

私はすわりこんだまま訊ねた。

「大麻を吸おうと思った。匂いがでるから、建物の中じゃ吸えない」

「大麻はどこで手に入れた？」

「港近くのバーだ。ロシア人の船員が売ってくれる」

「その船員の名は？」

「名前までは知らない。ひょろりとした男だ」

「いつから大麻を買ってる？」

「半年くらい前だ」

「死体を見つけたのは吸う前か、吸ったあとか」

「吸いながら歩いていた。そうしたら見えたんだ」

「殺された男を知っていたか？」

ウーは首をふった。

「知らない」

「九十年前の話を知ってるか。昔のこの島の話だ」

「何だ、それ。知らない」

私は頷いた。目を開けているのもつらい。

「わかった。協力ありがとう。帰っていい」

ウーは信じられないような顔をした。

「いいのか、本当に」

「思いつかないんだ。他に何を訊いていいのか。そうだ。ニシグチを殺したか?」

「まさか! 俺じゃない!」

「じゃあいけよ」

壁に頭をもたせかけ、ウーの背中を見ていたが、途中で意識を失った。

夢を見ていた。

長い地下通路を誰かに追われ、走る夢だ。追ってくる者には目がなく、血でまっ赤な眼窩をこちらに向けているのだ。

身震いし、目覚めた。

手で顔をこすると、ざらりとした感触がある。乾いた血だった。

時計を見た。意識を失っていたのは、ほんの五分ていどのようだ。

手すりにすがり立ちあがった。これが日本なら、まず通報することを考える。が、この島ではその相手がいない。一一〇番は意味がなく、国境警備隊に犯人逮捕は期待できない。

ならば最初にすべきは安全の確保だ。

犯人は地下通路を使わず、私に近づいた。どこから地上を歩いてきたのかは不明だが、不審を招くような映像を残さないルートをたどったのだろう。

宿舎に向かい地下通路を歩きながら考えた。顔を伏せ、なるべく傷を見られないようにする。

犯人の正体はわからない。顔はもちろんのこと、その姿すら見ていない。気配では大男だったが、恐怖がそう感じさせただけかもしれなかった。傾斜地にいた私は、犯人より低い位置にあり、それだけでも相手を大きく感じる理由になる。

犯人は言葉を発さず、私が聞いたのは息づかいだけだ。匂いもかいでいない。

手がかりはないのと同じだ。せめて何人《なにじん》なのかくらいはつきとめたかった。

宿舎までの道ですれちがった人間は、A区画のほうから歩いてきた中国人三人組だけだった。

部屋に入り鍵をかけ、バスルームの鏡で自分を見た。

額と鼻、それに右の頬骨の上に傷ができていた。血は、額と鼻から流れたもので、もう乾いている。顔の怪我は出血が激しく見た目より重傷に見えることが多い。

水で顔を洗おうとかがみ、背中の痛みに気づいた。

服を脱ぎ、鏡に映した。肩甲骨の上にアザができ、血がにじんでいる。おそらく顔も背中も、ひと晩たつと腫れるだろう。

湿布などないし、自分で貼れる位置ではない。タチアナに治療を頼もうかと考え、診療所がすでに閉まっていることに気づいた。

この怪我なら救急だと主張もできる。が、ウラジオストクでさんざん荒っぽい連中の治療をしてきた目には、蚊に刺されたていどの傷で騒いでいるように映るかもしれない。

ここは明日まで我慢すべきだ、と思った。ひと晩耐え、ついでに寄ったという雰囲気で治療を頼んだほうが、私のプライドと印象の両方を保てそうだ。

シャワーを浴びる元気はなく、バスルームをでるとベッドに腰かけた。仰向《あおむ》けに寝そべろうとして後悔した。背中が痛くて、シーツにつけられない。

冷蔵庫からミネラルウォーターをだし、冷えたボトルを壁と背中のあいだにはさんだ。湿布のかわりだった。

食欲はなかった。むしろ吐きけすらする。頭を激しく打っただろうか。一瞬怯え、ちがうと気づいた。襲われたショックのせいだ。時間がたてばおさまる筈だ。

犯人は何のために私を襲ったのだ。

殺すためか？　それなら刃物なり銃を使ったほうが確実だ。西口を殺害したのと同じ犯人なら、ナイフを使ったろう。それに目玉を抉ろうともしていない。

殺す前に目玉を抉るのは無理だ。殺してからでなければ、激しい抵抗にあう。

殺す気がなかったのなら、警告か。私の調査が気にいらず、「かわいがってやろう」と考えたのか。ギルシュかその仲間なら、可能性はある。

だが、あることに気づき、ぞっとした。

犯人は、どうやって私があの場にいることを知ったのだ。尾行をすれば映像が残る。それをしないで、あの暗闇に私がいると、どうして知り、襲ってきたのだ。

ウーが私との待ち合わせを誰かに話していたとしても、私が「ビーチ」にでることまでは予測できない。

となると、これは偶然なのか。犯人は標的を私と決めていたわけではなく、暗闇の中で「ビーチ」に現われる者を誰でもよいから襲ったのだろうか。

もしそうなら、今夜私を襲ったのと西口を殺したのは、同一犯人かもしれない。無差別に襲い、殺して眼球を奪う。「ビーチ」を〝縄張り〟にする殺人鬼が、西口につづいて私を襲ったのだ。

身じろぎし、背中の痛みに思わず息を止めた。

今夜の犯人の動機を考えた。誰でもよかったのか、それとも私だからなのか。

無差別の殺人鬼だと考えたかった。そのほうが安心できる。たまたま私がそこに足を踏み入れたから襲撃されたのであれば、近づきさえしなければ次はない。

私を狙ったのであれば、今後どこにいても襲われる可能性がある。

私は歯をくいしばりながら立ちあがった。根室サポートセンターの坂本にパソコンでメールを打つためだ。もし私を尾行する者がいたら、カメラ「9」に映された筈だ。

監視カメラの映像は、パキージンに頼んでも見ることができる。しかし島内にいる者すべてが容疑者リストに含まれる今は、坂本に頼むほうが安全だ。

私がウーに会うためにカメラ「9」の設置された十字路を通ったのが午後七時少し前だとして、午後六時から八時までのカメラ「9」の映像をメールで送ってくれるよう依頼する。

理由は告げなかった。

メールを打ち終わると、再び苦労しながら体を横たえた。

犯人はカメラに映っているだろうか。

おそらく期待できない。西口を殺した犯人が映像に残っていなかったことを考えると、映されない地上のルートを使った可能性が大きい。

そもそも人を刺したり殴ったりを計画する人間が、これから襲う相手のうしろをのこのこ歩く姿を撮影させる筈がない。

それは、私を殴った者が西口を殺した犯人でないとしても、同様のことだった。

私はあたたかくなってしまったミネラルウォーターのペットボトルを壁と背中のあいだから外した。冷えたペットボトルはまだ冷蔵庫の中にあるが、動くのが億劫《おっくう》だ。

吐きけがおさまり、ショック症状から回復すると反動で眠けが襲ってきた。

まだ寝てしまうわけにはいかない。上半身を起こし、パソコンに手をのばした。

記憶が鮮明なうちに、犯人に関する推理を巡らせておくべきだった。

パソコンでメモを作った。

まずは、

①「犯人が私を襲った動機」だ。

A、犯人は「ビーチ」に近づく者なら誰でもよかった。

B、犯人は私の調査に危機感を抱き、排除しようとした。

①がBだとすると、

②「犯人が私の調査に危機感を抱いた理由」だ。

A、犯人は西口殺害犯で、私に正体を暴かれると考えた。

B、西口殺害以外の島内犯罪、たとえば薬物密売に関する調査を不快に感じ、警告あるいは排除を考えた。

つづいて、

③「犯人はどうやって私があそこにいることを知ったのか」

A、私を尾行した。

B、監視カメラの映像から私の所在を確認した。

③がBなら、犯人は監視カメラの映像にアクセスできる立場にある。

①がAであっても、西口が殺された日の映像記録に犯人らしき者の姿がなかったことへの疑問は残る。

そこにいる者なら誰でも襲おうとするほど凶暴な殺人鬼が、自らの正体がバレないような工夫をするだろうか。

無差別に人を殺そうと考える者はたいてい行為の結果にまでは考えを巡らさない。いいかえれば、逮捕され刑罰をうけることを恐れていない。したがって自らの犯罪の証拠に無関心なものだ。

が、この犯人は映像に自分の姿を残していない。つまり、正体が特定されるのを回避しようとしている。

さらに、過去、無差別に人が襲われる事件はオロテックで発生していない。犯人は理由があって、西口や私を襲ったのだ。よって、①のAの可能性は低い。

④「私を襲った犯人像」

A、単独犯である。

B、男性、もしくは男性に近い体格をもった女性だった。

C、凶器として重さのある鈍器を使用した。

④のCだけが、西口殺害犯と一致しない。西口殺害犯は刃物を使用した。パキージンとのやりとりを思いだした。九十年前の大量殺人では、撃たれたり斧で殴り殺されたりと、さまざまな凶器が用いられた。

⑤「私を襲った人物と西口を殺害した人物は同一犯か」

A、同一犯である。ならばアルトゥールは容疑者から除外される。

B、異なる。その場合、②のBが動機である可能性は高い。

いずれにしても、私に対する襲撃がこれで終わるという結論はない。むしろ時間、場所を問わず、再決行される確率が高かった。

⑥「再襲撃から身を守る方法」

A、常に誰かと行動を共にする。

だが完全に容疑者から排除できる者を、私はまだ見つけていないし、かりにそういう人物がいたとしても、犯人が二人とも殺すつもりで襲撃してきた場合、防げるかは疑問だ。
B、護身用の武器を身につける。
日本でなら拳銃、特殊警棒などを所持できるが、ここでは難しい。私に支給された拳銃は、桜田門の保管庫だ。その気になればオロボ島にもちこめたかもしれないが、必要になるとは、まるで考えていなかった。
C、応援を要請する。
試す価値はあるが、おそらく却下される。日本人の捜査員が増えることに対し、パキージンも否定的だろうし、また私自身、調査を進める上では効率が悪化すると予測する。理由は、ロシア語、中国語を解さない応援への説明が面倒だからだ。
⑦「襲撃を報告すべき対象」
A、稲葉。これは当然だ。
B、パキージン。微妙だが、②のBを考えると、再襲撃を防ぐための効果が期待できる。
C、ヨウワの社員。不安を増幅させないためには避けるべきだろう。顔の怪我は、転んだことにする。
D、タチアナ。治療を求める以上、報告する。痛いの痛いの飛んでいけー、を親密におこなってもらうためにも。
ここまで打って、もはや頭がほとんど回っていないと気づいた。瞼《まぶた》が落ちてくる。

戸閉まりをもう一度確認し、明りをつけたまま目を閉じた。

10

寝返りを打つたびに目が覚めたが、それでも外が明るくなる頃、背中の痛みはかなりひいていた。

起きあがり、バスルームで自分の顔を見てぎょっとした。頬骨の上と額の傷が、まっ黒いアザになっている。

眠る前にもっと冷やしておけばよかったと後悔した。

ひとつだけよかったことがあるとすれば、この島にくる前からつづいていた睡眠不足が解消されたことか。おそらくは九時間近く、私はベッドの中にいた。

東京からもちこんだ荷物の中に、現場検証用のマスクが一枚まぎれこんでいた。それをかけ、フードをかぶると、アザが目立たなくなる。歯まで折れなくてよかった。

地下通路でA区画に向かった。

管理棟の前で地上にあがり、六階を見上げた。窓のカーテンは開いている。

パキージンの番号を呼びだした。

「おはよう」

「お見せしたいものがあります。今、下にいるのですが、あがってよろしいですか」

「かまわない」

パキージンのオフィスに入ると、私はフードを脱ぎ、マスクを外した。

「見せたいのはこの顔です」

パキージンは何もいわず、わずかに眉をひそめた。

「昨夜、ニシグチの死体が見つかった海岸の近くで襲われました」

「誰がやった？」

「まっ暗で、それも背後からだったのでわかりません。つき倒され、重たい何かで背中を殴られました。さらに殴られそうになったので叫び声をあげました。そのせいかどうか、犯人は逃げました」

顎をひき、パキージンは私を見つめている。

「ニシグチを殺したのと同じ犯人か」

「わかりません。可能性はありますが、それ以外にも、私の調査を快く思っていない人物が島内にいるようです」

「誰だ？」

「ギルシュという男は、私を好いてはいません」

パキージンは無言だった。やがて、

「ギルシュには手下がいるし借りを作っている者も多い。調べよう」

私は首をふった。

「それはやめてください」

「なぜだ」

「あなたが私の調査に協力的であることを知る人間は少ないほうがいい」

パキージンは問いかけるように目を細めた。

「正体のよくわからない日本人が、島内の事情も知らずに嗅ぎ回っていると思わせておきたい」

「また襲われてもいいのか」

「それは困ります。しかし昨夜の襲撃が、ギルシュかその手下の警告なら、すぐまた襲われるとは思えない」

「ニシグチを殺した犯人だったら？」

「なぜ私を襲ったのかが問題です。正体を暴かれる危険を感じたのか。実際には、私はまだ何ひとつ、犯人を特定できるような手がかりを得ていない。あるいは得ていて、それに気がついていないのかもしれませんが」

「君は自分の身を守れるか。武装しているのか」

私は首をふった。

「この島にくるにあたり、武器はおいてきました」

パキージンは考えていたが、いった。

「では次がないことを祈るのだな」

私は頷いた。

「とりあえず、あなたにだけは知らせておこうと思いました」

「ブラノーヴァ医師にも報告をするのだろう？」

「治療を頼みます」

パキージンの口もとがゆるんだ。

「男は、傷ついた肉体は女の気持をひきよせる材料になると考えがちだ。が、私の経験では、それを誇る男に対し、女は嫌悪の感情しか抱かない」

私は思わずパキージンを見つめた。

「何だ」

「あなたが女性に対する考察を口にする人だとは思いませんでした」

「男は皆、スケベエだ」

日本語を交え、パキージンは答えた。

管理棟をでると、タチアナの番号を呼びだした。

「イシガミ？」

「おはようございます。今日は何時から診療所にいますか」

「カーシャを届けてくれるのじゃないの？」

「届けてもいいのですが、私の体を調べてくれますか？」

声が冷たくなった。

「診療所でプレイはしない」

「誤解です。医師としてのタチアナ・ブラノーヴァにみてほしい」

「どこか悪いという意味？」

「打撲傷です」

「場所は？」

「顔と背中に」

「十分したら、カーシャとコーヒーを診療所にもってきて」

タチアナはいって電話を切った。食堂にいき、自分用にもカーシャを買った。ブリヌイとちがい、大きく口を開けずに食べられそうだからだ。口を開くと頬骨の傷が痛む。A－6棟まで地上を歩いた。風が冷たい。もし昨夜、殴られた場所で長時間失神していたら凍死の可能性もあった。

一階の廊下におかれたベンチに腰をおろした。タチアナはまだきていない。

やがてスウェットの上に防寒着を羽織ったタチアナが現われた。きのうは洗い髪だった金髪をひっつめている。

私は立ちあがった。

「マスクをとって」

タチアナにいわれ、マスクを外した。

「誰にやられたの？」

「『ビーチ』の岩です」

「転んだだけ？」

私は頷いた。

「酔ってたの？」

「いえ」

タチアナは疑うように私を見つめ、防寒着から鍵をだすと、診療所の扉にさしこんだ。

「イワンはまだきていない」

イワンというのは、以前会ったロシア人看護師だ。

「すわって」

てきぱきとした口調でタチアナは診察用ベッドの横にある丸椅子を指さした。

「初めてここにきたときも同じことをいわれた」

「患者にはそう指示する。上半身を見せて」

タチアナはそっけなくいった。私は言葉にしたがった。

「向こうをむいて」

背中の傷にタチアナの指が触れた。

「痛い？」

「少し」

押されて、呻《うめ》き声がでた。

「骨は折れていないようね。これも『ビーチ』の岩にやられたの？」

「いいえ。顔を見ていない誰かがもっていた重い、棒のようなもの」

「つまり殴られた」

「ええ。うしろから」

タチアナが私の肩をつかみ、体を回した。薄青い目が私の目を見た。

「いつ？」

「きのうの夜の早い時間です。場所はニシグチの死体が見つかった――」

「『ビーチ』ね。夏でもないのに、夜『ビーチ』にいく人間はいない」

タチアナはいった。私の顔の傷をのぞきこむ。

「もう冷やしてもあまり効果はないだろうけど」

「どれくらいでアザはひきますか？」

「三日もすれば色は薄くなる」

「よかった」

「背中には湿布をする」

タチアナはいって立ちあがった。消毒液で手を洗浄し、私の背中に湿布をはりつけた。

「顔に湿布をすると、目にしみる。だから氷か何かで冷やしたほうがいい」

「そうします」

「犯人はどうしたの？」

「逃げました。私が叫び声をあげたので」

「撃たなかったの？」

「銃をもっていない」

タチアナはあきれたように私を見つめた。

「殺人事件の捜査なのに、武器をもたずにきたの？」

「前にいった通り、ここでは私には何の権限もない」

「自分の身を守る権利もない？」

「襲撃をうけるとは思っていなかった」

「湿布は明日また替える。服を着ていい」

「ありがとうございます」

「カーシャを食べましょう」

タチアナと向かいあい、カーシャを食べた。やはりおいしいとは思えない。

「今日はカーシャにしたの？　好きじゃないといっていたのに」

「口を大きく開けられないので」

タチアナは微笑んだ。

「塩をもってくるのを忘れたわ」

私は無言で首をふった。

「なぜ襲われたの？」

「それがわからない。私が嗅ぎ回るのを気に入らない人物がいるようです」

「ギルシュ?」

「か、その手下かもしれない。あるいはまったく別の人物か」

「ニシグチを殺した犯人?」

「かもしれない」

タチアナはカーシャをすくうスプーンを止め、私をじっと見つめた。

「だとしたら、あなたはとても危険ね。犯人はまたあなたを狙う」

「かもしれないが、理由がわからない。私はまだ何の手がかりも得ていません」

「そうなの?」

「私がつきとめたことといえば――」

いいかけ、タチアナを見つめた。

「あなたの生まれは? 極東ですか」

タチアナは首をふった。

「ノヴォシビルスク。なぜ?」

「極東生まれのロシア人なら知っているかもしれないと思ったんです。九十年前、この島で大量殺人が起こったという伝説がある」

「本当なの?」

「パキージンは知っていました。日本人住民の大半が殺され、目が抉られていた」

　タチアナはスプーンをおいた。

「死んだ人の数は？」

「わかりません。百人近かったかもしれない」

　手で口もとをおおった。

「嘘でしょう」

「記録が残されていない可能性があるのです。一九四五年の占領で」

「ソビエト軍の？」

　私は頷いた。

「犯人はつかまった？」

「それに関してもわかりません。ただニシグチの殺害犯と同一犯とは思えない」

「当然ね。時間がたちすぎている」

　私は頷いた。

「あなたは誰からそれを聞いたの？」

「ニシグチが親しくしていたロシア人です」

　タチアナは首をかしげた。

「ニシグチは、その事件について情報を集めていました。被害者の中に先祖がいたようです」

「クスリが殺された理由じゃなかったのね」

「ええ。密売人のアルトゥールは先祖が極東の人間でこの島の歴史について知っている、とニシグチは思っていた」

「つまり九十年前の大量殺人が、ニシグチの殺された理由だというの？」

「まだわかりません。ただ犯人は別人の筈なのに、目を抉るという行為が共通するのには理由がある筈です」

タチアナは紙コップのコーヒーを口に運んだ。

「気味の悪い話」

「同感です」

「パキージンは何といっているの？」

「ニシグチの死は日本人どうしのトラブルが原因だと考えていたようです。しかし九十年前の事件が関係しているなら、オロテックの他の従業員にも被害が及ぶかもしれない」

「彼の頭の中にあるのは、オロテックのことだけよ」

私は苦笑した。

「なあに？」

「いえ」

「医者に隠しごとをするの？」

タチアナは腕を組み、私をにらんだ。

「パキージンにいわれたのです。自分のことを元ＫＧＢのいやみな官僚主義者だと、あなたがいうだろう、と」

タチアナは噴きだした。額に手をあて、目を閉じた。

「嫌な男ね」

「パキージンが？」

「あなたよ、イシガミ。そういわれているくせに、わたしには黙っていた」

「告げ口は好きじゃない。それにパキージンには、意外に人間的な面もある」

「そうなの？　だとしたら、あなたにしか見せていない。オロテックの関係者には、冷酷にふるまっている」

考えられることだ。

「彼にとってオロテックの作業効率が何よりも優先されるのはまちがいありません」

「ねえ、誰かがオロテックの作業を妨害しようとしているとは考えられない？」

タチアナは訊ねた。

「何のためにです？」

「理由はいくつもある。たとえば、レアアースの市場を奪われたくない競合企業とか。オロテックに出資している会社を目障りだと思っている投資家とか」

「そうであるならお手上げです。経済は私の得意分野じゃない」

タチアナは無言で私を見つめた。

「何です？」

「わたしを信用するなら、あなたの捜査に協力する」

「あなたを――」

私は黙った。女性として魅力を感じているのは事実だ。その一方で、パキージンのいった言葉も気になっていた。

――ものごとには必ず理由がある。彼女の存在もそうだ
こんな美女が、レアアース以外何のとりえもない、極東の小島にいることそのものが、確かに不自然だった。しかも、私に好意的すぎる。

「教えてください」

私はいった。

「なぜあなたはこの島にいるのです？」

「オロテックと契約したから。いったでしょう、二ヵ月後にその期限がくる」

「それだけ？」

タチアナの目をのぞきこんで訊ねた。

「お金《ジェニギ》」

タチアナはいった。そして私の口に唇を押しつけた。

私は頰の痛みに耐えた。それだけの価値はあった。

「わたしを信用する？」

唇を離すとタチアナは訊ねた。

「少なくともあなたは、昨夜私を襲った犯人ではない」

「それだけ？」

「この島で、誰か信じられる人間が、私には必要です。あなたがただの医師ではないとしても、殺人犯ではないと思いたい」

タチアナは頷いた。

「わたしは人殺しじゃない」

「わかりました」

私はタチアナをひきよせ、もう一度唇を合わせた。それからコーヒーを飲んだ。

「この島の歴史について、誰か詳しい人間を知りませんか？」

「そういう人間がいるとしても、オロテックで働いてはいない。ウラジオストクの知り合いに捜してもらう」

私は頷いた。

「なぜ私に協力しようと思うのです？」

「あなたがかわいそうだから。知り合いのいない土地にひとりきりでやってきて、威されたり殴られたりしても捜査をあきらめていない」

「こんなに評価してくれる人は上司にもいない」

「わたしがイシガミの上司だったら、すぐに警部《インスペクトル》にする」

私は微笑んだ。

「すごくありがたい話だが、上司とキスはまずいですね」

タチアナは金髪をほどいた。

「上司じゃなくてよかったでしょう」

私を引きよせた。

「イワンがくるのでは？」

「彼は九時半にならないとこない」

私は時計を見た。八時を回ったところだ。

「診療所でプレイはしないのでは？」

「これは治療よ。あなたは体だけでなく、心も傷つけられた」

タチアナはいってスウェットと下に着たTシャツを脱いだ。下着はつけておらず、つんと上を向いた乳房が私の前に現われた。

「きっと夢を見てるんだ」

「じゃ、さめないうちにあなたも洋服を脱いだら」

診察用のベッドは硬く、膝が少し痛かった。タチアナは上になりたがり、だが私の背中の傷を考慮して、あきらめた。

「次はわたしのベッドで。そうしたらあなたの背中も痛まない」

タチアナはささやいた。

「その代わりに私は何をすれば？　毎日、カーシャを届ける？」

タチアナは私の腰に両脚を巻きつけたまま、私の鼻をつまんだ。

「殺人犯を見つけるの」

「もし二ヵ月で見つけられなかったら、契約を延長してくれますか」

「それはできない。次の契約がもう決まっている。サンクトペテルブルクの病院よ」

私は息を吐いた。

「ではあなたのかわりにくる医師に協力を頼みます」

「七十歳のお爺《じい》ちゃんよ」

「これ以上心に傷を負わないよう、気をつけます。お爺ちゃんの治療はつらそうだ」

「あなた、本当に日本人？」

あきれたようにタチアナがいった。


診療所をでた私は宿舎に戻り、稲葉にメールを打った。何者かの襲撃をうけ負傷したが、調査は続行すると伝える。

坂本からメールが届いていて、カメラ「9」の映像は、業務の都合で今日の昼にならないと送れない、とあった。礼を述べ、待っていると返した。

私用の携帯電話が鳴った。稲葉だ。

「襲撃とはどういうことだ。怪我の具合は？」

「昨夜、西口の死体発見現場にいたところ、誰かに殴りかかられたんです。屋外でまっ暗だったため、犯人の手がかりはありません。顔と背中に打撲傷を負いました」

「よく聞こえない。調査が続行できるていどの怪我なのか」

本当に聞こえないのだろうか。聞こえていないフリではないのか。携帯電話を思わず見た。

「続行します。九十年前の事件について、何か判明しましたか」

「道警本部に照会と詳細調査を依頼したが、何せ昔すぎて、当時の話のできる人間が誰もいない」

「そんなことはわかっています」

「そちらには詳しい人間はいないのか」

「いるとしたらロシア人です」

「何人《なにじん》でもいい。今回の事案との関連性を調べろ」

私はあきれていった。

「ここにいるのは私ひとりですよ」

「わかっている。だが応援は送れない。外務省が急にうるさく、調査状況を報告しろといってきた」

「引きあげさせろとはいってきてないのですか」

「何だって。聞こえない」

絶対に聞こえている。

「タチアナ・ブラノーヴァという医師がこの島にいます。身許を調べられないか、外務省にかけあってください」

「医者なのだろう」

「それ以上の何かだと思うんです」

「被疑者なのか」

「ちがいます。協力を依頼しました。何せ、私ひとりなので」

「ヨウワの人間じゃ駄目だったのか」

「完全にリストから排除できる者がいませんから」

「中国人は排除できるといっていたな」

「中国人に捜査協力を依頼しますか？」

「馬鹿なことをいうな。できる限りひとりでやるんだ」

「転地療法だとおっしゃいませんでしたか」

「優秀すぎるのも困りものだな。九十年前の事件を見つけたのは君だ」

「そこですか」

「人間以外で何か必要なものはあるか」

「身を守る武器を」

「却下する。法的に、君に武装させることはできん。再度襲撃をうけたときは、ただちにそこを離脱し、帰国しろ。調査は国境警備隊にひきついでもらえ」

「九十年前殺された人間の中に、西口の先祖が含まれていた可能性もあります。西口の遺族にあたってもらえませんか」

「君の着任を待って、ヨウワ化学の人間は西口の両親に死亡を伝えたはずだ。だから、道警の人間をいかせて確認できる」

この事案で動いていたのは、どうやら私ひとりらしい。

「よろしくお願いします。詳細はメールで送ってください」

「了解した。気をつけて」

私用の携帯を切ると同時に、島内携帯が鳴った。

「石上です」

「関です。おはようございます」

「おはようございます」

「お問い合わせの件なのですが、あの、西口くんをゴーゴーバーに連れていった社員の話です」

「あ、はい」

「どうやら元井《もとい》という者のようです。原子炉のメンテナンスを担当していて、三ヵ月に一度くらいの割合で、本社から出張でくるんです。何というか、割とフランクな性格で、こちらにくると飲み歩いたりとかしているようで、常駐している社員より、飲み屋とかに詳しいそうです」

「その元井さんは、いついらっしゃいますか」

「それが先月、東京で交通事故にあって入院しているんです。なので急きょ、きのうの夜、本社の人間に病院までいってもらって確認してもらったところ、『ダンスクラブ』に連れていったのは自分だと認めたそうです」

問題はそこではない。西口が誰から何を訊こうとしていたかが知りたかったのだ。人づてでは難しい質問だ。

「そのときの西口さんのようすについて、元井さんは何かおっしゃっていましたか」

「いいえ。おとなしい奴なので、張り合いがなかったと。ただロシア語が話せるので、女の子の通訳をさせたそうです」

「ダンスクラブ」にもう一度いくのはなるべくなら避けたかった。が、西口は何かをつきとめたから殺されたのだ。その何かを知るには、西口の足どりをたどる他なかった。

「ありがとうございます」

私は告げて、電話を切った。

次にすべきなのは現場検証だった。私が襲撃された現場の検証だ。だが丸腰ではいきたくない。

A区画にあるキオスクに向かった。

「イラッシャイマセ」

今日はみつごではなく、大学生のようなロシア人の若者がレジにいた。店内を物色し、小さな果物ナイフとウォッカを買うことにした。ウォッカの壜はガラス製だが重さがあり、一度だけなら武器に使える。使わなければ、中身が飲める。

果物ナイフはプラスチックの鞘《さや》に入っていて、刃渡りは十センチ足らずしかない。分厚い防寒着の上から刺したのでは、せいぜいチクリとするていどだろう。

ナイフを右のポケットに、ウォッカをレジ袋に入れて店を出た。ナイフと酒という組合せが、刑事の装備として適当だとはとうてい思えないが、これしかないのだからしかたがない。

地下通路を歩き、ふたつめの十字路を左に折れた。昨夜、ウーが待っていた階段の下までくる。時間帯のせいか、水色の制服を着た人間が数多く発電所のほうに歩いていく。フードをかぶり、階段をあがった。弱々しい日差しが注ぐ地上にでた。雲と太陽がせめぎあいをしていて、風は昨夜ほど強くない。

下り坂をゆっくりと進んだ。

襲われた地点はすぐにわかった。そこだけ下生えや薄く積もった雪が乱れている。海に向かって傾斜が強くなる場所だ。

そこに立ち、犯人がどこに潜んでいたかを知ろうと見回した。

階段の出入口の右後方に発電所の建物があり、そちらに向かって、低い茂みが広がっている。発電所からのびる小道と階段の出入口からのびる小道の中州になっていて、うずくまりさえすれば、昼間でも身を隠せそうだった。

茂みに歩みよった。枯れ草の高さは二十センチ足らずだが、高低差もあって、小道からは見通せない。

犯人がここに潜んでいたという痕跡を探した。ところどころ草が倒れてはいるが、足跡や遺留品らしきものはなかった。

地下通路を通らずにここにくるルートはいくつかある。初めから地上を移動する方法もあるし、離れた階段からあがってもいい。基本的にオロボ島は起伏が小さいため、寒さや暗闇を厭《いと》わなければ、地上の移動はさほど難しくない。

地上にでる階段はあちこちにある。A区画、発電所、プラントと、階段をあがる姿が映像に残されていても、違和感をもつ者はいない。

地上に監視カメラがあれば、犯人が映った可能性はあるが、何の施設もない土地を撮影するカメラはない。

私は茂みをでて小道に戻り、さらに下り坂を降りた。

はっきりと地面にくぼみができている。ふりおろされた凶器が当たった場所だ。携帯のカメラで撮影した。くぼみの深さは数センチで、へりは丸い。棍棒《こんぼう》のような形だったのだろう。バットかもしれない。

私は島内携帯で、その場から関を呼びだした。

「お忙しいところをすみません。つかぬことをうかがいますが、この島で野球をする人はいますか」

「野球、ですか」

「ええ。キャッチボールとか簡単なバッティングとかでも」

「いやあ……。サッカーは、ロシア人がやっているのを見たことがありますが、野球となると、ないですね。うちの人間でも、キャッチボールとかするのはいないなあ」

当惑したように関は答えた。

「そうですか。それならけっこうです。申しわけありませんでした」

告げて、電話を切った。バットではない。となると鉄パイプのようなものか。それならいくらでもありそうだ。

いずれにしてもふりおろされた凶器が後頭部などに命中していたら、命にかかわっただろう。即死はしないまでも、この場で動けなくなった可能性はある。

それを考えるとレジ袋の中のウォッカを飲みたくなった。

「ビーチ」を眺めた。あたりに人影はまったくない。小道を下り、ビーチにでた。砂浜が始まったところにひっかいたような跡があった。立ちあがったときに私が残したものだ。足跡は私のものしかない。

波打ちぎわからは四、五メートルほど離れている。

「ビーチ」の長さは三百メートルほどで両端は岩場だ。眺めていて、海に向かって右手の岩場に道があることに気づいた。岩と岩のあいだに切り通しがあり、道がのびている。

私は足を踏み入れた。幅一メートルほどの道は登り坂になった上に右にカーブし、先が見通せない。左側の岩の向こうは海だが、じょじょに勾配はきつくなっている。一瞬ためらい、切り通しの先に向かうことにした。右側の岩場の向こうには発電所の建物が見える。

レジ袋ごとウォッカの壜の首を握りしめ、坂道を登った。島の形でいうならHの右たて棒の下に、私は向かっていることになる。

切り通しを抜けると、不意にひらけた場所にでた。下生えも低く、整地されたように何もない。広さは五十メートル四方くらいだろうか。

明らかに不自然な空間だった。何かの施設が撤去された跡地のようにも見える。

空き地の先は島の南東の端で、二十メートル近い高さの断崖だ。

私は空き地の中央に立った。深くはないが雪が積もっていて、人が入れば足跡が残るが、それらしいものはない。

ブーツの爪先で雪をかいた。雪の深さはせいぜい十センチかそこらだ。土があらわれた。

その土の中に石柱のようなものが埋まっていた。さらに雪をどけ、手袋をした手で土を掘った。

石柱の正体に気づいた。墓石だ。

同時に、この空間が何であったかがわかった。

墓地だ。海を見おろす、島の南東部の陽《ひ》あたりのよい場所に、かつてここで暮らす人たちの墓地があったのだ。

だが、今のこの状態は、明らかにその墓地が潰されたのだとわかる。

何の施設もないのに、なぜそんなことをする必要があったのだろうか。墓地を残しておきたくないと考えた者がいたのか。

ロシア人たちからすれば、「先住民」の墓地が島内にあるのが不気味だったのかもしれない。

だが、それにしても、墓を根こそぎ潰して整地するというやりかたには違和感を覚えた。

西口がここを見つけ、先祖の墓の状態を知ったら、おそらく憤りを覚えたろう。夏になり雪がとければ、このあたりが墓地であったことはもっとわかりやすかったかもしれない。そう考え、西口がこの島の夏を知らなかったのを思いだした。ここにきてまだひと月足らずだったのだ。

が、西口がここのことを知らずにいたとは思えない。先祖が住んでいた土地を訪れたら、墓があると考えるのはふつうだ。島内の墓地の所在を、西口はアルトゥールに訊ねたろう。アルトゥールが答えられたかどうかはわからないが。

が、次の瞬間、私はあることに気づき、どきりとした。

墓地がここにあったのはわかった。では集落はどこに消えたのだ。

西口は「ビーチ」のあたりといっていたという。最盛期の人口が百人近かったのなら、数十戸の家がこの島には建っていた。それらの家はどうなったのだ。

墓と同じく潰されたのだとして、痕跡はどこにも残されていないのだろうか。

九十年前に、もし大量殺人が起こったのなら、集落にはその証拠が残されていた筈だ。潰されたのだとすれば、きれいさっぱりその証拠は失われたことになる。

そう考えると、オロテックの存在が、急にまがまがしいものに思えてきた。大量殺人の現場に、その証拠を潰して作られた施設なのだ。

オロテックを建てた者たちは、そのことを知っていた筈だ。パキージンもサハリンの土地仲介業者に聞かされたことを認めた。

私は暴走しそうになる自分にブレーキをかけた。オロテックが大量殺人の証拠湮滅《いんめつ》のために作られた筈はない。第一、大量殺人の捜査がおこなわれたという記録すらないのだ。

じっと立っていて、足もとから体が冷えていた。地下通路が恋しい。

私は空き地をよこぎって歩きだした。切り通しに入ると、あたりが薄暗くなる。坂道を下ってカーブにさしかかったとき、前方に人影が現われた。

思わず立ち止まった。向こうも同じ思いだったのか、立ち止まり、こちらを見ている。

「誰だ《クトー》？」

人影が喋った。ロシア語だった。

「イシガミ」

私は答え、坂を下った。立ち止まっている人物の顔が見え、息を呑んだ。防寒着をつけ、ニットキャップをかぶったギルシュだった。

よりにもよって、こんな人のいないところで、最も会いたくない人物と会ってしまった。

ギルシュは顎をあげ、険しい目つきで私を見上げた。

「何してやがる、こんなところで」

ギルシュの両手は防寒着のポケットの中にあった。中で何かを握っている可能性はある。

「『ダンスクラブ』で会ったときにいったろう。きたばかりなんで、島の中をいろいろ知りたくて歩き回ってた」

私は答えた。私を思いだしたとしても、ギルシュの表情はかわらなかった。

「あんたも散歩か」

訊ねてから、ギルシュが小さなリュックを背負っていることに気づいた。

ギルシュは答えなかった。

「この上に何があったか、あんたは知ってるかい？」

ギルシュは黙っている。

「墓だ。昔、この島に住んでいた人たちの墓があったんだ。それが潰されてしまっている」

「それがお前と何の関係がある」

ギルシュは唸るようにいった。

「同じ日本人なんだ。あんただって自分の先祖の墓が壊されたら、腹が立つだろう」

「関係ねえな」

ギルシュはいって唾を吐いた。

「ここはもう、お前らの土地じゃねえ」

「じゃあ、あんた個人の土地なのか」

「何だと？」

ギルシュは顔をしかめた。

「あんたの店を訪ねた私を気に入らないからでていけ、というのはわかる。だがここは、あんたの土地じゃないよな。どこを歩こうと私の勝手の筈だ」

ギルシュは私をにらみつけた。

「お前、このギルシュに喧嘩を売ろうってのか」

「売っているのはあんただ。私はトラブルなんて望んでいない」

ギルシュは深々と息を吸いこんだ。

「殺すぞ」

低い声でいった。

「日本人がたてつづけに二人もこの島で殺されたら、厄介なことになるぞ」

「二人だと」

「そうだ。ニシグチという日本人が殺された。アルトゥールの知り合いで、この島の昔のことを知りたがっていた」

ギルシュは瞬きした。

「まさかとは思うが知らなかったのか」

私は訊ねた。

「日本人が死んだという話は聞いた。それだけだ」

「その死んだ男の名が、ニシグチだ。この先の『ビーチ』からあがったところで、胸を刺されて死んでいたんだ」

「お前は何だ」

表情をかえず、ギルシュはいった。

「ニシグチのかわりにきたんだ。前任者に何があったのかを知りたいと思うのは当然だろう。ニシグチが『ダンスクラブ』にいったことがあると聞いたんで、訪ねていったんだ」

「その野郎が殺されたこととうちの店には何のかかわりもない」

「この島にいる誰かがニシグチを殺したんだ」

私はギルシュの目を見据え、告げた。ギルシュは瞬きもしなかった。

「お巡りだろう、お前」

私は息を吐き、頷いた。

「また誰かが殺されるのを防ぐために、ここに送られた」

ギルシュは再び唾を吐いた。

「お前なんかに何ができる」

「ニシグチを殺した犯人を知っているのか」

「知らねえ。知るわけがないだろう。その野郎のことだって覚えていないのに」

「ニシグチは、この島の歴史について知りたがっていた。アルトゥールと親しくしていたのもそのせいだ。アルトゥールの先祖はこのあたりの人間だった」

「アルトゥールなんて野郎は知らねえ」

「嘘はよくない。あのあと、あんたの手下が私にクスリを買わないかともちかけてきた。アルトゥールが売人だったことは皆が知っている」

ギルシュは横を向いた。私の首をへし折ろうかどうしようか、考えているようだ。私はウォッカの壜を握りしめた。

岩のかたまりを見つめていたギルシュがいった。

「いいだろう。アルトゥールの野郎とその日本人は、確かに店で話しこんでいた。それから奴は、『エカテリーナ』に日本人を連れていった。そのあとのことは知らねえ」

私は頷いた。

「『エカテリーナ』には私もいった。ニシグチは何度かきていたようだ。他にニシグチが話をしていた人間を知らないか」

ギルシュは首を回し、私を見た。

「お前、本気で俺に訊いているのか。俺がお巡りの味方をすると思ってるのか」

「私はあんたの嫌いなロシアのお巡りじゃない。それに犯人がつかまらなかったら、ヨウワは日本人社員に『ダンスクラブ』や『エカテリーナ』に出入りするのを禁止するかもしれない。そうなったらあんたも困る筈だ」

ギルシュは私をにらんでいたが、不意に首を傾けた。

「いいだろう、教えてやる。こい」

切り通しの上、たった今まで私がいた墓地の跡地のほうを示した。

私のかたわらを抜け、坂を登っていく。私は不安になった。そこには誰もいない。名前を告げるだけならここでもできた。

頂上の空き地で私を畳み、断崖から海に投げこむつもりなのかもしれない。そうなったら、何が起こったのかを知るのはギルシュひとりになる。

ギルシュはふり向きもせず、切り通しを登っていく。その背中を見つめ、私はウォッカのキャップをひねった。ひと口、呷《あお》る。熱いかたまりが喉を流れ落ち、胃でぱっと広がった。

大きく息を吐き、あとを追った。警官だと身分を明した以上、逃げるわけにはいかなかった。

切り通しを私が登りきると、ギルシュが空き地の中央に立っていた。リュックを背中からおろし、私を見ている。

私は少し離れた位置から彼を見返した。

ギルシュはリュックの中に右手をさしこんだ。緊張で下腹がこわばった。ナイフかピストルか。

リュックから現われたのは花だった。が、ひと目で生花ではないとわかるプラスチック製の造花だ。

ピンクと白の花が束になっている。ギルシュはそれを地面におき、膝をついた。

私は半ば呆然《ぼうぜん》と、それを見つめていた。ギルシュは両手を組み、祈りの言葉をつぶやいている。

やがて立ちあがると、膝についた雪をはらい、造花をリュックにしまった。かわりにとりだしたのは、私が今ポケットに入れているのと同じ、ウォッカの小壜だった。キャップをひねり、中身をあたりの地面にふりまいた。

空になった壜はリュックにしまわれた。

「あんたの先祖は日本人なのか」

私は訊ねた。ギルシュはリュックを再び背負うと答えた。

「百二十年前、俺のひい祖父さんが乗っていた漁船が時化《しけ》にあってひっくりかえった。

冷たい海にほうりだされた仲間は皆死んじまったが、ひい祖父さんだけがこの島に泳ぎついて、助けられた。助けたのは日本人の漁師で、家に連れて帰って火にあたらせてくれたらしい。そうじゃなけりゃ、まちがいなく死んでいた。ひい祖父さんが死んでいたら、俺は今ここにいない。ひい祖父さんは祖父さんに、祖父さんは親父に、親父は俺に、ハルユリの日本人を敬え、と教えた。だがハルユリの日本人はひとりもいなくなっちまった」

オロボ島とはいわず、ギルシュはハルユリと呼んだ。

「だから墓参りをしているのか」

「死んだ人間に敬意を示すやりかたが他にあるのか」

ギルシュはあべこべに訊き返した。私は息を吐いた。殺される恐怖が驚きにとってかわっていた。先祖のいいつけを守るギルシュ、いい奴じゃないか。

だがすべての日本人を敬っているわけではなさそうだ。目つきがそれを物語っている。

「ニシグチの先祖はこの島に住んでいたんだ」

私はいった。ギルシュは瞬きした。

「本当か」

「わかっていたら親切にしてやったか？」

「関係ないね。ひい祖父さんの話は、誰にもしていない」

「なぜ私にしたんだ？」

ギルシュは私を見つめた。

「そのツラは誰にやられた？」

「わからない。昨夜、『ビーチ』にいて、うしろから襲われた」

「ニシグチが殺されたところか」

殺害現場だと確定はしていないが、私は頷いた。

「同じ奴か」

「あんたが誰かにやらせたのかもしれないと思っていた。私がいろいろ調べて回るのがおもしろくなくて」

「俺はそんな半端な真似はしねえ」

私は息を吸いこんだ。

「ニシグチが、島の歴史のことを訊ねていた人間を、他に知らないか」

「『本屋《クニージヌイ》』だ」

「本屋がこの島にあるのか」

ギルシュは首をふった。

「雑誌や本を十日に一度くらい、サハリンから売りにくるんだ。名前は誰も知らない。ただ『本屋』と呼んでる。くると、食堂で店を開く」

食堂というのは、私がカーシャやブリヌイを買っている店のようだ。

「アルトゥールの野郎が紹介したんだ。よけいなことはするなといったのに」

「あんたは日本人を敬えと教えられたのだろう。なのになぜ、ニシグチに親切にしてやらなかったんだ?」

ギルシュは答えなかった。唾を吐き、いった。

「もうお前とは話さない。店で会っても話しかけるな」

「ニシグチを殺したのが誰だか、あんたは知っているのか」

ギルシュは答えなかった。そのまま空き地をでて、切り通しを下っていった。

殴られなかっただけでも幸運と考えるべきだろうか。ギルシュの背中が、カーブで見えなくなると、私はウォッカをとりだし、もうひと口飲んだ。

日本人の墓参りをしていることを、ギルシュは知られたくなかったようだ。その理由を考えたが、思いつかなかった。日本人の死者を敬ったからといって、「ダンスクラブ」にやってくるロシア人に馬鹿にされるとは思えない。

だがかつてこの島に住んでいた日本人について知ろうとするのを好まない空気があることは確かなようだ。ギルシュですら、その空気を気にしている。

私は切り通しを下った。「ビーチ」にでると、ギルシュの姿はなく、冷たいものが顔にあたった。小さなみぞれだった。

いいたいことだけを告げて消えたギルシュに腹が立ったが、それでも「本屋」という手がかりを得ることはできた。西口を殺した犯人をつきとめるには、この島に住んでいた日本人について知る必要がある。問題は、この島の歴史に詳しい人間を見つけるのが難しいという点だ。

日本には、この島にいた日本人について知る者がいるのだろうか。西口の遺族に対する、北海道警察の訊きこみをあてにする他ないが、息子の死をいきなり知らされた両親が、役立つ話をできるとも思えない。

「ビーチ」から傾斜をあがり、地下通路に入るまで、誰とも会わなかった。私はA区画のキオスクに戻った。ウォッカが思いの外うまく、もう一本部屋飲み用に買っておこうと思ったのだ。

棚からウォッカをとり、レジにおくと、若者に訊ねた。

「『本屋』を知っているかい？」

若者は驚いたように私を見つめた。

「食堂にときどきいるらしいけど」

私がつづけると、若者は肩をすくめた。

「わからないよ。僕はエレーナに頼まれてきたんだ。ベロニカがしばらくいないんで」

私は頷いて金を払い、店をでた。「フジリスタラーン」に歩いていった。店はひどく混んでいた。昼食時間なのだった。中国人とロシア人が多い。

「こんにちは」

皿ののったトレイを手に動き回っているみつごのひとりがいった。

「エレーナ？」

「あたり。少し待ってもらわないと」

「あとでくるよ」

私は告げて、店をでた。二、三歩進んだところで肩を叩かれた。ヤンだった。

「石上さん、また会いましたね」

いってから顔を曇らせた。

「どうしたんですか、その顔は」

「転んで打ったんです」

「どこで？」

「職場の近くです」

「職場？」

「発電所ですよ」

答えると、

「ああ」

わざとらしく頷いた。

「てっきり誰かに叩かれたのかと思いました」

「誰に？」

「中国人ではありませんね。ロシア人？」

「なぜロシア人が私を殴るんです？」

「そう、叩くではなく、殴る、です。なぜかは私にはわかりません」

ヤンはにこやかに答えた。

「密売人のことを調べたのではありませんか？」

「いいえ、調べていません。九十年前のことは調べていますが」

「九十年前？」

ヤンは怪訝そうに訊き返した。

「九十年前、この島の住人に何があったかご存じですか」

ヤンは首をふった。

「何があったのです？」

「住人の大半が殺されたのです。しかも死体は目を抉られていた」

ヤンは笑った。

「まさか」

「もちろんその場を見た人間から聞いたわけではありませんが、極東に昔からいるロシア人には有名な話だそうです」

ヤンの笑みが消えた。

「本当ですか。犯人は誰です？」

「わかりません。ヤンさんはこの島の歴史に詳しい人を誰か知りませんか」

「知りません。少なくとも、中国人にそういう者はいない。全員技術者ですから」

私は頷いた。

「警察に記録はないのですか」

ヤンは訊ねた。

「おそらくないと思います。当時この島を管轄していた警察署がどこにあったかはわかりませんが、ソ連軍の占領によって記録などは失われてしまったでしょう」

私が答えると、ヤンは首をふった。

「それは日本とソビエト連邦の問題です。中国人が口をだすことではない」

「記録の話です。それにソビエト連邦はもうありません」

「ロシアが、あなたたちのいう北方領土を実効支配している現実は、かつてとかわりません」

私はヤンを見つめた。

「あれこれ意見を述べる立場に私はありませんが、オロテックが政治的には非常に微妙な状態であることは知っています。北方領土についてこの島で意見を主張するのを、日本人もロシア人も、もちろん中国人も避けるようにしています」

「なるほど」

「もし石上さんのいう事件が実際にあったのなら、それに関する調査は、政治的な緊張を発生させます」

ヤンは深刻な表情を浮かべていて、むしろ私はおかしくなった。

「誰と誰のあいだに緊張を生むのです?」

「それはわかりませんが、ロシア政府につながる人間は、調査を望まないのではないでしょうか」

「なぜです?　九十年前といえばソ連軍の侵攻前です。ソビエト兵を犯人とは決められません。それにこの島に、はっきりロシア政府とつながっている人間はいますか?」

ヤンはあきれたように首をふった。

「石上さん、もっと用心深くなるべきです。この島には、自国の利益を守るために派遣された人間がたくさんいます」

「ヤンさんもそのひとりでしょうか」

「否定はしません。電白希土集団と中国の利益は重なりますから」

「では中国の利益のために、私の調査に協力していただくことは可能ですか。いっておきますが、私は北方領土について、この島で何かを主張する気はありません。西口さんを殺した犯人について知りたいと思っているだけです」

ヤンは私をまじまじと見つめた。

「あなたは殺人犯をつかまえるためにきたのだと思っていました」

「上司は、私がここにくれば第二の殺人を防げると考えたのです」

「だが石上さんの話では、西口さんは最初の犠牲者ではない」

「九十年前と同じ犯人の筈がありません。犯人が生きているわけはないし、生きていたとしても、三十代の西口さんを殺す体力があるとは思えない」

私がいうとヤンは考えこんだ。

「そうですね。その通りです。でもそうだとしたらなぜ、九十年前と同じことを犯人はしたのです？」

「それを調べたいのです。犯人の子孫が、同じ犯行に及んだのか。そうだとすれば、それはなぜか」

「何かの主張でしょうか」

「主張？」

「復讐《ふくしゅう》とか」

「誰に対する復讐です？」

ヤンの思いつきに私は興味を惹かれた。

「仮定になりますが、同じ犯罪をくり返すというのは、犯人が被害者に対し、過去と同じような憎しみを抱いていたからかもしれません」

私は思わずヤンを見つめた。

「西口さんの先祖はこの島に住んでいたようです。彼がアルトゥールという密売人と親しくしていたのは、アルトゥールの先祖もこの地域の人間で、先祖についていろいろと知るのが目的だったらしい」

ヤンは目をみひらいた。

「すると西口さんの先祖も殺されたのですか？」

「それはまだわかりませんが、可能性はあります」

「よほど深い憎しみを犯人は抱いているのですね。先祖の恨みを子孫にぶつけている」

いってから私の腕をつかんだ。

「もしかすると、西口さんの先祖が九十年前の事件の犯人で、そのときに殺された人の子孫が、同じやり方で復讐したのかもしれません」

そんな伝奇的な殺人が、この島で起こるものだろうか。が、ヤンの思いつきに感心したフリをした。

「なるほど。西口さんの遺族を調査すれば、それについて何かわかるかもしれませんね」

「調査はしたのですか」

「私ではなく、別の人間がする予定です」

ヤンは私の腕を離した。

「もし何かわかったら、私に知らせてくれますか。ウーについて配慮してくださったことも感謝しています」

「配慮？」

「あなたはウーが本当は『ビーチ』で大麻を吸ったことに気づいていた」

私はヤンを見返した。

「あのあと、ウーが告白しました。あなたの中国語が上手であることも。さっきあなたを見て、ウーが殴ったのでは、と心配しました」

「彼ではないと思います」

ヤンは頷いた。

「私もそう思います。愚かな男ですが、そこまで愚かではない」

私は頷き返した。

「石上さんの捜査に協力します。ですから、私への情報提供を、お願いします」

ヤンは頭を下げた。

「もし役に立つ情報を入手したら、そのときは必ずお知らせします」

私はいった。ヤンは私の目を見つめた。

「約束してください」

「約束します」

私は告げた。ヤンは信じられないようにしばらく私を見つめていたが、やがて小さく頷き、

「それでは」

とつぶやいて、後退りした。彼が背中を向けるのを見て、私はほっと息を吐いた。外での立ち話で、すっかり体が冷えていた。「フジリスタラーン」のラーメンが恋しい。

「フジリスタラーン」に戻ると、カウンター席に余裕があった。そこに腰をおろし、ラ

ーメンを注文した。

ちょうど大半の客が食事を終える時間帯だったようで、ラーメンが届くときには、店内の半分以上の席が空いていた。

「喧嘩したの？」

ラーメンの丼をおきながら、エレーナは訊ねた。

「発電所の階段とね。足がすべったんだ」

エレーナは首をふった。

「気をつけないと。手袋は大事よ」

「手袋？」

「手袋をしない人はポケットに手を入れる。転んだとき、頭や顔をぶつけるの」

とっさのときに手で受身がとれない、ということなのだろう。

「気をつけるよ。ところで『本屋』を知っているかい？」

「ええ、知ってる。くるときはたいていここで食事をするから」

「食堂ではなくて？」

食堂で店を開いている、とギルシュはいっていた。なのに「フジリスタラーン」で食事をするというのは奇妙だった。だがエレーナは当然のように、

「そう、ここで」

と答えた。

「次はいつくるだろう?」

「前にきたときに、次は二週間後っていってたから……」

つぶやき、口の中で数えた。

「たぶん、明日か明後日《あさって》にはくる」

「きて泊まっていくのかい」

「うちで食事をするとき以外はずっと食堂で店を広げていて、いるあいだはそこで寝ている。サハリンから次の船がきたときに帰るのよ。だからたいていふた晩は食堂にいる。会いたかったら、毎日、食堂をのぞいてみたら。必ず会えるから」

私は頷いた。

「『本屋』は年寄りなのか?」

「歳はよくわからない。でもあたしやあなたよりは上」

見るからに老人というわけではないようだ。それなのに西口が接触していたというのは、『本屋』という職業柄、地域の歴史などに詳しかったのかもしれない。

「わかった。まめに食堂をのぞいてみるよ」

11

宿舎に戻ると、稲葉からメールが届いていた。根室警察署や根室市役所には、戦前の春勇留島についての記録は一切ない、という内容だ。

　つまり、この島で殺人が起こったかどうかの記録すら、日本の警察にはないということだ。犯人についての情報など、知りようがない。

　また西口の遺族への通知と訊きこみは昨日と今日の二度おこなわれている筈で、内容についてはわかりしだい知らせる、とあった。

　私は、できれば北海道警察の担当者と直接やりとりしたい旨を稲葉に送った。

　坂本からカメラ「9」の映像が届いていた。昨日の午後六時から午後八時までの映像だ。

　午後六時四十六分に私が映っていた。まったく無防備に、のんびりと発電所の方向に歩いていく。それから十分ほどは誰も映らず、五十六分に水色の制服を着けた四人組が発電所の方角から十字路を北に曲がっていった。五十七分、ウーがその方角からひとりで現われ、あたりを気にしながら、発電所の方角に消えた。

　私は映像の再生を止めた。私を襲った犯人が地下通路を尾行したのではないことは、これで明らかだ。

　すると私が「ビーチ」にいることを、どうやって知ったのか。設問③の解答B、監視カメラの映像から私の所在を確認した、があてはまる。

　ただし、この解答は完全ではない。なぜなら「9」の下を発電所方向に向かう私の映像だけでは、私が「ビーチ」にいったとはわからない。

私は息を吐いた。犯人は、西口の映像を見たときの私と同じ推理をしたのだ。カメラ「9」の設置された十字路を東に進むと、「ビーチ」の近くにでる階段があり、その先の通路は発電所内に通じていて、そこにはカメラ「3」がある。西口が「9」に映って「3」に映っていなかったことから、私は西口が階段を登ったと知った。同様に犯人は、私が「3」に映らないことで、階段を登って「ビーチ」方向に進んだと気づいたのだ。

そのあと地上を移動して私を襲撃したという事実は、犯人に迷いがなかったのを証明している。地上を短時間で移動しなければ襲撃はおこなえない。初めから私を襲うと決めていたのだ。

気分が悪くなる仮定だった。誰かが、決意をもって自分に暴力をふるったと知るのは、決して楽しいことではない。買ってきたウォッカは、やはり飲まずにもち歩いたほうがよいような気がした。

島内携帯が鳴り、どきりとした。

「中本です。昨日は出張していてお役に立てず、申しわけありませんでした。先ほど関から聞いたのですが、西口くんを『ダンスクラブ』に連れていった社員についてお知りになりたかったとか」

「元井さんだとうかがいました」

「そうです。入院中でして、お役に立てず、申しわけありません」

「いえ」

私に探りを入れているようにも感じた。

「それで何か、おわかりになりましたか」

「西口さんの先祖がこの島の出身だったようです。ご存じでしたか」

「えっ。彼が北海道だというのは知っていましたが、先祖はこの島の出身だったのですか」

驚いたように中本はいった。電話なので確実ではないが、本当に知らなかったようだ。

「なんでいってくれなかったんでしょう。歓迎会でも、ひと言もそんな話はしていませんでした」

九十年前の事件について話すのをためらったのだろうか。新人なのに縁起の悪いことをいう奴だと思われたくなかったのか。

「西口さんのご遺族に、道警の人間が会いにいっています。そのあたりのことが何か聞ければいいのですが」

私は告げた。

「実は昨日の私の出張もその件でした。本来なら私がご遺族にお伝えしなければならない立場なのですが、そうはいかず、サポートセンターでその件に関する打ち合わせをしていたのです」

「では、ご遺族にはどなたが？」

「サポートセンターのセンター長です。昨日の夕方、札幌で西口くんのご遺族に会った筈です」

「そうですか」

「そのときにたぶん刑事さんも同行するというお話でした」

稲葉から聞いた話と矛盾はない。

「私も上司から、そう聞いています」

「センター長が何かご遺族からうかがうようなことがあれば、すぐ石上さんにお知らせします」

「よろしくお願いします」

「では、ひきつづきよろしくお願いします」

中本はいって、電話を切った。西口の同僚だった荒木に会うのは、遺族の話を聞いてからのほうがよいような気がした。

あとは「本屋」以外に、この島の歴史について詳しい人間を、パキージンなりタチアナが見つけてくれるのを願うばかりだ。

ベッドに腰かけ、考えていると、ギルシュの出現で忘れていた疑問が、突然頭に浮かんだ。

それはこの島にあった筈の日本人集落の所在地だった。

私は島内携帯で中本を呼びだした。

「何度も申しわけありません。つかぬことをうかがいますが、この島に日本人が住んでいた頃のことを、何かご存じですか」

「いや、私はほとんど……」

「記録によれば、大正末期には百人近い人口があったということですが」

「赴任する前に、それは私も聞きました。ですが実際この島にきたら、そんな名残りはどこにもなくて。今、石上さんにいわれるまで、すっかり忘れていました」

「そうなんですよ。百人もいれば、三十戸は住宅があっていい筈なのに、廃屋をまったく見ません」

「そうですね……。発電所やプラントを建設した際に、すべてとり壊してしまったのかもしれません」

「中本さんは、オロテックの竣工《しゅんこう》前にこの島にこられたことがあるのですよね」

「ええ。ですが島を整地したのは、ヨウワではなく、ロシアの建設会社なので、そのときはもう更地になっていました」

私は息を吐いた。整地の際に、集落はあとかたもなく撤去されてしまったのだろうか。

「では、集落がどのあたりにあったのかを、ご存じありませんか」

「はい。知りません」

私が黙ると、申しわけありませんと中本はあやまった。

「いえ、ふと思いついただけのことですから。お気になさらずに」

「西口くんが殺されたのは、彼の先祖がこの島の住人だったことと、何か関係があるのでしょうか」

中本は訊ねた。

「その可能性は、今のところ除外できないと考えています」

私はわざとくどいいい回しをした。

「それで石上さんは、集落についてお知りになりたいのですね」

「ええ。ヨウワ化学に、この島の歴史について詳しい方はいらっしゃいますか」

「残念ながら、いないと思います。もともとオロテックの建設計画はロシア側からでてきたもので、ロシアからの申し出に応じる形で、ヨウワも電白希土も加わったようなものですから」

「そうですか」

「エクスペールトなら、何か知っているかもしれません。パキージンです」

「訊いてみます」

「石上さん、これまでわかったことでいいのですが……」

いって、中本は黙った。

「何でしょう」

「犯人は、また同じことをするとお考えですか？」

「そうですね。可能性はあると思います。西口さんが殺された理由すらわからない状況ですが、突発的な殺人とは考えにくいので、犯行がくり返される可能性は否定できません」

「それはヨウワの人間に対してでしょうか」

「とは限りません」

中本はつかのま黙り、訊ねた。

「うちとしては、何をすればよろしいでしょうか」

「しいてあげるなら、社員の方はなるべくひとりでは行動しないようにする、ということくらいですか」

「犯人は、何人《なにじん》か、わかりますか」

「まったくわかりません。今のところ」

正直に告げると、中本はため息を吐いた。

「わかりました。今、石上さんがおっしゃったことはアナウンスします。でも、あれですよね……。もし犯人がうちの人間だったら、その者と誰かをくっつけてしまう可能性もあるわけです」

「ええ。ただ、これは私の推測ですが、犯人は無差別殺人をおこなったわけではない。ところも相手もかまわず、人を殺すようなことはしないと思います」

「西口くんをあんな風にしたのに、ですか？」

信じられないという口調だった。

「何か、理由はあるのだと思っています」

答えてから、ふと思いついた。

「ところでこの島に網膜認証システムはありますか」

映画で、抉った眼球を使う場面を見たことがあった。

「ないと思います。島にいるのは、ほぼ全員オロテックの関係者ですから、社員証がすべてのＩＤ証明に使われている筈です。少なくとも、発電所にはありません。西口くんの、その、なくなった目のことですね」

「はい。わかりました。ありがとうございました」

礼を告げ、電話を切った。パキージンを呼びだそうとしていると、私物の携帯が鳴った。

「はい」

「突然、お電話して、申しわけありません。私、北海道警察、札幌方面豊平《とよひら》警察署の、横山《よこやま》、と申します」

雑音に混じって、やけにゆっくりと男が喋った。

「こちら、警視庁の石上さんの携帯でよろしいでしょうか」

「石上です」

「先ほど、警視庁の稲葉課長からご連絡をいただきまして、石上さんに連絡せよとのことだったので、お電話しました。今、大丈夫でしょうか」

私はほっと息を吐いた。

「ご連絡を待っていました。西口さんのご遺族に会われたのですね」

「ええ。昨日、会社の方とともにマル害の死亡を伝えて参りました。それで今日もまた、事情を訊くことになっておるのですが、その前に、石上さんと話をせよ、とのことだったので……」

「それはごていねいに、ありがとうございます」

途中から雑音は消えた。東京とこの島で話すのと、札幌とこの島で話すのでは、電波状況に何か差があるのだろうか。

「まず、西口さんのご遺族のようすについてうかがいたいのですが、家族構成は？」

「両親と、マル害の弟です。昨年まで祖父も同居しておったそうですが、亡くなりました」

「どちらかたの祖父です？」

「父かたです」

「両親の反応はどうでした」

「それはもう、憔悴《しょうすい》されておりました。気の毒でした。弟は、この春に東京に進学が決まったとかで、両親だけで美園《みその》の家で暮らしておるんです」

「人から恨まれる心あたりは？」

「まったくない、というとりました。おとなしくて、夢見がちなタイプで、理科系の学校にいったのは、祖父の影響らしいです」

「ほう」

「亡くなった祖父にかわいがられておって、その祖父に、小さい頃からいろんな話を聞かされていたそうです」

「祖父というのは、どんな人です？」

「鉱山技師だったという話です。あ、そうそう、祖父は稚内の出身なのだそうですが、祖父の両親は、北方領土のどこかから戦前に北海道に移ってきたようです」

「今日、お会いになったら、そのあたりのことを訊いていただけますか。マル害は、祖父から聞いた話をもとに、この島についてあれこれ調べていた節があり、それが殺害の動機につながっているかもしれません」

「そうなのですか」

驚くようすもなく、横山はまったりと訊き返した。

「マル害は、今の会社で、この島への赴任を希望しており、その背景には祖父の影響があったと考えられます」

私がいうと、

「ほう、それはなぜですかね」

横山はいった。私は苦笑した。

「それを横山さんに調べていただきたいのです」

「それはそうでしたな。すみません」

「それからもうひとつ、これは裏がまだとれていないのですが、九十年前、この島の住人の大半が殺されるという事件があったとの情報があります」

「何ですと」

　横山は黙りこんだ。

「事件の記録は残っていないようで、犯人が誰で、処罰されたかどうかすらわからないのですが、極東地域に当時から住むロシア人のあいだでは、伝説化しているようです」

「そんなことが……。まあ、ソ連軍のせいで、北方領土では何もかもなくなってしまったという話は聞いております」

「その事件について、マル害の両親が知っていることはないかをあたってください」

「了解です。判明した事実については、直接お知らせしてよろしいですか。それとも稲葉課長を通して？」

「お手数ですが、私と稲葉の両方に伝えていただけませんか」

「承知しました。うかがっていると、何かとたいへんそうですな」

「いえいえ、業務はどこでも同じです」

　謙遜しておいた。愚痴をいっても始まらない。

「そういえば……」

　横山はいって、黙った。

「何でしょう?」

「いや、これは確認してから、またご連絡します」

気になるいい方だったが、期待できるようなものではなさそうだ。

礼を述べ、私は電話を切った。声の感じでは、横山は私より十歳くらい上のようだ。豊平署の刑事課か地域課かはわからないが、西口の両親から、役に立つ情報をひいてくれることを願った。

私はパキージンを呼びだした。

「イシガミです」

「私も今、連絡をしようと思っていた」

「何でしょう?」

「サハリン警察から、アルトゥールが逮捕されたときにもっていたナイフの写真が届いた」

「ではそれをブラノーヴァ医師に——」

「もう渡した。ニシグチの傷とは一致しないそうだ。だからといって、アルトゥールが犯人ではないとは限らないが」

「アルトゥールはまだ勾留されているのですか」

「されている。もし君が本当に話したければ、サハリン警察に私からかけあっておく。サハリンまでは、二日に一度定期船がでている」

「残念ながら、私はロシア入国に必要なビザをもっていません」

「オロテックの関係者であれば、ビザなしでも入国は認められる」

「そうなのですか？」

「七十二時間以内に退去するのであれば。君の身分は私が保証しよう」

魅力的な申し出だった。西口が島の歴史を知るために誰と接触していたのかを知るには、アルトゥールに訊くのが一番早い。

だがビザなしで私がロシアに渡航したと知れば、稲葉は機嫌を損ねるだろう。

「検討します。で、私の用件を申しあげてよろしいですか」

「聞こう」

「オロテックの建設前、この島には日本人集落の跡地があった筈です。それがどこなのかを知りたいのです」

一瞬、間があった。

「今回の調査に重要なことか」

「お話ししたように、九十年前の事件が、西口の殺害に関係しています」

「ではオフィスの地図で説明する。今からこられるかね」

「うかがいます」

私は電話を切り、宿舎をでた。地下通路におりたところで島内携帯が鳴った。タチアナだった。

「サハリン警察からナイフの情報が届いた」

「パキージンから聞きました。これから彼のオフィスにいくので、帰りに診療所に寄っていいですか」

「かまわない。患者がいたら待ってもらうけれど」

タチアナの声は冷ややかだった。

「協力を感謝します」

私はいって電話を切った。地下通路から管理棟に入ると、エレベーターで六階に登った。

パキージンは、壁に貼られた島の地図の前に立っていた。

「ここだ」

私の顔を見るなり地図を示した。

「C区画から港にかけて、日本人の集落はあった」

C区画というのは、私が宿舎にしている建物を含めた日本区画のことだ。

「建物は残っていたのですか」

「大半は原形がわからないほど朽ちていた。木と土で作られた家だから、雪に押し潰されたり、風で倒されたのだ。中には家具や食器などが残された家もあったが、ブルドーザーで破壊し、整地した。その上に、今君がいる宿舎が作られた。日本人が住んでいた村のあとに、日本人用の建物がたてられたわけだ」

「容赦がないですね」

「センチメンタリズムの入りこむ余地はない。何十年と住人のいなかった家々だ。壊しても困る者はいない」

荒木は、「ビーチ」のあたりに集落があったと西口から聞いている。

「ニシグチは、『ビーチ』のあたりに集落があった筈だと、同僚に話していたそうです」

「『ビーチ』？　ニシグチが発見された砂浜のことか」

眉を吊り上げたパキージンに、私は頷いてみせた。

「『ビーチ』には、小さな小屋がいくつかあったが、朽ち果てていた」

「『ビーチ』に小屋？」

「彼らは、『ビーチ』から舟を漕《こ》ぎだしていたのだ」

いわれて気がついた。百年も昔で、しかもこんな場所には、漁船にエンジンはなく、手漕ぎか、せいぜい帆船だろう。漁村の規模を考えれば、手漕ぎであった可能性が高い。とすれば、舟は砂浜から漕ぎだしていた。小屋は漁具や舟をおさめておくためのものだったのかもしれない。

舟を浜から漕ぎだしていた、と祖父が話したのを、西口は浜に集落があったと誤解したのだ。

海が荒れれば、浜辺には大波が打ち寄せる。集落は作らないだろう。

「それからもうひとつ」

　私はパキージンを見つめた。

「発電所の南東に墓地があった筈です。そこも整地したのはなぜです？」

　わずかに驚いたように、パキージンは目を細めた。

「つきとめたのか」

　私は頷いた。

「当初、プラントと発電所を隣りあわせて作る計画があった。発電所は今の位置が最適だったため、プラントを墓地のあった場所に作ろうとしたが、パイプラインを引く都合で、島の西側、今の位置に変更されたのだ」

「ではプラントを建てる予定で整地した？」

「そうだ。他に理由はない」

　私の目を見つめ、パキージンは答えた。

「無人の家を壊すのは理解できます。しかし墓地は、ここに人が住んでいたと示す証《あかし》でもある――」

　私がいいかけると、

「抗議かね？　君の仕事は捜査だと思っていたが」

　パキージンが言葉をさえぎった。

「両方です。撤去された集落や墓地には、九十年前にこの島で何が起こったのかをつきとめる材料が残されていたかもしれない」

「オロテックは九十年前には存在していないし、事件のことは一切関知しない」

冷ややかにパキージンはいった。

「わかっています。重要なのは、オロテックの業績だ」

「皮肉のつもりか」

「事実を指摘しただけです」

私とパキージンはつかのまにらみあった。やがてパキージンが小さく首をふった。

「イシガミ、君は不思議な男だ」

「過去にとらわれすぎていると？」

「そうではない。初めて会ったとき、君はいかにも日本人らしく控え目で、自己主張をしなかった。私は、日本人が好む、表面をとりつくろう作業のために警察が君を送ったのだと思った」

ヤンも同じことをいっていた。

「が、短時間のうちに、君は違法薬物がこの島で売られていることをつきとめ、ニシグチがその密売人と接触していたことを調べあげた。さらに九十年前に起こったとされる大量殺人とニシグチの死に関係があるという仮説まで立てた」

「理由はおわかりですね。目を抉られていたからです」

「私がいいたいのは、捜査官としての君の能力を、私は過小評価していたということだ」

「ほめていただいて光栄です」

パキージンはにこりともしなかった。

「私は不安を感じている。これ以上君の捜査が進むと、オロテックの利益を阻害するのではないかとね」

「オロテックから次の犠牲者がでるのは、利益の阻害ではないのですか」

パキージンは黙った。

「私はオロテックそのものを非難しているわけではありませんし、かりに非難したとしても、何の影響力もない。私がいいたいのは、この島に百人近い日本人が暮らしていたのに、その痕跡があとかたもなく消されているのが不自然だということです。そこに何らかの意図があったとすれば、その理由を知りたい」

「君の発言には政治的な意図が含まれている」

私は首をふった。

「確かに私は日本政府に仕える身ではありますが、政治的な意図はまったくありません。私の興味は、ニシグチを殺した犯人をつきとめることだけです」

パキージンは私をにらんだ。

「気をつけることだ。この島においてロシア人と日本人の対立は、ただちに政治的な意味合いを帯びる」

「そんなものに興味はありません。私はロシア政府に対しても、オロテックに対しても、敵意をもっていない。もし私が、あなたを含むロシア人に対して、何か批判的な態度をとることがあるとすれば、それは殺人事件の犯人をつきとめる障害になっていると感じたときです」

パキージンは目をみひらき、私を見つめていた。やがて小さく首をふった。

「君はわかっているのか。私が君に対する許可をとり消せば、この島にいられなくなる」

「なぜとり消すのです？　あなたはニシグチを殺した犯人を発見したくないのですか」

パキージンが不意に笑いだした。この男が声をたてて笑うことがあるのを、私は初めて知った。

「まったく、驚いた男だ。日本の警察には、君のような捜査官がたくさんいるのか」

「どういうことです？」

「優秀なだけではなく、勇気もある」

私は首をふった。

「私がどれほど臆病者か、あなたは知らないのです。昨夜『ビーチ』で襲われてから、ずっとびくびくしている」

私はキオスクで買った、果物ナイフをとりだした。

「こんなものにしか頼れず、それでも不安でもち歩いている」

パキージンは右手をさしだした。私が渡すと、鞘からひきだし、息を吐いた。

「サムライがもつには小さすぎる」

「私はサムライではありません」

パキージンはちらりと私を見やり、デスクの向こうに回りこんだ。

「前にもいったが、この島における最高責任者は私だ」

デスクのひきだしを開け、ナイフをほうりこんだ。没収というわけだ。またキオスクで買えばすむが。

「政治的な問題が起こることを、私は決して望まない。私は経営者であって、役人ではないからだ」

「そのナイフが政治的な問題を起こすというのですか」

パキージンは私を見たが答えなかった。

「私が誰かに襲われ、その犯人を刺したらロシア人だった。それで日本とロシアの関係が悪化する?」

パキージンは黙れというように、人さし指を立てた。私は黙った。

「君に捜査の続行を許可すべきかどうか、私は決断しなければならない。もし続行させれば、オロテック建設以前にさかのぼる、大きな犯罪を君が告発する可能性がある」

「だからといって、オロテックの操業が停止に追いこまれることはないと思います」

「確かに。が、君が殺された場合はどうなる?」

「わかりません。私の上司は面倒を嫌います。事故でかたづけてしまうかもしれません。

冗談です。いささか問題にはなるでしょう。日本の警察官が、日本人が被害者である殺人事件の捜査中に殺されたということになれば」

パキージンは頷いた。

「それを予防するには、君をこの島から追いだすのが一番だ」

「ですが次の犠牲者がでたとき、後悔しますよ」

「君をまた呼び戻す」

「断わります」

私はいった。パキージンは目を細め、息を吐いた。

ナイフをしまったのとは別のひきだしを開け、とりだしたものをデスクにおいた。

「使い方はもちろん知っているな」

ホルスターに入った自動拳銃だった。私は頷くのも忘れ、パキージンを見つめた。

これは何かの罠《わな》なのか。私の捜査を妨害し、島から追いだそうとしているのではないのか。

「どうなんだ？」

「知っています」

組対刑事の支給拳銃は、九ミリ口径の自動拳銃だ。パキージンは顎をしゃくった。

「これを君に渡しておく」

私は手をのばした。硬い革のヒップホルスターに入ったロシア軍制式拳銃のマカロフだった。口径九ミリだが、私の使っていたSIGの9×19ミリに比べるとわずかにこぶりの弾丸がマガジンにおさまっている。

組対にきてから、何度かこの銃を目にしたし、潜入捜査中に「道具」としてもたされたこともあった。

「先ほどのカタナより、君の身を守る役に立つ筈だ。もちろん君があちこちでそれを撃つようなことがないと信じているが」

私は迷い、息を吐いた。つき返せば、パキージンは私を追いだすかもしれない。

「お借りします」

防寒着のポケットに押しこんだ。パキージンは頷いた。

「返却は、オロテックを離れるときでかまわない。ちなみにそれは私の私物で、オロテックの備品ではない」

「この島で、国境警備隊以外で、銃を所持している者はいるのですか」

「島への銃器のもちこみは禁止だが、所持品検査をおこなうわけではない。したがって、もちたい人間はもっているだろうな」

パキージンは答えた。

ポケットにいれた拳銃が重みを増したような気がした。

「私はニシグチを殺した人物を君がつきとめるのを期待していなかった。君にそこまでの捜査能力があるとは思えなかったからだ。が、君はつきとめるかもしれない」

パキージンはいった。

「あなたの期待に応えられるといいのですが」

パキージンは片手をあげ、私の言葉を制した。

「つきとめた結果、その者が君に危害を及ぼすことのほうが重大な問題となるかもしれない」

「政治的な意味合いで？」

パキージンは小さく頷いた。

「それを避けるためにこれを私に渡したのですか？」

「それ以上だ」

「それ以上？」

「オロテックの操業に障害となる存在を、君はとり除くことができる」

私はパキージンを見つめた。冗談をいっている顔ではなかった。

「その期待にはお応えできないと思います」

パキージンは手をふった。

「捜査の現場では予想もしなかったことが起こるものだ。結果、オロテックの障害が消えても不思議はない」

私は首をふった。パキージンは暗に「犯人を射殺しろ」と命じている。そんなことができるわけがなかった。

だが武装した犯人の抵抗にあえば、このマカロフを私が使用する可能性はゼロではない。その結果として、「障害となる存在」が「とり除」かれるかもしれない、とパキージンは考えているのだ。

私は話題をかえることにした。

「この島の歴史に詳しい人間を、誰か思いつきましたか？」

パキージンは首をふった。

「それについて考える時間がなくてね」

「『本屋』を知っていますか」

パキージンは怪訝そうに私を見た。

「十日に一度、食堂で店を開いているそうです」

パキージンは頷いた。

「行商人だな。確かにあの男なら、この島の歴史について何か知っているかもしれない」

「なぜそう思うのです？」

確信のこもった口調なので、それ以上の理由は訊きにくかった。このロシア人には、確かにある種の威厳がある。尊大で冷酷ですらあるが、人をしたがわせる力が備わっていた。

「会えばわかる」

「わかりました。突然お邪魔して、失礼しました」

私は告げ、パキージンのオフィスを後にした。管理棟の地下から診療所に向かった。

「そこで待て」

私の姿を認めたイワンが廊下に面した小窓から告げ、私はいわれた通りにした。やがてベージュの制服を着けた中国人が診察室からでてくると、私を見もせずに歩きさった。

「入れ」

イワンがいい、私は扉をくぐった。白衣を着けたタチアナが丸椅子を示した。

「湿布をとり替える。すわって、服を脱いで」

かたわらのイワンが戸棚から新たな湿布をとりだした。

「貼りなさい」

タチアナが古い湿布を私の背中から剝がし、イワンに命じた。新たな湿布が必要以上の力で背中に押しつけられ、私は呻いた。さらにイワンは湿布の上からテープを貼り、指でぐいぐいと押した。

「いいわよ」

タチアナがいい、ふりかえった。ざまをみろ、という笑みをイワンが浮かべている。

私は小さく頷いてみせた。白衣の大男は、ボスと私が今朝友好を深めたことに気づいているのだろうか。

「ナイフについて教えてください」

私はいった。タチアナが、デスクの上のタブレットをとりあげた。

「これを見て」

ロシア人の男がナイフを掲げた写真が画面に表示されている。タチアナは指先でナイフの写真を拡大した。

「サハリン警察の情報によれば、このナイフの刃の長さは十センチ、幅は広いところで三センチ」

タブレットの画面をタチアナはスワイプした。白い壁に紫色の裂け目が開いた写真が現われた。それを指先で縮小すると、西口の遺体の写真になった。白い壁は血の気のない肌で、紫の裂け目が傷口だ。

タチアナは画面上にメジャーを表示させた。

「傷の幅を見て」

「四・八センチありますね」

「アルトゥールのナイフより幅がある」

「しかし刺してから左右に動かせば幅は広がります」

「その場合は皮膚や筋肉に波状の跡が残る。この傷にはそれがないし、深さは十五センチに達している。十センチの刃先を十五センチの深さまで押しこんだら皮膚に圧迫痕が残る筈なのに、それがない。使用された刃物は、幅が五センチ近く、長さも十五センチ以上ある。したがってサハリン警察の情報にあったナイフとは異なる」

「つまりアルトゥールは犯人ではない？」

「わたしにいえるのは、このナイフがニシグチを殺したものではない、ということだけ」

冷ややかな口調でタチアナは答えた。

「わかりました。ありがとうございます」

「他に何か訊きたいことはある？」

「この島の歴史について詳しい人間は見つかりましたか」

「まだよ。そんなに短時間では見つけられない」

「『本屋』を知っていますか」

タチアナは首を傾げ、私の背後に立つイワンを見た。

「食堂にくる行商人だ」

イワンが説明した。タチアナは首をふった。

「知らない」

「私の得た情報では、島の歴史に詳しいそうです」

「誰があなたにその情報を与えたの？」

一瞬迷ったが、

「ギルシュです」

私は答えた。タチアナは片ほうの眉を吊り上げた。

「ギルシュに会ったの？」

「偶然ですが」

「どこで？　彼の店？」

私は首をふった。

「発電所の先、島の南東の端です」

タチアナの表情が曇った。

「そんなところで何をしていたの」

「昨夜私を襲った犯人の手がかりを捜していました」

「何もない場所よ」

私は頷き、いった。

「今は」

タチアナは目を細め、椅子に背中を押しつけた。

「昔は何かあったの？」

「日本人の墓地が」

タチアナの表情は変化しなかった。知っていたようだ。

「墓を暴いたの？」

「まさか」

「あなたじゃない。ギルシュよ」

「そんな真似はしていなかった」

「じゃあ何をしていたの、ギルシュは」

本当のことはいわないほうがよいような気がした。

「わかりません。偶然、会ったので」

タチアナは疑うように私の目をのぞきこんだ。

「この島のロシア人は皆、あそこに日本人の墓があったのを知っているのですか」

「さあ」

タチアナは首をふった。私はイワンをふりかえった。

「知らないな」

イワンも首をふった。

「ちなみにかつて日本人の集落があった場所を知っていますか」

「何を捜しているの？」

タチアナの顔が険しくなった。私はタチアナと見つめあった。

「ニシグチを殺した犯人です。他に何を捜していると思うんです？」

私は訊き返した。

タチアナは目を閉じた。長いまつげが薄青い瞳をおおい隠し、なぜか私はほっとした。

「そうね。もう帰って。治療は終わりよ」

タチアナは告げた。

12

宿舎に戻り、北海道警察の横山からの連絡を待つあいだ、タチアナの変化について考えていた。

私とギルシュが日本人墓地の跡で会ったことを告げたときから、タチアナは態度を硬化させた。

特に日本人集落があった場所について訊ねたときの変化は、不自然なほどだった。この島にいる楽しみがようやく見つかった喜びは、わずか数時間で消えてしまったようだ。ひどくみじめな気分で、私は島内携帯を見つめていた。タチアナに電話をかけ、私の何がいけなかったのかを訊きたい。

私は「地雷」を踏んだ。だがその「地雷」が、日本人の集落や墓に関する話題だとしたら、私にはどうすることもできない。

この島にいる理由を訊ねたとき、彼女は「お金《ジエニギ》」と答えた。私はそれを露ほども信じてはいなかった。

彼女がこの島にいる本当の理由は、私が踏んだ「地雷」と関係している。であるからこそ、彼女は私の調査に協力する、といった。

このみじめさの原因は、タチアナに冷たくされたからではない。今朝の情熱の正体が、私から情報を引きだすためだったとあっけなく判明してしまったからだ。

島内携帯が鳴り、どきりとした。タチアナがかけてきたのかと思ったのだ。

『さっきは冷たくしてごめんなさい、イワンの目があったから』

そういってくれるのを期待して耳にあてた。

「はい」

「パキージンだ。島の歴史に詳しい人間をひとり思いついた」

事務的な声が聞こえ、私の胸はしぼんだ。

「誰です？」

「パイロットのセルゲイだ」

私を根室のサポートセンターから運んだロシア人だ。

「一度会いました」

「セルゲイは日本に関心が深い。言葉を学んだように、日本とロシアの古い関係についても学んだ筈だ」

この島の地理を彼から教わったことを私は思いだした。

「どこで会えますか」

「ヘリを飛ばしていないときは、管理棟にいる。君に連絡させよう」

「お願いします」

電話を切った。

デスクの上にはパキージンから渡されたマカロフがあった。稲葉に告げたら、すぐに返せといわれるのは見えている。が、もう丸腰ではいたくない。応援も期待できない状況で捜査をつづけることを考えると、一度手にした武器を手放すわけにはいかなかった。

島内携帯が鳴った。

「コンニチワー！　セルゲイです」

初めて会ったときに聞いたのとまったく同じ言葉が耳に流れこんだ。

「こんにちは。石上です」

「石上サン、元気ですか」

「いろいろと苦労しています」

「それはよくないです。ビール、飲みますか。飲んで、ぱっと騒いでぐっすり寝る。元気だすの、それが一番です」

明るい声でセルゲイはいった。

「エクスペールトから聞きました。私とお話、したいのですか」

「そうです。セルゲイさんがこの島の歴史についてご存じだといいのですが」

セルゲイは一瞬、黙った。拒絶されるかと思ったが、

「では、イッパイ、やりましょう。『キョウト』わかりますか」

答えたので、ほっとした。

『フジリスタラーン』の近くにあるバーですね」

「ハイ。今から大丈夫ですか」

時計を見た。午後七時を過ぎている。

「大丈夫です。向かいます」

昼過ぎにラーメンを食べたせいか、空腹をあまり感じていなかった。

一瞬迷い、マカロフを携帯していくことにした。ジャケットを着て、防寒着をつけると、ふくらみはまるで目立たなくなる。

ヒップホルスターをベルトに留めた。

横山からの連絡に備え、私物の携帯もポケットに押しこんで部屋をでた。

セルゲイは先に「キョウト」にきていた。カウンターにすわっているのは彼だけで、赤毛のバーテンダー、ヴァレリーが向かいに立っている。

セルゲイの前には、日本製の缶ビールとグラスがあった。セルゲイは私をふりかえると、グラスを掲げた。

「すみません、つきあってもらって」

私はいって、セルゲイの隣にすわった。

「彼だ。前はマスクをしていなかった」

ロシア語でヴァレリーがいった。西口について訊きこみにきたときのことを覚えていたようだ。

「石上サン、ロシア語とてもうまいそうですね」

セルゲイはいった。

「祖母がロシア人でした」

私は答えた。

「サッポロ？」

ヴァレリーが訊き、私は頷いた。缶ビールがカウンターに現われた。

「でもセルゲイさんの日本語のほうがお上手です。日本語で話しましょう」

私がいうとセルゲイは頷いた。

「それがいいと思います」

目はヴァレリーに向けられていた。

マスクを外し、転んだという作り話をしたあと、私は訊ねた。

「オロテックができる前の、この島のことをご存じですか」

セルゲイはすぐには答えなかった。ヘリで会ったときはヘルメットをつけていたので気づかなかったが、額が深く後退し、五十代にさしかかっているようだ。

「昔、日本人が住んでいたときのことです」

私はつけ加えた。セルゲイは私を見た。

「びっくりしました。そんな昔のことですか。私はてっきり、ちがうことを訊かれたと思いました」

「ちがうこと？」

セルゲイは頷いた。あたりを見回し、小声でいった。

「ソビエトだったとき、この島に軍隊の研究所、あったそうです」

「軍隊の研究所ですか」

「秘密の実験してたという噂、あります。昔、空軍にいたパイロットの友だちから聞きました」

「そんな話は初めて聞きました」

「知ってる人は少ないです。今、何もない。オロテック作るときに研究所壊したから。でもその話はダメです。叱られます」

「誰にです？」

セルゲイは肩をすくめた。

「国境警備隊や、他の人に」

「わかりました。ではもっと古い話を教えてください」

「もう一杯飲みます」

「もちろんです。どうぞ」

私はヴァレリーに、

「サッポロ」

と告げた。

「ありがとうございます。この島には日本人の漁師がたくさん住んでいました」

私は頷いた。

「それがいなくなった。なぜでしょうか？」

「ソビエト軍が占領したからです」

「その前のことです。九十年ほど前に、この島で事件が起こりました。知っていますか」

セルゲイは瞬きした。

「少しだけ」

「教えてください。知っていることを」

セルゲイは首をふった。

「住んでいる人どうしが喧嘩して、死んでしまった」

「喧嘩ですか。誰かに殺されたのではなくて？」

「私は喧嘩と聞きました。とった魚の分けかたで喧嘩になった」

「魚」

この島の漁師はコンブ漁をしていたと聞いている。

「はい。喧嘩で大勢の人が死んで、漁をする人がいなくなり、皆でていった」

大量殺人よりは現実味のある話だ。が、共同生活が避けられない集落で、獲物の分け前をめぐって殺し合いが起きるというのは考えづらい。

「セルゲイさんはそれを誰から聞いたのです？」

「子供の頃、コルサコフにいる叔父《おじ》から聞きました。この島に殺人鬼がいるという恐い話を小学校で聞いて彼に話したら、叔父が、『そうじゃない』と教えてくれました」

「エカテリーナ」のママがいっていた、大量殺人の伝説を、その叔父さんは否定したわけだ。

「目玉が抉られていたという話は？」

セルゲイは首を傾げた。

「何ですか」

「この島で九十年前に起こった大量殺人の被害者は、皆目玉を抉られていたと聞いたんです」

セルゲイは首をふった。

「作り話です。恐い話はどんどんおおげさになる」

私は頷いた。安堵し、わずかだが失望した。

「ちなみにその叔父さんは、今も元気ですか？」

「とっくに死にました。生きていたら百歳です。中学の先生をしていたんです」

「なるほど。ところでセルゲイさんは、この島にいた日本人の家がどこにあったのか、知っていますか」

「それは知りません。オロテックの社員になるまで、この島にきたことはなかった」

「そうですか。叔父さんはなぜ、この島について知っていたのでしょう」

「先生になる前、叔父は軍隊にいました。そのとき、この島にいたそうです」

「さっきの研究所ですね」

セルゲイは頷いた。

「何の研究をしていたかは教えてくれませんでした」

「ちなみにパキージンさんは、そのことを知っているのでしょうか」

「わかりません。研究所があったのを知っている人は、少しです」

施設長であるパキージンがそれについて知らないとは思えない。まして彼は元ＫＧＢだ。

「あなたがこの話を私にしたことで、彼に叱られないといいのですが」

私はいった。

「大丈夫です。エクスペールトは、昔のことはどうでもいい。オロテックが一番大切です」

「それは私も感じました」

「ナイショですが」

セルゲイは声をひそめた。

「エクスペールトは、オロテックの株に財産を全部使いました。だからオロテックがうまくいかなかったら——」

人さし指をこめかみにあてがい、撃ち抜くポーズをとった。

私は無言で首をふった。そのためのマカロフを、私に貸したのか。

「今は、オロテックがこの島の全部です。サハリン州の経済は、オロテックが儲かればよくなる」

「そうでしょうね」

「昔の話する人はいないです」

その言葉を聞いて、私はこの島に住んでいた日本人について知ろうとするのを好まない空気がある理由がわかったような気がした。

それは極めて現実的なものだ。

最先端の資源開発事業が三ヵ国の微妙な政治的バランスの上で進められている。〝先住民〟であった日本人の身に起こった事件について知ろうとするのはそのバランスを崩しかねない。オロテックは操業を開始してからわずか四年だ。

「オロテックはサハリン州全体をうるおすほど儲かっているのですか」

私の問いに、ビールを呷ったセルゲイは首をふった。

「まだ儲かっていません。発電所やプラントなど、作るのにとてもお金がかかったからです。昔だったら、オロテックは国が経営するような会社です。でも今は、ちがう」

国営企業なら、いくらでも金をつぎこめたという意味だろう。

「政府は、オロテックがうまくいっているあいだは何もいわないです。でも儲からなくなったら、エクスペールトをクビにしますよ。不思議でしょう。政府の会社じゃないのに、文句をいう。でもそれがロシアです」

似たような話はどこの国にもある。民間企業なのに、大きな利益を期待できる会社の経営が不調になると、政府が人事に介入するのだ。経営者がクビならまだしも、場合によっては逮捕すらされる。

「国全体の経済にかかわってくるからでしょうね」

答えながら、タチアナのことを私は考えていた。タチアナはロシア政府の監視員としてこの島にいるにちがいなかった。

オロテックの状況を監視すると同時に、この島にかつてあった軍事研究所の秘密を守るために派遣されたのだ。

パキージンが「ものごとには必ず理由がある」といった意味がわかった。驚くほどの理由ではないが、私にとっては残酷な結論だ。

「西口さんと話したことはありますか」

私は話題をかえた。

「サポートセンターから乗せたときに少しだけ話しました」

セルゲイは答えた。

「西口さんはこの島の昔のことを知りたがっていて、詳しい人を捜していました。アルトゥールという男が、彼に情報を提供していた」

「アルトゥールはよくない」

セルゲイは首をふった。

「サハリンの悪い人たちと友だちです」

「彼は悪いクスリをこの島で売っていたそうですね」

セルゲイは否定も肯定もしなかった。

「ただアルトゥールの先祖は、この近くの出身で、いろいろとこの島のことを知っていたようです」

セルゲイは小さく頷いた。

「サハリン州に昔からいる人は、この島の恐い話を、必ず子供の頃聞かされます。でもそれは作り話です。アルトゥールは作り話を西口サンにした」

断定が気になった。

「アルトゥールから聞いたのですか」

セルゲイは首をふった。

「アルトゥールと西口サンが、ここや他の場所でいっしょにいるのを見ました」

「ダンスクラブ」や「エカテリーナ」のことをいっているようだ。

「西口さんは、ギルシュにもいろいろ訊ねていたようです」

セルゲイはさらに強く首をふった。

「よくない。とてもよくない。でも、彼の話はここではダメです」

ギルシュがこの島の飲食店のボスであると知っているのだ。

「わかります」

私は頷いた。

「他に、私に訊きたいこと、ありますか」

「西口さんを殺した犯人について、何か聞いたことはありますか」

セルゲイは目をみはり、私を見つめた。

「なぜ、私に訊くのですか」

「ロシア人のあいだで噂が流れていると聞きました。それも大げさな噂です」

セルゲイは手をふった。

「噂話は、皆します。夜の楽しみです」

私は頷いた。

「ありがとうございました」

セルゲイを残し、先に「キョウト」をでた。わずかに空腹を感じていたが、「フジリスタラーン」にいくほどではない。

キオスクに寄り、日本製のポテトチップスを買って宿舎に戻った。

パソコンに稲葉からのメールが届いていた。

『道警豊平署の横山巡査部長から連絡があり、何度か携帯を呼びだしたがつながらないので、報告を君あてに伝えてほしいと頼まれた』

恩きせがましい文章で始まっている。

『本日午後三時より、西口友洋《ともひろ》遺族、西口洋二《ようじ》（父）、西口純子《じゅんこ》（母）と面談をいたしましたので、その概要をご報告いたします。

ご依頼の件、西口友洋の曽祖父西口松吉《まつきち》が春勇留島出身でありました。松吉は同島でコンブ漁をしていたのですが十代の終わりに足を負傷、漁業への従事が困難となったため、稚内に移住したものと判明いたしました。

西口洋二の記憶が曖昧なため、小職が年代を確認したところ、松吉の生年が明治四十三年（一九一〇年）前後、稚内への移住が昭和三年（一九二八年）前後と推定されます。先日うかがった春勇留島の住人の大半が殺される事件が九十年前、昭和七年（一九三二年）に発生したのだとすれば、この移住により松吉は被害をまぬがれたものと推定されます。

松吉はこの後稚内で苦学し、地元薬局につとめながら結婚し二男二女をもうけるも、長男の松広《まつひろ》を除く三子を戦禍で失ったとのことであります。この松広が、鉱山技師となって西口友洋に影響を与えた人物であります。尚、先日の電話では松吉の妻も北方領土出身と申しあげましたが、それは洋二の事実誤認で、妻ハツは稚内出身であることが判明いたしております。ちなみにハツの実家は、松吉が働いていた薬局で、二人はハツの両親の反対を押し切って結婚したため、当初は働き口を失い、苦労したものの、やがてハツの両親が折れたという話も聞いております。

松広は松吉から春勇留島の話を聞き、生前渡ることを強く願っていたそうでありますが、ソビエト連邦の占領をうけ、これをあきらめたようです。マル害である友洋は幼少の頃から、春勇留島に強く興味をもち、ヨウワ化学就職後のオロテック出向は、本人の意志によるものとの、父洋二の証言を得ております。ただし、その興味の内容がいかなるものであったのか、父洋二はまるで関知しておらず、晩年、松広が酒びたりであったため、酔っぱらいの戯言《ざれごと》と聞き流していたそうであります。したがいまして、誠に残念ながら、西口友洋の春勇留島における興味の対象を、小職はつきとめることがかないませんでした』

のんびりとした話しかたとは裏腹に、簡潔にまとめられた報告だった。

『さて君島光枝《きみしまみつえ》なる八十八歳の婦人が小職の知人におります。この父親が、かつて樺太《からふと》庁警察部の所属であったと聞いたことがあります。許可をいただけるなら、この君島光枝に、父親から春勇留島における殺人事件の話を聞いたことがなかったか、訊いてみたいと考えております。先日、石上捜査官に伝えかけたのですが、うやむやにしてしまい、後悔しております』

このあとに稲葉の「訊きこみを依頼した」というコメントがはさまれている。

電話をしてきたときに「そういえば……」と横山がいいかけたことを私は思いだした。

大量殺人が実際に起きたのか起きなかったのか、セルゲイの話を聞いて、私はわからなくなっていた。漁獲の分け前をめぐる争いというのは、いかにもありそうだが、小さな共同体である漁村で、実際には考えにくい。当時は船主や網元などの差配が細部にまで及んでいたと考えられるからだ。

殺し合いと大量殺人、どちらが本当に起こったのか。あるいは実際には何も起きていなかったのか。

もし何も起こっていなかったのなら、最盛期には百人近かったこの島の人口が、十数年後にゼロになってしまった理由は何なのか。

考えられるのは、乱獲による漁業資源の涸渇《こかつ》だ。かつてニシン漁が盛んだった北海道では、網元がニシン御殿などの豪奢《ごうしゃ》を競ったが、乱獲でニシンが姿を消し、落ちぶれたといわれている。

殺し合いにせよ大量殺人にせよ、実際に起きたことなのかを確かめなければならない。その上で、本当に被害者の眼球が抉りとられていたのかどうかを知りたい。

西口の眼球は奪われていた。それには理由がある。過去この島で起きたできごとと関係しているのかどうかは容疑者を絞りこむ上でも重要な条件だ。

その夜は誰からも連絡はなく、私はパソコンのメモを眺めながら、ポテトチップスをつまみにウォッカをちびちびと飲んで寝た。

13

五日めの朝、私を起こしたのは島内携帯の呼びだし音だった。きのうまでは六時過ぎには起きていたのに、反射的に見た腕時計は午前七時を示していて、寝坊したことに気づいた。

「はい」

携帯を耳にあてた。

「あの……」

日本語が聞こえた。

「石上です」

私はいった。舌がうまく回っていない。

「木村《きむら》といいます。すみません、おやすみでしたか」

「大丈夫です。木村さん、ですか。お電話いただくのは初めてですね」

「はい。ヨウワの設計部におります」

「どんなご用件でしょう」

訊ねながら、三日前に発電所で自分の島内携帯の番号を告知したことを思いだした。

「ええと、西口さんのことです」

声の印象は落ちついている。四十代から五十代のどこかだ。

「西口さんについて何か心当たりがあるのですね」

「あのう、たいしたことではないのですけど、彼が亡くなる何日か前に話をしました」

「何を話したのでしょう？」

ベッドから起きあがり、背中を壁にもたせかけて後悔した。傷の痛みが走ったからだ。が、そのせいで目がさめた。

「ええと、それは実際にお会いして話したほうがいいと思います。石上さんは今、C棟ですか」

「ええ」

「私もC棟にいるのですが、一階の出入口にきていただけますか」

頭の中で警報が鳴った。木村という名が本名かどうかはわからない。私を呼びだし、〝排除〟するための罠ではないのか。

「一階ですね、地下ではなく」

念を押した。地下通路にはカメラがあるが、地上にはない。

「はい」

「十分後にいきます」

告げて、電話を切った。中本を呼びだし、木村について訊ねることを考えた。が、そうすれば、木村が捜査協力を申しでただけだとしても、その事実が中本に伝わってしまう。

中本を容疑者から除外できない状況では避けるべきだった。

大急ぎで顔を洗い、衣服を着けた。マカロフの遊底《ゆうてい》を引き、薬室に初弾を装塡した上で安全装置をかけた。万一罠だった場合、すぐに発砲できる。

部屋をでて、階段で一階に降りた。三棟並んでいる中の一番奥が私のいるC－1000棟だ。木村がどの棟からくるのかわからないので、私は中央のC－2000棟の地上出入口の前に立った。

地上にも道はあるが歩く者はいない。離れた正面に港のフェンスが見えた。今にも雪が降りだしそうなほど空は暗い。風はあまりなかった。

中央のC－2000棟から水色の制服の上に防寒着をつけた人物が現われた。フードをすっぽりとかぶっていて、顔がよく見えない。

私は防寒着の内側に右手をさしこみ、マカロフの銃把をつかんだ。

「石上さんですか」

男がいって、フードを脱いだ。

「木村さんですね」

度の強そうな眼鏡がフードの下から現われた。坊主頭にしていて、四十四、五に見えた。

「そうです。朝からすみません。でも電話じゃ説明が難しくて」

木村はいった。長身で私より上背がある。

「何の説明です？」

マカロフから手を離さず、私は訊ねた。木村からは特に敵意のようなものは感じなかったが、用心に越したことはない。

「私が設計部だというのは申しあげたと思います」

「はい」

「設計部というのは、発電所の設計や施工を管理してまして、建物が本職なんです。実はこのC棟の設計も、私どもが担当しました」

話の要旨が見えなかった。

「そうなのですか。てっきりオロテックの管理部門かと思ったのですが」

「建設用地の選定はオロテックの管理部ですが、設計については日本人職員が生活することを想定したものです。ちなみに建物の外見は似ていますが、B棟の内部は中国人向けの設計で、少し異なっています」

興味深い話だが、寒空の下で聞くべきこととも思えなかった。

「実は西口さんが、C棟が建つ、このあたりのことを私に訊きにこられたのです」

「どんなことをですか」

「こちらへ」

木村は港の方向へとのびる地上の道を歩きだした。やがて港湾部を囲んだフェンスにつきあたる。フェンスに沿って進むと、道は管理棟方向にのびていた。木村は管理棟とは反対の方向に足を踏みだした。最も手前にあるC－3000棟を回りこむように東側に向かう。

「ビーチ」が右前方に見えたが、道はつながっていない。C棟の東側の地面は、海からそそりたつ岩場だった。

先を歩いていた木村が足を止めた。C棟を回りこんだとたんに激しい風が海から吹きつけてきて、木村も私もフードをかぶった。

「見えますか？」

木村が腕をのばし、岩場から海面のほうを指さした。冷たい飛沫が顔にあたった。岩場にあたる波の飛沫が風で運ばれてくるのだ。

「何が、です？」

木村は岩場の上をずれ、私を手招きした。足もとは海から四、五メートルほど高さのある崖だった。つき落とされても即死はしないだろうが、溺死する可能性はある。

「もっとこっちにきてください」

「何があるか、先に説明してください」

私はいった。木村は私の険しい口調に驚いたのか、目をみひらいた。眼鏡のレンズに点々と滴がついている。海鳴りと風に負けないよう、手でメガホンを作り、木村はいった。

「洞穴《ほらあな》です」

「洞穴？」

「西口さんはこの島の地理に詳しい者を捜していました。浦田くんからそれを聞いた私が、何を知りたいのかを訊ねたら、島の東側に日本人の集落があった筈だというんです。驚きました」

「なぜ驚いたんです？」

「どうしてそんなことを知っているのだろうと思ったからです。ヨウワが発電所の設計、施工に加わったときにはもう、この島に日本人の集落があった痕跡はありませんでした。西口さんは初め、この南側にある砂浜に集落があったと思いこんでいました。私がそれを訂正しました。波の打ちあげる砂浜に住宅を作ることはない、と。彼はどうやらお祖父さんから、この島のことを聞いていたようです」

「そのお祖父さんのお父さん、ひいお祖父さんが、かつてこの島で漁師をしていたようです」

私も大声で告げた。フードをかぶっているせいもあり、怒鳴りあうような会話になった。

「道理で。ごらんください」

木村は再び岩場の下方を指さし、今度はそれにしたがった。

Ｃ棟の土台となる岩場が海面と接するところに、ふたつ、もしかするとみっつの穴が口をあけている。

「洞窟ですか」

「ええ。今は潮が満ちているのでわかりにくいのですが、潮が引くと、はっきり見えます。Ｃ棟が建つ前なら岩場伝いにあそこまで降りていく道があったのですが、今はそれがなくなってしまいました」

岩場の上に建ったＣ棟が、洞窟への進入路を潰してしまったようだ。

「あそこにはどうやっていくんです？」

私は木村に訊ねた。木村は首をふった。

「いけません。少なくとも地上からは難しい」

「海からならいけますか？」

「小型のボートで、波が静かなときなら近づけるでしょう」

「西口さんにもあれを教えたのですか」

木村は頷いた。

「集落は残っていないけれど、日本人が生活していた痕跡があの洞窟にあるかもしれないと教えました」

「なぜそう思ったのです？」

私たちは岩場からＣ－3000棟を回りこんだ。海からの風が建物にさえぎられただけでほっとした。フードを脱ぐ。

「建設工事が始まる前の、この島を撮った航空写真を見たことがあるんです。C棟の建つあたりに、日本家屋らしき建物が何軒か写っていました。ほとんど朽ち果てていましたが」

ようやくふつうの声で木村は答えた。

「その写真を私も見られますか？」

木村は首をふった。

「建設前のこの島の写真はロシア側がすべてもっていて、見せられたのはその一度きりでした。それも島の他の部分は消されていて、わからなくしてあり、それ以降島の古い写真を見たことはありません。ひょっとすると軍事機密だったのかもしれません」

「軍事機密？」

訊きかえすと木村は頷いた。

「勝手な想像ですが。昔の写真や地図が一切ロシア側からでてこないからです。ロシア側は無人島だったからもともと存在しないのだといい張っていましたが、私たちはそれを信じませんでした」

軍の研究所があったというセルゲイの言葉を裏付けている。

「西口さんにもそれを話しましたか」

「ええ。写真には岩場に降りる道が写っていました。潮が引いているときなら簡単に降りられたのだと思います。もしかすると――」

木村は言葉を切り、瞬きした。

「もしかすると？」

「獲った魚などを保管するイケスなどが作られていたかもしれません。天然の地形を利用してイケスを作るのは、古くからおこなわれていることです」

「そうなのですか」

「ええ。千葉などでは岩場を四角くくり抜いたイケス跡が、よく海岸にあります。大漁だったときに魚をイケスに放しておき、不漁に備えたようです。おそらく浸食でできた洞窟でしょうが、中でつながって広くなっている可能性もあります。そうであれば、舟を保管したりもできます。潮が満ちても、奥のほうまでは上げてこないでしょうから」

「木村さんは入られたことがあるのですか」

木村は首をふった。

「いえ。入りたくとも手段がありません。ロシア人と交渉しなければボートはだせませんから」

「地上からいく方法はどうです？」

「危険すぎます。岩場にピトンなどを打ってロープで体を支えない限り下降できません。しかも洞窟のま上にはC棟がありますから、横から回りこんで岩場を降りなければなりませんしね。これが南の島なら、飛びこんで泳ぐというやりかたもあるでしょうが」

「ロシア側から、あの洞窟について何か聞いたことはありますか」

「いいえ。そもそも洞窟があることじたい、知っている人間は少ないと思います。今みたいに岩場の端から身をのりださないと見えないわけですから」

「でもC棟の建設用地をこの場所に指定したのはロシア側ですよね」

「ええ。島のどこにどんな施設を作るかは、あらかじめロシア側に決められていました」

「すると、あの洞窟に近づきにくくするためにC棟の建設用地を選んだとも考えられませんか」

木村は首を傾げ、

「そこまでする理由は何です？」

と訊ねた。

「私にもわかりません。ですがC棟が建てられた結果、洞窟の存在がわかりにくくなり、アプローチもできなくなった。何らかの意図があったと考えられませんか」

木村は考えていた。

「エクスペールトなら何か知っているかもしれませんね。ただし訊いても教えてくれるかどうか」

私は頷いた。パキージンにそれを訊ねる場合はタイミングを選ぶべきだろう。

「西口さんはあの洞窟に興味をもっていましたか？」

「ええ。どうやったらいけるかを考えていました。あまりに表情が真剣なので、岩場を降りるのは無理だといいました。万一落ちて、怪我ならまだしも亡くなりでもしたら、私の責任ですから。でも、あんなことになってしまって、どうしたものか迷っていたんです」

木村はうなだれた。

「木村さんがあの洞窟の存在を西口さんに教えたことを、他に知っている人はいますか」

「いえ。ここに西口さんを連れてきたときは二人きりでしたし、他には話していませんが」

「地上からは近づけないと考えた西口さんが船を手配しようとした可能性はあると思いますか」

「さあ。でも西口さんはロシア語を少し話せたようなので、試しはしたかもしれません」

私は考え、いった。

「亡くなる前に、あの洞窟に西口さんが入っていたとは思いませんか」

「わかりません。でも入っていたなら、私に教えてくれたと思います」

木村は答えた。

「日本人の集落になぜそこまでこだわっているのか、西口さんは木村さんに話しましたか」

木村は首をふった。

「だいたい、この島に日本人が住んでいたと知っている人間も少ないんです。うちの若い者など、昔からロシア領だったと思いこんでいるのもいますから。そういう意味では、ひいお祖父さんですか、そういう先祖がいたからこそだったのでしょう」

木村は九十年前の事件については知らないようだ。私たちはC棟の出入口まで歩いていった。

「貴重な情報をありがとうございました」

「いえ。お役に立つでしょうか。自分の胸だけにしまいこんでおくのが嫌で、電話をしてしまったのですが」

私は頷いた。

「とても役に立ちます」

「それならよかった。じゃあ私はこれから出勤しますので」

木村は頭を下げ、地下通路に降りていった。私は食堂まで地上を歩いていくことにした。

西口がなぜ早朝の暗い時間に「ビーチ」につながる道にいこうとしたのか、ひとつの〝答〟が、私の頭には浮かんでいた。

ボートだ。西口は誰かと話をつけ、ボートであの洞窟に渡してもらおうと考えた。「ビーチ」からボートに乗りこもうとしたにちがいない。

問題は、なぜ港から乗ろうとしなかったのか。

人に知られないようにするためだ。朝のまだ暗い時間帯を選んだことといい、他に理由は考えられない。

西口はこっそりと洞窟に渡ろうとしていた。つまり、洞窟に渡ることを、誰にも知られたくなかったのだ。

西口を殺したのは、ボートの手配を頼まれた人間か、それを知っていた人間という可能性が高くなった。

同時に西口が殺された理由とあの洞窟には関係があると推定できる。

今朝は食堂にサンドイッチも並んでいた。卵とハムのはさまったサンドイッチとコーヒーを買い、私は宿舎に戻った。心のどこかでタチアナが電話をかけてくることを期待していたが、それはかなわなかった。もしかすると彼女にとり私は、ベッドの相手から暗殺の対象にかわったかもしれない。

考えすぎだ。タチアナはスパイかもしれないが、ソビエト連邦の頃とはちがうし、私もジェームズ・ボンドではない。

部屋に戻り、サンドイッチを食べコーヒーを飲んだ。

西口がボートの手配を頼んだ可能性がある人物としてまっ先に思い浮かんだのはアルトゥールだ。ボートの操縦員であったアルトゥールに頼まない筈はない。ましてアルトゥールは、西口が島の過去について調べるのを手伝っていた。

やはりアルトゥールが西口を殺したのだろうか。殺したとして、その動機は何なのか。洞窟にある何かをめぐって、西口と争いになったのか。

それはない。もしアルトゥールが洞窟にある秘密を守りたかったら、西口をボートには乗せない。洞窟に渡してほしいと頼まれても、理由をつけて断わったろう。アルトゥールに協力を拒否されたら、西口には洞窟に渡る手段がなくなる。殺さなくても、それで充分だ。

三月十日の早朝、西口は洞窟に渡れると信じて「ビーチ」に向かったのだ。「ビーチ」には西口を渡すボートがつく筈だった。

私は目をみひらいた。西口は実際、洞窟に渡った可能性がある。そこで命を奪われ、目をくり抜かれたのかもしれない。ボートの上だったとも考えられるが、砂浜につけられるような小型のボートの上で人を刺そうとすれば、転覆の危険が生じる。

西口の殺害地点が、血痕やその他の状況から「ビーチ」ではないことは明らかだ。島内で人目につかず、悲鳴も聞かれない場所はそう多くない。

あの洞窟なら、それが可能だ。ボートを操った人物、あるいはボートに同乗していた人物、もしくは洞窟で待ちうけていた人物が、西口を殺した。

ではなぜ死体をそのままにしなかったのか。目をくり抜き、わざわざ「ビーチ」まで運んだ理由は何か。

洞窟に放置すれば死体が発見される可能性は限りなく低い。行方不明の西口は、あやまって海に落ちたか身投げしたと思われただろう。

刺殺し眼球をくり抜いた姿で人目につく場所においたのは、意図があってのことだ。警告か。だとすれば誰に対して。

島の過去を探ろうとする者？　西口以外にもそういう人物がいるのだろうか。

眼球をくり抜くという猟奇性は、九十年前の〝伝説〟を思い起こさせる。警告というより、それが目的だったのではないか。

かつてこの島で起きたとされる大量殺人を思いださせようとする理由は何なのか。

まず考えられるのは模倣犯だ。過去の犯罪に強く影響され、自分も同様の犯罪者になりたいと願っての犯行。

模倣犯の動機には、もうひとつ便乗型がある。連続する事件のひとつに見せかけ、容疑を他の犯人に押しつけようとする。

西口の殺害に便乗型はあてはまらない。九十年前の大量殺人が実際に起こった事件だとしても、その犯人に罪をなすりつけるのは困難だ。

となれば、模倣犯の動機は、九十年前の事件の影響と推理できる。

いや、もうひとつある。過去の事件の関係者による合図だ。西口の死が九十年前の事件に関係しているという暗示。

誰に対して？　九十年前の事件の関係者に、だ。

たとえばこの島に九十年前の事件の被害者の子孫がいたとする。西口の死体のありようは、先祖の死にざまを思いださせるにちがいない。

その逆もある。九十年前の加害者の子孫に対し、復讐するという予告だ。もしそうなら、九十年前の事件の加害者と被害者の子孫がこの島にいることになる。

西口の先祖、松吉が犯人で、子孫に復讐が及んだという可能性はないだろうか。

横山巡査部長の調査によれば、西口松吉は十八歳前後に負った怪我が理由で、この島から稚内に移住している。その怪我の恨みを島民にもち、四年後に犯行に及んだのかもしれない。そうであるなら、九十年前の被害者の子孫が、加害者の子孫に復讐した、とも考えられる。

だとすれば、強烈な執念だ。自分が生まれる前の先祖の罪を償わせようというのは、常軌を逸している。

だが、人を殺してその眼球をくり抜くという行為を正気の人間がおこなうだろうか。

西口の死体を洞窟に放置しなかった理由が、その死にざまを見せつけるためだというのは、まちがいないように思える。

九十年前の事件に関する情報が欲しかった。希望は「本屋」だ。だがついさっきは、食堂にそれらしい人間はいなかった。

気づいた。「本屋」は島の住人ではなく、サハリンからくる行商人だ。サハリンからの船が入港しなければ、上陸できない。

私は島内携帯で管理事務所を呼びだした。あらかじめメモリに番号が入っている。応答したロシア人の男に、サハリンからの船が次に入港する時間を訊ねた。

「待て」

と、ロシア人の男はいい、ややあって答えた。

「今日の午前九時に入港する」

私が誰であるかは訊かない。礼をいって、電話を切った。

ふと、ある考えが浮かんだ。それは、西口が洞窟に放置されなかった、あるいは海に投げこまれなかった、まったく別の理由だ。

西口の行方がわからなければ、全島の捜索がおこなわれる。特にヨウワ化学は、社員の身を案じて、徹底した捜索をおこなったろう。

その場合、当然、あの洞窟に西口が興味を示していたことが明らかになり、捜索が及ぶ。

犯人はそれを避けたかった。西口の死体を海に投げこんでも、陸地に流れついて発見されない限り、捜索は洞窟にも及んだろう。

洞窟に人が入るのを避けるため、犯人は死体をわざわざ「ビーチ」においたのだ。

そうなると、洞窟を何としても調べたかった。犯人が知られたくないと願う秘密がそこにあるかもしれない。

問題はその手段だ。パキージンに協力を依頼するのが最も現実的だが、もしパキージンが洞窟の秘密を知っていて、私に知られるのを望まなければ、調査は不可能になる。

パキージンに知られず、洞窟の調査をおこなうことはできないだろうか。

ひとつの方法は、C棟の建つ崖側からのアプローチだ。ロッククライミングの要領でロープを伝って降下する。

だが私にはロッククライミングの経験はないし、ひとりでそれをするのは不可能だ。ヨウワ化学に経験者がいて、その協力を得られるなら可能だろうが、装備の調達も含め、そう都合よくいくとは思えない。

もうひとつは、パキージンに知られずに船をチャーターするという方法だ。つまり西口と同じやりかたをするわけで、私自身が第二の被害者となる可能性があるが。

しかも西口にはアルトゥールという知り合いがいたが、私にはいない。

唯一思い浮かぶのはギルシュだ。が、彼は「もうお前とは話さない。店で会っても話しかけるな」といった。ただ、日本人の墓参りをしていることを考えれば、協力を必ずしも拒まないような気もする。

ギルシュなら、パキージンに知られず船を手配できるだろう。アルトゥールのようにスネに傷をもつロシア人船乗りを知っているのではないか。

一方、アルトゥールのナイフが犯行の凶器ではなかったことは確定したが、洞窟の存在が明らかになって、再び犯人かその共犯である可能性が浮上していた。

ただひとつだけ確かなのは、アルトゥールは「ビーチ」で私を襲った犯人ではない。

島内携帯が鳴った。

「はい」

「ずっと待っていたのに。今日は届けてくれないの」

タチアナの声が耳に流れこんだ。喜んでいいのか、警戒すべきなのかわからず、一瞬、言葉に詰まった。

「聞こえてる？　イシガミ」

私はそっと息を吐いた。

「聞こえています。あなたが怒っているように感じていた」

「わたしが何に怒るの？」

「わかりません。でもきのう診療所でそう感じた」

「イワンのせいよ。彼は嫉妬深いの。でも誤解しないで。イワンとは仕事上の関係しかない」

「そうであってほしい」

「少し遅いけれど、わたしの部屋にこない？」

「カーシャとコーヒーは必要ですか」

「コーヒーだけでいいわ」

タチアナは答えて電話を切った。

わかっている。彼女は私との関係を修復したいわけではない。捜査の情報を得たいだけなのだ。

ジェームズ・ボンドになる覚悟が必要かもしれない。互いに親しげにふるまいながら、少しでも相手から情報をひきだす。

そう考えながらも、心が浮き立っていた。

ボンドにはなれない。せいぜい、ハニートラップにひっかかって殺される、その他おおぜいの出演者だ。

防寒着をつけ、部屋をでた。

14

タチアナは出勤前らしく、スウェットではなく、黒のタイトスカートに紺のブラウスを着けていた。それがセクシーで、私をたらしこむためだとわかっていても、見つめずにはいられなかった。ソファを示し、私にいう。

「すわって脱いで」

私は言葉にしたがった。きのうイワンが押しつけた湿布をやさしくはがし、新たな湿布を貼ってくれる。

「きのうは泣きそうになった」

背中を向けたまま、私はいった。

「どうして?」

「あなたを怒らせたから」

「怒ってないといったでしょう。なぜそんなことを思ったの?」

「日本人集落があった場所を訊いたら、あなたは何を捜しているの、と恐い顔をした」

「わたしが知らないことを訊いたからよ」

タチアナはいって、私の背後から正面に回った。私の目をのぞきこむ。

「それだけですか」

「他に何があるの」

「それがわからないから、途方に暮れた」

タチアナの顔が近づき、唇に唇が押しつけられた。

「今日はこれ以上する時間がないわ。それで何かわかったことはある?」

キスひとつか。たったそれだけで、私は喋らされるのか。

「ニシグチの先祖は、かつてこの島で漁師をしていました。ですが九十年前の事件の前に、ホッカイドウに移住しています」

タチアナの香水の匂いを吸いこみながら、私はいった。

タチアナは首を傾げた。

「それが彼が殺されたことと関係あるの?」

「その先祖の息子で、彼には祖父にあたる人物から、ニシグチはこの島の話を聞かされていた。それでこの島に強く興味をもったようです」

「この島の何に？」

私は首をふった。

「わかりません。何か思いあたりませんか」

「わたしの先祖はこの島の人間じゃない。わかる筈がない」

「そうですね。そういえば、噂話を聞きました。ソビエト連邦の時代、この島に何かあったようです」

「何かって？」

タチアナは私に横顔を向けた。その美しさに見とれた。

「さあ。軍の施設か何かだというのですが」

「そんな話、聞いたこともないわ。もしあったとしても、とっくに壊されて、あとかたもなくなっているでしょうけど」

「日本人の集落のように？」

「そうね。大昔の日本人の事件が関係していると、あなたは本当に考えているの？」

「少なくとも死にかたが同じです」

「オロテックとはどうつながる？」

「今のところ、それを裏づける情報はありません」

タチアナは私に目を戻した。

「そう。また何かわかったら教えて」

「同じことを私もお願いしていいですか」

「わたしが何を調べるの？」

声が冷たくなった。

「かつてこの島にあった施設について、あなたならわかるかもしれない」

タチアナは息を吸い、吐いた。何かをいいかけ、やめたように見えた。おそらく「いいえ《ニエット》」だろう。

「試してみる」

「お願いします。明朝、カーシャを届けますか」

立ちあがり、私は訊ねた。

「明日、また電話する」

首をふり、タチアナは答えた。

A棟をでて時計を見た。午前九時を二十分ほど回っている。サハリンからの船が入港した筈だ。

食堂に向かった。

扉をくぐると、並んでいるテーブルのひとつに本と雑誌を積んでいる男の姿があった。キャリーカートにくくりつけたダンボールからとりだし、テーブルの上においている。

すでに何人かの〝客〟が、そのテーブルに群らがっていた。

「まだ駄目だ。さわるんじゃない」

ロシア語で男がいうのが聞こえた。白髪の混じった黒髪を肩のあたりまでのばし、顔はよく見えないが、厚い生地のシャツに作業ズボンをはいて、煙草をくわえていた。

少し離れたところに立ち、私は観察した。「本屋」にまちがいないようだ。

男が髪をかきあげ、顔が見えた。アジア系だった。日本人でも通るような顔立ちをしている。

男の目が私の顔をとらえた。が何もいわず、作業をつづけた。

テーブルの上に並んでいる雑誌の表紙は、かなりきわどい写真が多い。日本のものもある。アダルトビデオの情報誌のようだ。

本はロシア語のものばかりだ。

作業が一段落すると、何人かの客が、雑誌を買った。客が去り、近くに立つのは私だけになった。

「本屋」が顔をあげ、

「日本人ですか」

と、訛のほとんどない日本語で訊ねた。私は驚き、

「あなたも日本人なのですか」

日本語で訊き返した。「本屋」は六十代のどこかに見える。

「本屋」は首をふった。

「ロシア人です。母が日本人でした」

「お父さんは？」

「朝鮮人です」

私は歩みよった。

「石上といいます」

「パクです」

「本屋」は客が崩していった雑誌の山を並べなおしながらいった。

「あなたにずっと会いたいと思っていました」

パクは顔を上げ、私を見つめた。

「なぜ」

「あなたがこの島の歴史に詳しいと聞きました」

「誰から聞いたんですか」

あたりを見回し、聞き耳をたてている者がいないことを確かめて、私は答えた。

「ギルシュさんです」

パクは小さく頷いた。

「ギルシュさんは私に親切です。ここで商売をしていいといってくれました」

「パクさんのお母さんは、この島の人ですか？」

「そうです。大正十四年生まれでした。十年前に亡くなりました」

「パクさんは何年生まれですか」

「昭和二十五年です」

七十を過ぎている。とてもそうは見えなかった。

「十歳は若く見えます」

パクはちらりと笑みを見せた。

「母は昭和八年に春勇留島から樺太に引っ越しました。樺太で父と知り合って結婚し、日本への引き揚げに加わらなかった」

「引き揚げ？」

「戦争が終わったとき、樺太には何十万人もの日本人がいました。ほとんどの人は日本とソ連の国交が回復すると日本に帰りましたが、朝鮮人やロシア人と結婚して子供がいた人は残りました」

「そういう人は多かったのですか」

パクは首をふった。

「何百人しかいなかったそうです。母もそのひとりで、他に同じような知り合いが三人いました。父が死んでから、私は母とその知り合いの人たちに育てられました」

「だから日本語がお上手なんですね」

「外で日本語を使ってはいけない、といわれました。けれど母は家では日本語しか喋りませんでした」

私は頷いた。残った日本人は帰国した人々とちがうさまざまな苦労をしたのだろう。

昭和八年は一九三三年だ。つまりパクの母親は、九十年前の事件のとき、この島にいたことになる。

「パクさんは、お母さんからいろいろこの島の話を聞きましたか」

「はい」

「一九三二年に、この島でたくさんの人が亡くなったのをご存じですか」

パクは何度も頷いた。どうやら同じことを数多くの人間から訊かれているようだ。

「知っています。母はそのとき七歳でした。母の両親が死んだので、母は樺太に引きとられたのです」

「何が起こったのかを、お母さんは話してくれましたか？」

パクは指を二本立てた。

「二人の人が、島の人を殺した」

「二人？」

「そうです。鉄砲や刀、斧で、島にいた人たちを殺しました」

私はそっと息を吸いこんだ。大量殺人は本当に起こっていたようだ。

「なぜです？」

パクは首をふった。

「わかりません。ひとりは昔から島にいた人で、もうひとりはよそからきた人だったそうです」

「その二人の名前を、お母さんは知っていましたか？」

「知っていたかもしれませんが、私には話しませんでした」

「なぜです？」

「話してもしかたがないと思ったんでしょう。二人は島の人を殺したあと、船ででていったそうです」

「でていった？」

「はい」

「誰もつかまえなかったのですか」

「島の大人は、大半がその二人に殺された。だからつかまえられなかったのです」

私が黙っていると、パクはつづけた。

「二人がどこにいったのかは誰も知りません。母は、何人かの子供と、あまり動けないお年寄りと島に残されました。やがて、アザラシ猟のために上陸したロシア人に助けられたのだそうです」

「それが正確にいつのことだったのかはわかりますか」

パクは首をふった。

「石上さんは、どうしてそんな昔の話を知りたいのですか」

私はためらい、いった。

「私は日本の警察官なんです」

「昔の事件を調べるのですか」

パクはわずかに目を広げた。

「いえ。十日前に、この島で働いていた西口さんという技術者が殺されました。胸を刺されていて、見つかったとき両目がありませんでした」

パクは下を向いた。

「お母さんからなにか聞いていませんか」

「母たち残った子供は、生き残った年寄りにいわれ、穴を掘った。そして力をあわせて、殺された人たちを埋めた。刺されたり、撃たれたりして、皆血まみれで、地獄のようにつらかった、といっていました」

「それはたいへんだったでしょうね。お母さんもご両親を殺されたのですね」

パクは頷いた。

「二人の犯人を恨んでおられたのではありませんか」

「恨んでいたかもしれませんが、そのあともいろいろあって、それどころではなかったと思います。樺太がソ連に占領され、たくさんの人が死んだり、傷つきましたから」

私は黙った。

「なぜ、西口さんは殺されたのですか」

パクが訊ね、私は首をふった。

「それがわからないのです。ただ西口さんのひいお祖父さんは、この島の人で、その事件が起きる少し前に北海道に移住して、殺されずにすんだ。西口さんはこの島の歴史に興味をもって、いろいろ調べていたようです」

パクは瞬きした。

「樺太では、年寄りは皆、この島で起きたことを知っています。昔は、この島は呪われている、といって、近づきたがらなかった」

パクの日本語は完璧で、ロシア人のものとは思えなかった。

「私も、オロテックがくるまで無人だったと聞きました」

「それは嘘です。ソビエト時代、この島には軍隊がいました」

「何をしていたのです？」

パクはわずかにためらった。その目が動き、食堂の入口を見た。新たな客のようだ。ふりかえった瞬間、私は全身の血がひいた。一瞬で、手足の先が冷たくなった。

「ユーリ！　驚いたな。こんなところで天才に会えるとは！」

耳まで裂けているかと思うほど大きく口を開けて笑う、ボリス・コズロフが立っていた。かたわらに、ギルシュの手下の大男ロランがいる。

銀座の中国料理店でのできごとから何年もすぎたような気がしていたが、ほんの十日もたっていないのを思いだした。

ボリスは呆然としている私の手をとり、強く握った。朝だというのにウォッカが匂った。

私をひき寄せ、耳もとでいった。

「メス犬《スーカ》はぶっ殺す」

「何の話だ」

声が震えているような気がした。

「とぼけるな。お前が警察の犬だというのは、イケブクロの連中が知らせてくれた」

「何かのまちがいだ」

ボリスは笑みを消し、手をひらひらとふった。オレンジの制服を着けている。

「そいつをゆっくり説明してもらいたいね。おっと、今じゃない。俺は今、この島に渡ってきたばかりでくたびれている。飯を食って、ゆっくり休んで、そのあとだ」

人さし指で私の胸をさした。

「逃がさねえ」

ロランをふりかえり、頷いた。ロランはまったくの無表情で私を見ている。

二人は私のかたわらを離れ、カウンターに近づいていった。

私は息を吐いた。膝が震え、今にもすわりこみそうだ。

「知り合いですか」

パクが訊ねた。

「東京で、ちょっとあった相手です」

「危険な人に見えます」

私は頷いた。どこに知らせ、誰に泣きつけばいいのだ。稲葉は頼りにならない。パキージンか。だがパキージンにいってボリスを排除すれば、それができたとしてだが、パキージンに知られず船の手配をギルシュに頼むことが難しくなる。国境警備隊か。ボリスはこの島で、まだ罪を犯していない。

ボリスはまるで私のことなど忘れたかのように、カウンターでコーヒーとサンドイッチを楽しんでいた。

「軍隊ですが――」

パクがいい、私はふりかえった。

「ああ、ええと、この島にいたソ連軍ですね」

「そうです。秘密の実験をしていたと聞きました」

「何の実験でしょうか」

パクは首をふった。

「そこまでは知りません。しかし中国の軍隊が、漁船にまぎれてスパイしにきたことがあったそうです」

「中国軍が?」

「ええ。ソビエトと中国は国境を接していますし、かつては仲が悪かった」

それを聞き、ヤンを思いだした。ヤンなら、何か情報をもっているかもしれない。

「パクさんは、いつまでここにいますか?」

私は訊ねた。ボリスの出現で、私の頭は回らなくなっていた。少し落ちついてから、あらためて話を聞きたい。

それまで生きていれば、だが。

「明後日の夕方の船で樺太に戻ります。それまでここか『フジリスタラーン』にいます」

パクが「フジリスタラーン」をひいきにする理由がわかった。お袋の味に近いからだ。

「わかりました。また、お話を聞きにきます」

私は告げて、食堂をでた。ボリスは背中を向け、ふりかえりもしない。

それでも背後を警戒しながらC棟に戻った。

パキージンから拳銃を借りておいてよかったと、心の底から思った。

「ビーチ」で私を襲った犯人はどこまで私を殺すことに本気だったか不明だが、ボリスは百パーセント本気だ。ギルシュやその手下の協力が得られなくても、必ず私を殺そうとする。

この島を離れなければならない。せっかくいろいろなことがわかってきて、手がかりとなる洞窟の存在までたどりつけたのに、残念だ。

いや、残念ではない。殺される、それも決して楽にではなく殺されることを思ったら、まったく残念ではない。

窓ガラスに強く風が打ちつける音がして、私は我にかえった。木村と洞窟を見にいったときよりもさらに風が強まっている。

私は中本を島内携帯で呼びだした。セルゲイのヘリで、今日中に根室に戻るのだ。

「おはようございます、石上です」

「おはようございます」

「実は緊急に戻らなければならなくなりまして、ヘリを飛ばしていただきたいのですが」

「ヘリですか。ええと困りましたな」

嫌な予感がした。

「予定があるのでしょうか」

「エンジンの調子が悪くて、一昨日から北海道で修理に入っているんですよ。かわりの機体を手配しているのですが、実はきのうから北海道に爆弾低気圧がきていまして、おそらくここも今日の午後くらいから大荒れになる予報なのです」

目の前が暗くなった。

「そうなると船でも戻れませんか」

「ええ。大シケが予想されます。オロテックも島全体に警報をだしていて、海上プラットホームも操業を中止しています」

つまりこの島からでられない。

「わかりました……」

ます」

「申しわけありません。機体の手配がついて飛べるようになったら、すぐにお知らせし

「よろしくお願いします」

戸閉まりを確認し、マカロフをテーブルの上にだした。水を飲む。

まずは稲葉だ。私が忽然《こつぜん》と姿を消したり、切り刻まれて見つかったら、その原因は九十年前ではなく、八日前の事件だと知らせておく必要がある。

これまでに判明した情報と、ボリス・コズロフがこの島にきたという知らせをメールで送った。

だが今日に限って反応が遅い。

何をすべきかを考えた。ただ恐れおののいているだけではどうにもならない。

密告者をメス犬と呼ぶようになったのは、うんと昔からだと聞いている。喉を裂き、いや、先に舌を切りとり、それから喉を裂く。場合によっては、生きているうちに睾丸《こうがん》を切りとって、舌のかわりに口に押しこむ、ともいう。

それが私に待ちうけている運命だ。

だが、ここにボリスの手下はいない。いれば、食堂にきた筈だ。となると、ギルシュやその手下の協力も必要になる。

彼らがそこまでするとは思いたくなかった。発覚した場合、この島でのビジネスに支障をきたすからだ。

日本を離れたボリスはウラジオストクやハバロフスクに飛び、そこも安全ではないと感じてこの島にきたのだろう。過去の犯歴から、ロシア警察もボリスには目をつけている。

着ていたオレンジの制服は、オロテックにボリスの〝協力者〟がいる証だ。犯罪者が逃げこむのに、うってつけの島なのだと、あらためて私は思った。警察官はいないし、酒や女にもありつける。オロテックにさえ排除されなければよい。

確かに極東は、ボリスの縄張りだが、まさかこの島に逃げこんでくるとは思ってもみなかった。

奴にとっては幸運で、私にとってはこれほどの不運はない。ボリスの笑い顔を思いだすと、吐きけがした。

稲葉からの返信はまだこない。稲葉に伝わったからといって、助かるわけでもないのに私はいらだった。

気持をむりやり捜査に向けた。日本に戻れるようになるまでの数日間、身の安全を確保しながらできることがある筈だ。

「本屋」に会いにいくのは避けたほうがいい。港周辺を含め、ロシア区画に近づくのは危険だった。いつボリスに襲われないとも限らない。

かろうじて安全と思えるのは、このC棟内部と発電所、そして部外者の立ち入りが制限されているプラントだ。

もう一杯、水を飲んだ。ようやく頭が働き始めた。荒木にそろそろ話を聞くべきだった。西口から、先祖や九十年前の事件について何かを聞いていながら、私に告げていない可能性がある。

私は荒木の島内携帯を呼びだした。応答に時間がかかった。でないのかと思い始めた頃、眠そうな声で、

「はい」

と返事があった。

「荒木さん、先日お会いした石上です。おやすみでしたか?」

荒木は唸り声をたてた。

「今、何時ですか?」

「十一時を回ったところです」

「夜勤明けで、十時過ぎに寝たんです」

「すみません!」

「何でしょうか」

「西口さんの件で、また少しお話をうかがいたいのですが」

「えーと、シフトが午前二時からなんで、その前でしたら」

「わかりました。C棟か発電所で、夜お会いできませんか」

「じゃあ午前零時に発電所のロビーにきてください」

「ゲートの先ですね」

「そうです」

「わかりました。起こしてしまって申しわけありませんでした」

「いいえ」

電話は切れた。

午前零時まで、まだ十二時間以上ある。次にすべきことを考え、ヤンへの訊きこみを思いついた。

ヤンの島内携帯を鳴らした。

「もしもし《ウェイ》」

中国語が応えた。

「ヤンさん、石上です」

私は日本語でいった。

「石上さん。怪我の具合はどうですか」

「だいぶよくなりました」

「それはよかった。その後、何かわかりましたか」

「そのことで、ヤンさんと話をしたいのですが、今どちらですか？」

「プラントにいます」

「うかがってよろしいでしょうか」

「何時にきますか」

「ヤンさんの都合のいい時間で」

「じゃあ、お昼ご飯を食べましょう。ロビーに午後一時にこられますか」

「大丈夫です」

答えてからはっとした。プラント内に入るには探知器でのチェックがある。拳銃を身につけていたら、発見されるだろう。

「あの」

「何ですか」

「いえ、何でもありません」

拳銃を部屋においていくしかない。日本の警察官が、プラントに拳銃をもちこめば、ヤンのいう〝政治的な緊張〟を発生させることはまちがいない。

ここからプラントまでいき、すぐに帰ってくるだけだ。昼間だし、ボリスも、今日の今日に私を襲ってはこない、と信じるしかない。

拳銃をクローゼットに隠した。手にしてまだひと晩しかたっていないのに、丸腰になったとたん、ひどく心細くなった。

十二時三十分に部屋をでた。地下通路を早足で歩いた。

プラントの入口にすわるベージュの制服の警備員が見えたときはほっとした。

「ヤンさんに会いにきました。石上です」

日本語で告げた。前回、警備員は日本語で行先を私に問いかけた。同じ人物かどうかはわからない。

中国人の警備員は首を傾げた。私は同じことを中国語でいった。

「地下通路入口です。イシガミという日本人がヤン主任に会いにきています」

襟もとにつけたピンマイクに告げた。返事を聞き、警備員は私に手をふった。

「奥に進んでください。ゲートのところにヤン主任がいます」

礼をいい、私は先に進んだ。以前も嗅いだ酸の臭いがした。

ヤンがゲートのこちら側に立っていた。カードケースを私にさしだす。

「こんにちは」

日本語でいった。

「こんにちは。お手間をかけて申しわけありません」

「平気です」

警備員によるスキャンをうけ、携帯を渡し、ゲートをくぐった。

「お忙しいときにすみません」

「私はそんなに忙しくありません。私が忙しいのは、とてもよくないことですから」

ヤンは歩きながらいった。巨大な棺桶にはさまれた通路を抜け、暑い部屋を通って黒い扉の手前の階段を降りると、エアカーテンで仕切られたロビーにでた。

「何を食べますか」

ヤンは加熱調理機能つきの自販機の前に立って訊ねた。表示はすべて簡体字だ。

「五目炒飯《チャーハン》を」

「じゃあスープヌードルもつけましょう」

自販機にカードケースをかざし、ボタンを押した。現金ではなくカード精算になっているようだ。

「ええと……」

「大丈夫。私の奢《おご》りです」

ヤンは微笑んだ。同じものを二組買って、テーブルにおいた。どちらもシールで表面をおおわれた紙パックに入っている。さらにプラスチック製のフォークとミネラルウォーターをヤンは用意した。

「ありがとうございます」

「食べましょう」

昼どきだが、意外に人は少なかった。いる者も、我々から遠いテーブルばかりだ。

ヤンがシールのはがしかたを実演した。スープヌードルは円筒形、炒飯は四角いパックに入っている。円筒形のパックの上部にはられたシールは慎重にはがさないと、スープがこぼれそうだ。

「熱いですから、こぼさないように気をつけて」

炒飯には刻んだザーサイがついていた。ややぱさついているが、味つけはしっかりし

ている。そう告げると、

「これはもともと日本の冷凍食品でした。それを中国企業が大量生産しているのです。だからおいしい」

ヤンはいった。おいしいの理由が、日本、中国、どちらなのかはわからず、両方だとうけとめることにした。

スープヌードルは、どこかなつかしい味だった。同じような日本製品に比べると、ハッカクの香りが強い。

「ごちそうさまでした」

両方平らげ、私はいった。プラント内にいる限りは、ボリスに襲われる心配がない。

「いいえ」

ヤンは食べ終えたパックを備えつけのゴミ箱に入れ、紙コップを私に手渡した。

「プーアル茶、ジャスミン茶、どちらがいいですか」

無料のサーバーがあるのだった。私はジャスミン茶を選んだ。

「何かわかりましたか」

茶をすすり、ヤンは訊ねた。

「九十年前に起こった事件の犯人は二人いました。ひとりは島の住人で、もうひとりは外部からきた者です。二人は島に住む大人の大半を殺し、船ででていった。凶器には鉄砲や刀、斧が使われた」

「記録が見つかったのですね」

「いえ。生き残った子供の子孫から聞いたのです」

ヤンは眉を吊り上げた。

「この島に子孫がいるのですか」

「サハリンから行商にきている人物の母親が、生き残った子供のひとりでした。両親を殺され、その後サハリンに渡って子供を産んだのです」

ヤンは真剣な表情になった。

「その人物が西口さんを殺したとは考えられませんか」

パクが十日前にこの島にきていたなら、「フジリスタラーン」のみつごが私にそう教えた筈だ。

「おそらくちがうと思います。ふだんはこの島にいない人物ですから、いれば、誰かが覚えている。西口さんが殺されたとき、彼はこの島にいなかったようです」

ヤンは頷き、いった。

「しかし西口さんの先祖が九十年前の事件の犯人で、その復讐をされたという可能性はまだあります」

初めてヤンがその可能性に言及したとき、ありえないと私は思った。だが西口の曽祖父松吉が事件の前に内地に移住していたと判明した今はちがう。ヤンはつづけた。

「犯人はこの島にいる人物で、西口さんの先祖が自分の先祖を殺したと知っている」

「ええ。西口さんの先祖が犯人なら、ヤンさんのいう通りです」

「石上さんはどう思いますか？」

「西口さんがこの島の過去に興味をもち、調べていたことを考えると、彼の先祖が事件と関係していたのはまちがいないように思えます。ヤンさんは、この島の洞窟のことをご存じですか」

「洞窟？」

「C棟が建っている崖の下の海岸に洞窟があるのです。そこはかつて日本人の集落があった場所の近くで、何かに使われていた可能性もあります。西口さんはその洞窟に強い興味を示していました」

「どうしてわかったのですか」

「洞窟の存在を彼に教えた、ヨウワの設計部の人から聞きました」

「私は知りませんでした。C棟には入ったこともありません」

「C棟ができたため、今は陸上から近づくのが難しくなっています。ロッククライミングの装備でもない限り、崖を降りられない」

私はテーブルに指で地形を描いて説明した。

「なるほど。ではどうすればその洞窟にいけるのですか」

「ボートなら海から近づけます。彼が親しくしていたアルトゥールはボートの操縦員でした」

ヤンは深々と頷いた。

「するとアルトゥールに頼んでいたかもしれませんね」

「実際に渡っていたかもしれない」

ヤンは首を傾げた。私は「ビーチ」が西口の殺害現場とは考えられないことを話した。

「血痕もなく、地面にも争った跡がない。もちろん波がすべてを洗い流してしまったのかもしれませんが」

「いや、私は西口さんの死体を見ました。あの場所まで波はきません。確かに西口さんが殺されたのは別の場所です。しかしもしそうなら、なぜあそこに死体を運んだのでしょうか」

「まさにその点を考えていました。私が思いついた理由はふたつです。ひとつは、目を抉った西口さんの死体を、島にいる誰かに見せたかった」

「復讐のためなら、考えられます。先ほど石上さんは九十年前の事件の犯人は二人いたといった。「ひとりの子孫が西口さんで、もうひとりの子孫もこの島にいるのかもしれません。目を抉ったのは、お前にも同じことをしてやる、というメッセージです」

ヤンの言葉に私は頷いた。

「執念深い話です」

「いずれにしても犯人は日本人ですね。中国人は関係がない」

ヤンは安心したようにいった。

「もうひとつの理由を聞いてください。西口さんを殺したのが復讐かどうかはともかく、犯人は洞窟で西口さんを殺したが、そこにおいたり海に流すことは避けたかった、というものです」

「それはなぜですか」

「西口さんが姿を消し、見つからないままだと、ヨウワ化学は島中を捜索したでしょう。その過程で、彼が洞窟に興味をもっていたという事実も明らかになります」

「犯人は洞窟のことを隠しておきたかった」

ヤンがいい、私は頷いた。

「その場合、犯人は九十年前の事件とは何の関係もなくて、恐ろしい伝説を思い起こさせるためだけに目を抉ったのかもしれない。極東で育ったロシア人の多くは、九十年前の事件のことを怪談として知っているそうですから」

「捜査を混乱させようとしたのですね。それなら犯人はロシア人だ。やはり中国人とは関係ありません」

私はあきれてヤンを見つめた。ヤンは咳ばらいした。

「もちろん、犯人が何人《なにじん》であろうと、殺人は殺人で、許されません」

「問題は、なぜ犯人は洞窟のことを隠したかったのかという点です」

ヤンは私を見返した。

「なぜでしょう？」

「実は、オロテックが作られる前、この島にソ連軍の研究所があったという話を聞きました」

「そうなのですか」

ヤンの表情はかわらなかった。かわらなさ過ぎだ。驚いたフリすらない。

「ヤンさんは知っていたのではありませんか？」

私がいうと、ヤンは横を向いた。

「なぜそう思うのです？」

「あなたは中国政府の人です。プラント、にくるにあたって、それについて調べたにちがいない」

ヤンは黙っている。私はいった。

「洞窟にはその研究所に関係する何かがあり、それが理由で西口さんが殺されたのかもしれません。もちろん、そうであれば、犯人はロシア人ということになりますが、オロテックにとってはかなり不都合な事態です」

「そう、特にエクスペールトのパキージンさんにとっては、とてもまずい」

「ええ。パキージンさんにこの話をしたら、私の調査は強制的に終了させられるかもしれない。だからこそ、ヤンさんに情報をいただきたいのです。かつて中国軍が漁船に乗って、この島を調べにきたことがあったそうですね」

ヤンはひとり言のようにいった。

「ソ連はかつて、クナシリ、エトロフ、シコタンの三島だけで陸軍一個師団八千人を配備し、エトロフには四十機からなるミグ23の部隊をおいていた。連邦崩壊後も、対艦ミサイル『バスチオン』がエトロフに、『バル』がクナシリに、それぞれ配備されている」

「で、この島には？」

ヤンは首をふった。

「新兵器の研究や実験をおこなうには、日本が近すぎます。もちろん中国からも近い。そんな場所に研究所を作ることはありえない」

確かにその通りだ。

「すると何があったのですか」

「収容所だといわれています」

「収容所？　誰を収容するのです？」

「兵士でありながら、政府に批判的な者。特にアフガニスタンに侵攻してからはそうした兵士が増え、中には軍の中枢に所属する者もいた。そうした兵士は、機密情報にも触れている。彼らの知る情報が価値を失うまで、この島の収容所に監禁した、と私は聞きました」

「ソ連の崩壊後は？」

「ソ連軍にとって重要な情報は、ロシア軍にとっても重要です」

私は頷いた。

「しかしオロテックの建設時には、そうした者はひとりもいなくなっていた。ロシア本土に移送されたか、処刑されたかは、不明だ。万一、収容所の生き残りがこの島にいるようなら、会って話を聞きたいと考えて、私はここにきました」

生き残りが洞窟内に閉じこめられているという可能性はあるだろうか。

いくらなんでもそれはない。生活に必要な物資を届けるだけでたいへんだし、看守も必要になる。

「この島の収容所なら、シベリア以上に外部との接触が断たれます。脱走しても周囲は海だし」

「収容所の秘密が洞窟に隠されているとは考えられませんか」

私の問いにヤンは首を傾げた。

「収容された兵士が、機密情報を何らかの形にして隠した、という可能性はありますが、とっくに回収されているでしょうし、今となっては価値がない。ただ……」

「ただ、何です？」

「いや、これは不確実な噂話です」

ヤンは首をふった。

「聞かせてください」

私はヤンを見つめた。

「やめましょう。収容所の話ならともかく、こんな話をしたと、エクスペールトが知ったら、電白希土集団は敵視されかねない」

「パキージンさんには決していいません」

「駄目です」

にべもなくヤンはいった。私は息を吐いた。その〝噂話〟とやらの中身が何であるかはわからないが、洞窟に入れさえすれば、知る機会はあるだろう。

やはりギルシュと交渉するしかないのか。

が、その手前に、ボリスがいる。ギルシュは、私が警察官であると知っている。ボリスにも話すにちがいない。

ボリスが拘束されない限り、私の安全はなく、彼を逮捕する権限をこの島でもつのは、国境警備隊だけだった。

国境警備隊を動かすことはできるだろうか。

難しい。国境警備隊は警察ではなく、その性格は軍そのものだ。動くとすれば、ボリスが誰かを、つまりは私を、殺してからになるだろう。たとえボリスがロシア司法当局の手配をうけていたとしても、その前に動くとは思えなかった。

だとしてもグラチョフに話してみるべきかもしれない。若い少尉だったが、抜け目のなさを感じた。

「何を考えていますか」

黙っている私に不安を感じたのか、ヤンが訊ねた。

「どうすればいいかを」

私はつい本音を口にしていた。

「何をするのです？」

ヤンは私を見つめた。我にかえり、私は首をふった。

「洞窟に何とか入る方法はないか、考えていたのです」

ボリスの話をしても始まらない。ヤンは無言でいたが、不意にいった。

「私もいっしょにいきます」

意味がわからず、ヤンを見返した。

「洞窟に、私もいっしょにいきます」

「どうやっていくのです？」

「パイプラインの点検用の船があります。モーターのついたゴムボートで、『ビーチ』からでられます」

鉱石を運ぶパイプラインが島の南側から海に向かってつきでていたのを思いだした。つきでたパイプの先は運搬船から鉱石を吸いあげるノズルになっている。その点検を海上からおこなうためのボートがある、とヤンはいっているのだ。

「プ、プラントがゴムボートを所有しているのですか？」

私は訊き返した。ヤンは頷いた。

「海軍用のゴムボートで、丈夫で馬力もあります」

「操縦は？」

「できる者を連れていきます。もちろんエクスペールトには秘密です」

それならなぜ、と訊きかけ、気づいた。洞窟の調査は、ヤンにとっても本来の任務なのだ。ヤンの正体は、単なる警備責任者ではない。公安部か安全部か、いずれにしても、この島での情報収集が目的だ。

思わぬ申し出だった。が、この島で調査をつづけるなら、のらない手はない。

調査をつづけられるとして、だが。

「いつ、いきますか？」

私は訊ねた。ヤンは答えた。

「気象警報がでています。それが解除にならなければ難しいです」

中本のいっていた爆弾低気圧のことだろう。低気圧が去れば、私はこの島から逃げだせる。だが、だからといってこの場で申し出を断わるわけにはいかない。

「では明日以降ですね」

「波が残ります。明後日以降にならないと、船はだせない。ゴムボートは軽いので、波に弱い」

ヤンはいった。

「わかりました。船をだせるかどうかの判断はヤンさんに任せます。だせるようなら、私に連絡をください」

私が告げると、ヤンは頷いた。

「電話をかけます」

お願いします、といって私は立ちあがった。ヤンにゲートまで見送られ、預けた携帯を受けとると、私はプ、、、ラ、、ントをあとにした。

［下巻につづく］

本書は二〇一八年九月、集英社より刊行された『漂砂の塔』を、上下巻として再編集しました。
初出「小説すばる」二〇一六年三月号～二〇一八年一月号
ノベルス　二〇二〇年九月　カッパ・ノベルス（光文社）

*この作品はフィクションであり、実在の人物、団体、事件等とは一切関係ありません。

集英社文庫

漂砂《ひょうさ》の塔《とう》 上《じょう》

2021年6月25日 第1刷　定価はカバーに表示してあります。

著者 大沢在昌《おおさわありまさ》

発行者 徳永 真

発行所 株式会社 集英社
東京都千代田区一ツ橋2-5-10 〒101-8050
電話 【編集部】03-3230-6095
【読者係】03-3230-6080
【販売部】03-3230-6393(書店専用)

印刷 凸版印刷株式会社

製本 凸版印刷株式会社

フォーマットデザイン アリヤマデザインストア　マークデザイン 居山浩二

ISBN978-4-08-744258-8 C0193